唐诗三百首

〔清〕孙洙 编
袁海荣 编著

南京出版传媒集团
南京出版社

图书在版编目（CIP）数据

唐诗三百首 /（清）孙洙编；袁海荣编著．-- 南京：南京出版社，2018.8

ISBN 978-7-5533-2301-5

Ⅰ．①唐… Ⅱ．①孙… ②袁… Ⅲ．①唐诗－诗集 Ⅳ．①I222.742

中国版本图书馆CIP数据核字（2018）第129049号

书　　名：唐诗三百首
作　　者：〔清〕孙　洙 编　袁海荣 编著
出版发行：南京出版传媒集团
南 京 出 版 社

社址：南京市太平门街53号　**邮编：**210016
网址：http://www.njcbs.cn　**电子信箱：**njcbs1988@163.com
天猫1店：https://njcbcmjtts.tmall.com　**天猫2店：**https://nanjingchubanshets.tmall.com
联系电话：025-83283893、83283864（营销）025-83112257（编务）

出 版 人：项晓宁
出 品 人：卢海鸣
责任编辑：李雅凡
装帧设计：蒋碧君
责任印制：杨福彬

策　　划：日知图书（www.rzbook.com）
印　　刷：北京文昌阁彩色印刷有限责任公司
开　　本：710毫米×1000毫米　1/16
印　　张：16
字　　数：200千字
版　　次：2018年8月第1版
印　　次：2018年8月第1次印刷
书　　号：ISBN 978-7-5533-2301-5
定　　价：49.00元

营销分类：国学

前言

“熟读唐诗三百首，不会作诗也会吟！”唐诗，中国诗歌艺术发展的一个高峰，巍巍大唐气象融入诗歌的字里行间，幻化出人世间最奇伟、最雄浑、最壮阔、最浩瀚的艺术杰作。唐诗，是中国文学殿堂里最为璀璨的明珠，是中国文学发展道路上重要的里程碑之一。品味唐诗，就是对远去盛世的追忆。

唐诗，博大恢宏，精深靓丽，前无古人，后无来者，一代风流，尽融入其中。初唐诗歌敦厚而旖旎，盛唐诗歌雄壮而高亢，中唐诗歌委婉而细腻，晚唐诗歌流丽而舒畅。时代的不同，造就了不同的时代风格；个性的差异，造就了不同的诗歌风骨。张九龄之敦厚，陈子昂之雄浑，可谓唐诗的领军人物；王杨卢骆，一扫脂粉；沈宋杜李，别开生面。流连山水，王维画中有诗，诗中有画；徜徉田园，孟浩然放歌言志，清雅恬淡。豪情万丈，纵横古今，洋洋不入俗，飘飘如登仙，此乃李白风流，千秋不朽；言称君父，行念苍生，炼字之严谨，格律之细密，此少陵之家风，万古流传。以文为诗，韩昌黎开一代风气；老妪可解，白乐天演当代传奇……有唐一代，诗歌之盛，诗人之盛，流传之广，影响之大，千百年来，名言警句，脍炙人口！

品读唐诗，对于现代人来说，是一种消遣，是一种休闲，是一种不可多得的心灵鸡汤。现代人无须了解唐诗的深层次背景，无须探究唐诗隐含的意义。只要切切实实地让自己的心去阅读，就可以感受唐诗的魅力，情感随之抒发，心潮随之起伏，心灵得到慰藉，灵魂得以升华。

这次出版的《唐诗三百首》，以清代蘅塘退士孙洙所编选的《唐诗三百首》为底本，遴选其中大众熟知的精彩华章。注释简洁明快，使读者可以迅速理解诗歌大意；赏析细致缜密，使读者可以感受诗歌艺术魅力。一册在手，辉煌大唐气象如在眼前，与诗人相对，其乐何如！

目录 唐诗三百首 CONTENTS

五言古诗

乐府

七言古诗

乐府

五言律诗

七言律诗

五言绝句

乐府

七言绝句

乐府

五言古诗

张九龄

张九龄（678—740），唐韶州曲江（今广东韶关）人，字子寿。长安二年（702）进士及第，玄宗开元二十一年（733）任中书侍郎、同中书门下平章事，进迁中书令。张九龄为人刚介，直言敢谏，极论朝政得失。后受李林甫排挤，贬为荆州长史。卒谥文献。有《由江集》行世。

感遇 二首

张九龄

其一

兰叶春葳蕤①，桂华秋皎洁。欣欣此生意②，自尔为佳节③。谁知林栖者④，闻风坐相悦⑤。草木有本心⑥，何求美人折。

其二

江南有丹橘，经冬犹绿林。岂伊地气暖⑦，自有岁寒心⑧。可以荐嘉客⑨，奈何阻重深。运命惟所遇，循环不可寻。徒言树桃李⑩，此木岂无阴。

注释

①**葳蕤**（wēi ruí）：花草繁茂枝叶下垂的样子。②**生意**：生气蓬勃。③**自尔**：自然地，天然地。④**林栖者**：山中隐士。⑤**闻风**：仰慕兰桂高风。**坐**：因为。

⑥**本心**：本性，天性。⑦**岂**：难道。⑧**岁寒**：语出《论语·子罕》："岁寒，然后知松柏之后凋也。"此处借指丹橘耐寒之性。⑨**荐**：进献。⑩**树**：栽植。

王维

王维（701—761），唐太原祁（今山西祁县）人，字摩诘。开元九年（721）中进士，天宝末年任给事中。"安史之乱"之后，曾受安禄山伪职，被执，后授太子中允，晚年官至尚书右丞，世称"王右丞"。王维以诗画闻名当时，人称其"诗中有画，画中有诗"。其画以萧疏清淡见长，其诗以清丽自然见誉，与孟浩然合称"王孟"，为唐代山水田园诗大家。著作有《王右丞集》《画学秘诀》行世。

送别

王维

下马饮君酒，问君何所之。君言不得意，归卧南山陲[①]。但去莫复问，白云无尽时。

注释

①**南山**：终南山。位于今陕西西安南部。

赏析

饮酒言别，是朋友间的常事。此诗与前诗立意颇近，而取舍迥然，前诗是以劝慰勉励为主，此诗则以感慨羡慕为主。

诗人一开始就写饮酒饯别，是点题，第二句设问。这一质朴无华的问语，表露了诗人对友人关切爱护的深厚情意。送别者的感情起伏就渗透在字里行间。此诗王维用问答法，一问一答之际，事情逐渐明朗起来，归隐南山，解脱尘网，是友人之志。且一问一答之际，又可见诗人对友人之失意的无奈。前四句饱含归隐与失意两重含义，末两句既感慨于友人的失意，又推崇友人隐居所能得到的快乐。山中白云无尽，世间名利有终，山川之乐，是诗人的期盼；送别友人，亦是直抒胸臆，名缰利锁，何日可得解脱。整首诗联系起来看，诗人在表达对朋友的同情的同时，还蕴含着诗人自己对现实的愤激之情，这正是此诗的着意之处和题旨所在。从写法上看，前面四句比较平淡，似乎无甚意味，至结尾两句，诗意顿浓，韵味骤增，不尽之意见于言外。

青溪①

王维

言入黄花川②，每逐青溪水。随山将万转，趣途无百里③。声喧乱石中，色静深松里。漾漾泛菱荇④，澄澄映葭苇⑤。我心素已闲，清川澹如此。请留盘石上⑥，垂钓将已矣。

注释

①**青溪**：在今陕西省勉县东边。郦道元《水经注》载：“沮水南经临沮县西，青溪水注之，水出县西青山，山之东有滥泉，即青溪之源也，其深不测，泉甚灵洁。”②**黄花川**：在今陕西凤县东北。③**趣**：同“趋”。④**荇**：水草。⑤**葭苇**：芦苇蒹葭。⑥**盘石**：平且大的石头。

西施咏[①]

王维

艳色天下重，西施宁久微。朝为越溪女[②]，暮作吴宫妃。贱日岂殊众，贵来方悟稀。邀人傅香粉，不自著罗衣。君宠益娇态，君怜无是非。当时浣纱伴[③]，莫得同车归。持谢邻家子[④]，效颦安可希[⑤]。

注释

①**西施**：即西子，春秋越国苎萝村（今浙江诸暨市）人，越王勾践在会稽被吴军打败之后，越臣范蠡将西施献于吴王夫差，夫差遂以荒淫而失国。吴亡之后，范蠡携西施游五湖而去。②**越溪**：即若耶溪，在今浙江绍兴市东南，据传为西施浣纱之处。③**浣纱**：在今浙江省诸暨市苎萝山下有石迹水，据传为西施浣纱之所，又有浣纱石等。④**持谢**：奉劝，奉告。⑤**效颦**：即“东施效颦”这一典故，《庄子》中说：“故西施病心而矉其里，其里之丑人见而美之，归亦捧心而矉其里。”这里的矉和颦同义，都是皱眉的意思。

赏析

诗人所处的盛唐时代，在繁华下隐藏着政治危机：奸邪小人把持朝政，纨绔子弟飞黄腾达，甚至连一些斗鸡走狗宵小之徒也得到了君王的恩宠，身价倍增，飞扬跋扈，而才俊之士却屈居下层，无人赏识。

《西施咏》取材于历史人物，借古讽今。诗人借西施“朝贱夕贵”，悲叹人生浮沉，世态炎凉，抒发怀才不遇的不平；借世人只见显贵时的西施，表达对势利小人的嘲讽；借“朝为越溪女”的西施“暮作吴宫妃”后的骄纵，讥讽那些由于偶然机遇受到恩宠就趾高气扬、不可一世的人；借效颦的东施，劝告世人不要希冀求进，弄巧成拙。

沈德潜在《唐诗别裁集》中评价此诗“写尽炎凉人眼界，不为题缚，乃臻斯诣”，所言甚是。王维的这首诗，并未拘泥于西施的身世故事，而是借题发挥，比兴寄托，实际是一首咏怀诗。

丘为

丘为，或作邱为，生卒年不详。唐苏州嘉兴（今浙江嘉兴）人。唐玄宗天宝初年中进士，累官至太子右庶子。奉母至孝，甚为时人所称，年八十余致仕，母犹健在。诗与王维、刘长卿诸人多有唱和。卒年96。丘为诗集已佚，《全唐诗》存其诗13首。

寻西山隐者不遇

丘为

绝顶一茅茨[①]，直上三十里。扣关无僮仆[②]，窥室惟案几。若非巾柴车[③]，应是钓秋水。差池不相见，黾勉空仰止[④]。草色新雨中，松声晚窗里。及兹契幽绝[⑤]，自足荡心耳[⑥]。虽无宾主意，颇得清净理。兴尽方下山[⑦]，何必待之子。

注释

①茅茨（cí）：茅草屋。②扣关：敲门。③巾：覆盖上帷幔。柴车：破旧的车子。④黾勉（mǐn miǎn）：踌躇的样子。⑤契：惬意，满意。⑥荡：舒畅。⑦兴尽：兴趣终了。

綦毋潜

綦毋潜（生卒年不详），唐虔州（今江西赣州）人，字季通。唐玄宗开元十四年（726）中进士，曾先后任宜寿尉、右拾遗、集贤院侍制等，官终著作郎。工诗，尤善描写风景及方外之情。后弃官归隐，终老其江东别业。有集，已散佚，《全唐诗》存其诗26首。

春泛若耶溪

綦毋潜

幽意无断绝，此去随所偶。晚风吹行舟，花路入溪口。际夜转西壑①，隔山望南斗②。潭烟飞溶溶，林月低向后。生事且弥漫③，愿为持竿叟④。

注释

①**际夜**：黄昏傍晚。②**南斗**：星名。南斗六星，总称斗宿。③**弥漫**：茫茫无尽的样子。④**持竿叟**：渔翁。

王昌龄

王昌龄（约694—约757），唐京兆万年（今陕西西安）人，字少伯，唐玄宗开元十五年（727）进士及第，补秘书省校书郎。又举博学宏词，授汜水尉。因事贬官岭南，北迁江宁丞，晚年又贬为龙标尉，因此世称王江宁、王龙标。“安史之乱”后，在避乱还乡途中，为濠州刺史闾丘晓所杀。王昌龄以七绝见称于世，有集，已散佚，《全唐诗》存其诗四卷。

同从弟南斋玩月忆山阴崔少府[1]

王昌龄

高卧南斋时，开帷月初吐[2]。清辉淡水木[3]，演漾在窗户[4]。苒苒几盈虚[5]？澄澄变今古[6]。美人清江畔[7]，是夜越吟苦[8]。千里其如何？微风吹兰杜[9]。

注释

①**山阴**：今浙江绍兴。**少府**：官名，县尉的别称。②**帷**：窗子上的帘幕。③**清辉**：月光的代称。④**演漾**：流水晃动的样子。这里指月光的摇晃。⑤**盈虚**：指月亮的圆缺。⑥**澄澄**：清光。⑦**美人**：借指崔少府。⑧**越吟**：语出《史记·张仪传》："凡人之思故，其病也，彼思越则越声，不思越则楚声。"后用来比喻思乡之情。⑨**兰杜**：指气味清芬的兰花和杜若。

常建

常建，生卒籍贯不详。唐玄宗开元十五年（727）擢进士第，代宗大历年间曾任盱眙尉，后隐居鄂州武昌。《全唐诗》存其诗一卷。

宿王昌龄隐居

常建

清溪深不测，隐处惟孤云。松际露微月，清光犹为君。茅亭宿花影，药院滋苔纹。余亦谢时去[1]，西山鸾鹤群。

注释

①谢时：辞别俗务。

孟浩然

孟浩然（689—740），唐代襄阳（今湖北襄阳）人，本名浩，字浩然，以字行。少年时曾隐居鹿门山，年40曾游京师，举进士不第。孟浩然以诗闻名，其诗作多以山水景物、旅途风光为题材，抒发个人情怀。孟浩然尤其受李白、张九龄、王维等人赞赏。张九龄出镇荆州时，曾经辟他为从事。开元末，孟浩然因背疽去世。有诗集四卷行世。

夏日南亭怀辛大

孟浩然

山光忽西落①，池月渐东上②。散发乘夕凉，开轩卧闲敞③。荷风送香气，竹露滴清响。欲取鸣琴弹，恨无知音赏。感此怀故人，中宵劳梦想④。

注释

①山光：山头的日光。②池月：映在池水中的月亮。③轩：带窗子的长廊、房间，这里借指窗子。④中宵：整夜。

赏析

王士源在《孟浩然集序》中说：“骨貌淑清，风神散朗。救患释纷，以立义表，灌园艺竹，以全高尚。交游之中，通脱倾盖，机警无匿，学不为儒，务掇菁藻，文不按古，匹心独妙。五言诗，天下称其尽美矣。”王士源对孟浩然的称赞颇为近实。作为唐代五言诗的大家，孟浩然的诗的确可以用“骨貌淑清，风神散朗”来概括。

从全诗的景物描写来看，其描写的是夏日傍晚的景象。在夏日消暑的时候，诗人思念知心老友，可惜眼前并无此人，素琴也无心弹，即使是美景良辰，也被辜负掉了。但诗人心中仍有一丝希望，希望在梦中能与老友相会。

这首诗的前两句主要点明时间，开篇便遇景入咏，妙用“忽”“渐”二字，将夕阳西下、素月东升的黄昏景象描绘出来。夏日西落，用一“忽”字将诗人畏暑的心理准确地表达出来，用一“渐”字，则新月娟娟，晚凉渐至。接下来，三四句写诗人浴后散发，开轩纳凉，一种闲适、快意的感觉便油然而生。五六句将荷香、竹露容纳进来，风吹荷香，露响清韵，可谓静中含动，愈见依水亭台那一片静寂。面对这般美景良辰，诗人生出许多感慨，沉浸在美景中之中，俗念顿消，杂思不起，意欲弹拨素琴，倾吐心声，但又想到没有知音，那弹琴的心思也淡了，由景及琴，由琴及人，从闲适快意中生出一种因怀友人而不见的惆怅。结尾两句，将诗的主题全面铺开，希望夜半清宵，魂梦之中也能与友人清话高谈。诗人将余韵置于有情之梦中，更显得意味悠长。

孟浩然极会抓住生活中的诗意成分，营造一种闲适优雅的氛围，遣词造句，使得各种感觉皆能细致入微。文字如风行水上，层层波动，境意双合，浑然一体，给人一种美的享受。

李白

李白（701—762），祖籍陇西郡成纪县（今甘肃秦安县）。因为其先人隋代末年流寓西域，因此李白出生在当时安西都护府所属的碎叶城（今吉尔吉斯斯坦北部托克马克附近）。神龙初年，迁居蜀中绵州彰明县青莲乡。字太白，号青莲居士。天宝初年入长安，经贺知章、吴筠等人推荐，任翰林院供奉。因蔑视权贵，遭谗出京，游历江湖，纵情诗酒。因参与唐永王李璘幕府，李璘叛乱被杀，李白也被流放夜郎，途中遇赦放还，依族人李阳冰，不久病逝。有《李太白诗集》三十卷行世。

春思

李白

燕草如碧丝[①]，秦桑低绿枝[②]。当君怀归日，是妾断肠时。春风不相识，何事入罗帏[③]。

注释

①燕（yān）：指今河北一带。②秦：今陕西一带。③罗帏：丝织的帷幕。

赏析

李白有很多诗是关于思妇的，这首《春思》就是其中比较著名的思妇诗之一。“春”字在古代既可以解释为自然界的春天，又可以理解为男女之间爱情的代名词，况且古人说“春女思，秋士悲”，从这里也将题目结合起来。

“燕草如碧丝，秦桑低绿枝”，这是诗人对《诗经》中“兴”的手法的运用，并且都是春天的景物，但是“燕”字和“秦”字则明确地告诉人们两种不同的地理观念——草碧、桑绿本来很正常，但是燕、秦的比拟则一下子拉大了空间距离。这就营造出了一种“思”的氛围，仲春时节，秦桑低垂，秦地的思妇看到这一景象就自然而然地想到了远戍燕地的丈夫，那里也该是碧草如丝的景象了吧！何况丈夫看到那碧丝般的青草，也一定会生出归来的念头。在这里，诗人巧妙地化用了《楚辞·招隐士》中“王孙游兮不归，春草生兮萋萋”，并且取得了浑然天成、不着痕迹的效果。可以说这一句对“兴”的手法的运用，达到了以两地春光兴两处相思的效果，将主人公对丈夫的思念和夫妇间的真挚感情巧妙地表达了出来。

三四句承袭上文，将丈夫及春怀归，足慰离人愁肠这一情感活动表达了出来。上文从两处着笔，此句亦是如此，在兴句的触发下，此句将主人公的感情进一步深化。元人萧士赟曾评述这一段道：“燕北地寒，生草迟。当秦地柔桑低绿之时，燕草方生，兴其夫方萌怀归之志，犹燕草之方生。妾则思君之久，犹秦桑之已低绿也。”这一评述很准确地抓住了感情的浓厚之处。五六两句则意在表达主人公对爱情的忠贞和执着，春风吹罗帏，如同外物的诱惑，而主人公则申斥春风，很微妙地揭示了主人公的情态，以此作诘，妙不可言。

这首诗的巧妙之处就在于打破了人们惯常的逻辑思维方式，营造了一种无理而有情的氛围，更加深刻地表达了主人公内心复杂的情感。

月下独酌

李白

花间一壶酒，独酌无相亲。举杯邀明月，对影成三人。月既不解饮，影徒随我身。暂伴月将影①，行乐须及春。我歌月徘徊[2]，我舞影零乱。醒时同交欢，醉后各分散。永结无情游[3]，相期邈云汉[4]。

注释

①**将**：和。②**徘徊**：形容月亮移动不停的样子。③**无情**：忘情。④**邈**：高远。**云汉**：银河，这里指天上。

赏析

李白天性旷达，物我之间，无所容心，襟怀如此，即使明月身影，亦复含情交欢。这首《月下独酌》在思想上就表现了李白的这一气势，在手法上，则采取个人独白的形式，自破自立，使得诗情波澜起伏，近乎天籁始发，声潮澎湃。

首句表明诗人在花间独酌，孤苦“无相亲”，在这种极其无聊的场景中，诗人突发奇想，将天上明月、月下身影都拉进酒场之中，于是花间冷清清的场面被打破，开始变得热闹起来。尽管场面上热闹了，但是月亮毕竟是不解饮酒的，影子只是静静地依在身边，这一情形极似“与子相遇来，未尝异悲悦，憩荫若暂乖，止日终不别”（陶潜《影答形》）的情景。月和影本是诗人的客人，然而它们都不解饮酒，于是在这一破解之时，便了却了前面一桩公案，同时也在一种“热闹”中回归空寂。但这时的诗人已渐入醉乡，歌中月在徘徊，舞时身影散乱，醒时欢欣，醉后分散，聚散离合之际，仍是那样一往情深。在结尾处，诗人以“忘情”之心，为月与影这等无情之物赋予感情，表明无情是短暂的，有情则是恒远的。

在《月下独酌》这首诗中，诗人极力营造一种热闹欣悦的场面，但是这仍然不能掩藏诗人内心的孤独寂寞。这首诗与诗人的另一首《春日醉起言志》是同一境况："处世若大梦，胡为劳其生？所以终日醉，颓然卧前楹。觉来盼庭前，一鸟花间鸣。借问此何时，春风语流莺。感之欲叹息，对酒还自倾。浩歌待明月，曲尽已忘情。"可见诗人是何等孤独枯寂！

韦应物

韦应物（约737—约791），唐京兆万年人（今陕西西安人），字义博。年少时荫补右千牛，历官高陵尉、洛阳丞、京兆功曹。"安史之乱"后失官，折节读书，后历任滁州、江州、苏州刺史，世称"韦江州"或"韦苏州"。性行高浩，诗如其人，闲淡简远有如陶潜，世称"陶韦"。与顾况、刘长卿多有唱和，有《韦苏州集》行世。

长安遇冯著①

韦应物

客从东方来，衣上灞陵雨②。问客何为来？采山因买斧③。冥冥花正开④，飏飏燕新乳⑤。昨别今已春，鬓丝生几缕⑥？

注释

①**冯著**：生卒年、籍贯不详。韦应物的朋友。起初在家乡隐居，后到长安求仕，但仕途失意，约在大历四年（769）赴幕广州，十年后仍回长安。②**灞陵**：汉文帝陵名，在陕西西安东北。③**采山**：语出左

思《吴都赋》："煮海为盐，采山铸钱。"这里语用双关，主要指开辟山地，暗含冯著归隐山林的意思。④**冥冥**：形容下雨时昏暗的样子。⑤**飏飏**：鸟儿飞翔时的样子。⑥**鬓丝**：鬓角的白发。

赏析

这首诗可能创作于唐大历四年（769）或十二年（777），诗人的笔调亲切而略含诙谐，对朋友冯著既表达了自己的理解和同情，同时又充满了慰藉和劝勉，因此这首诗表现得流畅活泼，风趣幽默。宋代刘辰翁评价此诗道："不能诗者，亦知是好。"

该诗在一开始，便将从长安东边来的具有隐居名士风度的冯著交代给读者。接着，诗人便语带双关地将冯著的目的和境遇描述了出来。其中"采山""买斧"等词实际上是将冯著求仕不遇，心中的愤懑表现了出来，诗人以这种笔调来消除友人心中的不快，同时将劝慰的主题引申出来。"冥冥花正开，飏飏燕新乳"，新春气象寓意了造化的勃勃生机，这恰是在劝慰冯著不要对自己的前程失去信心，造化无私，况且冯著正当盛年，正是大有可为之时。

这的确是一首意味隽永、笔调生动的诗，诗人在采用古体诗的同时，又创造性地吸收了乐府歌行的结构、手法和语言等特色，其中借景言情，更见清新明快、委婉圆转之妙。除了这首诗外，韦应物还写过《赠冯著》，诗云："契阔仕两京，念子亦飘蓬。方来属追往，十载事不同。岁晏乃云至，微褐还未充。惨凄游子情，风雪自关东。华觞发欢颜，嘉藻播清风。始此盈抱恨，旷然一夕中。善蕴岂轻售，怀才希国工。谁当念素士，零落岁华空。"

初发扬子寄元大校书[①]

韦应物

凄凄去亲爱，泛泛入烟雾。归棹洛阳人，残钟广陵树[②]。今朝此为别，何处还相遇。世事波上舟[③]，沿洄安得住[④]。

注释

①**扬子**：渡口名，在今江苏省江都南。②**广陵**：古代对扬州地区的称呼，唐代为郡，即今江苏扬州。③**波上舟**：比喻世事飘浮不定。④**沿洄**：顺流而下称为沿，逆游而上称为洄。

赏析

这首诗是韦应物在离开广陵回洛阳的途中，与朋友相别时写的，“亲爱”一语足见他们感情深厚，同时广陵的烟树与残钟又促使诗人写诗寄元大。

“归棹洛阳人，残钟广陵树”，这十字是韦应物这首诗中的名言警句。船下江中，烟雾缭绕，回顾广陵城，树影模糊，同时钟声乍起于寺院，钟声树影交织在一起，加上朋友分离的矛盾心理，越发表现出感情色彩的强烈，这是客观形象受到感情色彩照射后产生的特殊效果。从这里进一步引申下去，别离相遇，原本极其平常，世事沉浮，如同浪里孤舟，漂荡无依，一方面这是诗人离别时的自我解嘲，另一方面也是对友人的劝慰。

这首诗深切反映出诗人擅长运用的艺术风格：外似平淡，内则深厚。

夕次盱眙县[1]

韦应物

落帆逗淮镇[2]，停舫临孤驿[3]。浩浩风起波，冥冥日沉夕。人归山郭暗，雁下芦洲白[4]。独夜忆秦关[5]，听钟未眠客。

注释

①盱眙（xū yí）县：即今江苏盱眙，唐属泗州。②淮镇：淮河边的市镇。③舫：带舱室的船。④芦洲：生满芦苇的水中陆地。⑤秦关：即关中，诗人是长安人，秦关即指诗人的故乡。

赏析

夕阳西下，烟渚泊舟，正是客愁思乡的时候。在这首诗中，韦应物以高超的写景手法，于景中生情，情中变景，营造出一种萧索悲凉的客途景象。诗的一二句将诗人停船淮河上的情景表现了出来："落帆逗淮镇"，一个"逗"字，将诗人日暮时分暂停淮河边上的情景表现得极为确切；"停舫临孤驿"，一个"孤"字，已经透出一种凄冷荒凉之感来。推而广之，风起日落，这种荒凉之感在淮河之上进一步加强。日落风起，人归城郭，雁下芦洲，便成了自然而然的事。一连六句写景，在这种景象之中，人的情感最容易产生波动，尤其是乡愁，便会在无形中向人袭来，乡愁让诗人难以入睡，而钟声也在这时响起，搅扰着那充满乡愁、难以入睡的孤客。

韦应物的五言诗很受后人推崇，他将情景巧妙结合，总能给人一种清朗高古之气。《观林诗话》中谈道："近世韦苏州……五言诗文，又高雅闲淡，自成一家之体，今之秉笔者，谁能及之。”信为确评。

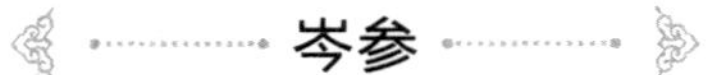

岑参

岑参（约715—770），祖籍南阳（今属河南），后迁居江陵（今湖北荆州）人。唐太宗时功臣岑文本之孙。天宝三年（744）进士，天宝八年（749）任安西节度使高仙芝幕府掌书记，又随封常清任安西、北庭节度判官。至德二年（757）与杜甫等5人授右补阙，后出任嘉州刺史，世称“岑嘉州”。太历五年（770）卒于成都。岑参之诗，长于七言歌行，现存诗360首，尤以边塞、军旅诗作为佳，风格近于高适，后世称“高岑”。有《岑嘉州集》行世。

与高适薛据登慈恩寺浮图①

岑参

塔势如涌出，孤高耸天宫。登临出世界，蹬道盘虚空②。突兀压神州③，峥嵘如鬼工④。四角碍白日，七层摩苍穹。下窥指高鸟，俯听闻惊风。连山若波涛，奔凑似朝东。青槐夹驰道⑤，宫馆何玲珑。秋色从西来，苍然满关中⑥。五陵北原上⑦，万古青濛濛。净理了可悟⑧，胜因夙所宗⑨。誓将挂冠去⑩，觉道资无穷⑪。

注释

①**薛据**：河东宝鼎（今山西万荣）人，唐玄宗开元进士。天宝六年（747）登“风雅古调”科，历官司议郎、祠部员外郎、水部郎中，后隐居终南山。能诗，与王维、杜甫等友善，约卒于大历初年。**慈恩寺**：旧址在陕西长安东南曲江北，今位于陕西西安南郊，唐僧玄奘曾住于此。**浮图**：即佛塔。②**蹬道**：即塔中的阶梯。③**神州**：原指中国，这里指京都。左思诗有“皓天舒白日，灵景耀神州”之句。④**峥嵘**（zhēng róng）：高耸的样子。⑤**驰道**：驰马所行之道，这里指御道。⑥**关中**：指今陕西中部地区。⑦**五陵**：即汉五陵，包括汉高祖长陵、惠帝安陵、景帝阳陵、武帝茂陵、昭帝平陵，都在西安北部。⑧**净理**：清净涅槃的佛家道理。⑨**胜因**：佛教用语，即善因。智顗在《修习止观坐禅法要》中说：“止是禅定之胜因，观是智慧之由借（道路、凭借）。”⑩**挂冠**：即辞官归隐。语出《后汉书·逢萌传》：“王莽杀其子宇，萌谓友人曰‘三纲绝矣！不去，祸将及人’。即解冠挂东都城门归，将家属浮海。”⑪**觉道**：悟道。

赏析

岑参在唐代，以七言歌行最为著名。除七言之外，五言诗亦别有气象，独具一格。《全唐传》岑参小传中说：“参诗辞意清切，迥拔孤秀，多出佳景，每一篇出，人竞传写，比之吴筠、何逊焉。”

慈恩寺大雁塔在唐代是文人萃集的地方，进士题名在这里被认为是一桩盛事，而文人登高览胜，南瞻终南、太白，回望五陵、北原，友朋联袂，实属快事。这首诗是岑参与友人高适、薛据同登慈恩寺大雁塔时写的。“塔势如涌出，孤高耸天宫”这两句是诗人未入塔之前，从下面仰望雁塔的情形，“涌”和“耸”两字则形象地说明了雁塔拔地而起，气势不凡。紧接着诗人叙述了进入塔中以后的感受，同时也说明了雁塔的高峻，“出世界”“盘虚空”这样的想象手法给人一种身临其境的感觉。从“突兀压神州”到“万古青濛濛”，这一大段文字主要描写的是登上雁塔后的所见所闻，由近及远，先后描写了塔身、驰道、连山、北原，整个长安城及其周边景物都涌现在诗人的眼前。在这美景的召唤下，诗人突然了悟，心灵也达到了一种灵澈的境界，或许只有挂冠学佛才能让他永久地享受在这种境界之中。

全诗气势磅礴，层次分明，由上及下，由近及远，所见所闻，包揽无遗，情景交融，针严线密，给人一种身临其境、物我两忘的感觉。同时也反映出了岑参高超的语言驾驭能力。

杜甫

杜甫（712—770），字子美，初唐诗人杜审言之孙。原籍湖北襄阳，生于河南巩县（今巩义市）。举进士不第。安禄山陷京师，杜甫至凤翔任左拾遗。后弃官入蜀，严武推荐他任检校工部员外郎，故世称“杜工部”。严武逝后，杜甫出蜀入湘，病殁于从衡阳至耒阳的湘江途中。杜甫工于诗，其诗反映社会动乱和人民疾苦，语言精练，被称为“诗史”。他与李白同为唐代第一流诗人，并称“李杜”。有《杜工部集》行世。

望岳

杜甫

岱宗夫如何[1]，齐鲁青未了[2]。造化钟神秀，阴阳割昏晓。荡胸生曾云，决眦入归鸟[3]。会当凌绝顶[4]，一览众山小。

注释

①**岱宗**：泰山别名岱山，因居五岳之首，故尊为岱宗。②**齐鲁**：春秋时期，齐国在泰山之北，鲁国在泰山之南。这里泛指山东一带地区。③**决眦**：形容极力张大眼睛远望，眼眶像要裂开了。眦，眼眶。④**会当**：一定要。

赏析

开元二十四年（736），24岁的杜甫开始过着一种“裘马清狂”的漫游生活。此诗即写于北游齐、赵（今河南、河北、山东等地）时，当时诗人来到泰山脚下，仰望五岳之首，写下了现存杜诗中年代最早的一首诗。诗的字里行间洋溢着蓬勃的朝气。

“望”字是全诗的核心，但诗中没有一个“望”字，却句句写向岳而望。首句“岱宗夫如何”表现出诗人乍见泰山，不知怎样形容才好的惊叹仰慕之情，非常传神。“齐鲁青未了”是经过诗人的仔细观察、揣摩后得出的答案，语出惊人。没有落俗套地去写泰山的峻拔高耸，而是以距离之远来烘托出泰山之高。“造化钟神秀，阴阳割昏晓”，“钟”字将大自然写得富有感情。“割”本是个普通字，但用在这里表达出一种“奇险”的情景。“荡胸生曾云，决眦入归鸟”两句是诗人写见山中云气层出不穷，心胸荡漾；因长时间望着，诗人感到眼眶有似裂开之感。“归鸟”可知时已薄暮，诗人还在望。

“会当凌绝顶，一览众山小”，诗人由望岳而产生了登岳的意愿。这两句极富启发性和象征意义。可以看到诗人俯视一切的雄心和气概，少年抱负，故自不凡。清代浦起龙认为杜诗“当以是为首”，并说“杜子心胸气魄，于斯可观。取为压卷，屹然作镇”。

梦李白二首

杜甫

其一

死别已吞声，生别常恻恻①。江南瘴疠地②，逐客无消息③。故人入我梦，明我长相忆。恐非平生魂，路远不可测④。魂来枫林青，魂返关塞黑⑤。君今在罗网⑥，何以有羽翼？落月满屋梁，犹疑照颜色。水深波浪阔，无使蛟龙得⑦。

其二

浮云终日行，游子久不至。三夜频梦君，情亲见君意。告归常局促⑧，苦道来不易。江湖多风波，舟楫恐失坠。出门搔白首，若负平生志。冠盖满京华⑨，斯人独憔悴⑩。孰云网恢恢⑪，将老身反累⑫。千秋万岁名，寂寞身后事⑬。

注释

①恻恻（cè）：悲痛的样子。②瘴疠（zhàng lì）：山林湿热地

区流行的恶性疟疾等传染病。李白于唐肃宗乾元元年（758）因永王李璘事流放夜郎（今贵州省正安县西北一带），故称江南瘴疠地。③**逐客**：被判流放的罪人。④**“路远”句**：诗人怀疑李白已死，不然中途遥远，除却魂魄，何以能到。⑤**魂来枫林青，魂返关塞黑**：这两句是诗人的想象之词。⑥**罗网**：当时李白因永王事尚被拘禁在浔阳狱中，故称罗网。⑦**蛟龙**：即蛟，因其形似传说中的龙，故称蛟龙。⑧**局促**：拘束，窘迫。⑨**冠盖**：官吏的冠冕和车盖，借指官吏。⑩**憔悴**：困苦不得意的样子。⑪**恢恢**：广大无边的样子。语出老子《道德经》：“天网恢恢，疏而不失。”天网即天理。⑫**累**：牵累，牵连。⑬**千秋万岁名，寂寞身后事**：这里化用了阮籍的“千秋万岁后，荣名安所之”和庾信的“眼前一杯酒，谁论身后名”。

赏析

乾元元年（758）李白被流放到夜郎，次年春遇赦放还，回到江陵。杜甫远在北方，只知流放之事，不知赦还之情，忧心忡忡，因而成梦，这两首诗记录的就是其梦中的情景，分别记述了梦前、梦中、梦后。仇兆鳌在《杜诗集注》中认为两篇皆以四、六、六行分层，所谓“一头两脚体”。

这两首既表达了诗人对友人李白生死叵测的关切，又表达了其对友人遭遇的同情。第一首一开始便如寒风乍起，气氛悲怆，“生别”“死别”，生死相应，足见别后之痛。故人之梦，当是长久想念的结果，倏尔乍见，诗人是何等喜悦，但转念又想到友人还在罗网之中，为什么能到这里，难道是展翅飞来的？但又担心是亡魂入梦，喜后仍悲，欲信还疑，诗人的心情是何等复杂。关山路远，“枫林青”“关塞黑”，他应当是备尝艰辛，忽而梦醒，月落屋梁之际，似乎仍可见友人音容依稀。这是一种错觉，但是诗人的内心仍在祈求友人平安归去。同时这里也化用了《楚辞·招魂》中的“湛湛江水兮上有枫，目极千里兮伤春心，魂兮归来哀江南”。这就是“魂来枫林青”的出处，更突出了诗人对友人命运的担忧。

第二首则是承上篇后数日写的，起首运用诗家比兴常例，从“浮云终日行”至“情亲见君意”，足见两人肝胆相照，形神相映，这里和上一首起首极其相似，诗人推己及人，衷情至重。接下来六句通过诗人对梦中李白的动作、形貌和语言的着意刻画，直教读者如见其形、如闻其声、如感其情，枯槁惨淡之状，历历在目。紧接下来六句，诗人见到梦中李白的形象，感触至深，醒来之后，诗人愈加愤懑不平，所有情感涌出笔端，沉重嗟叹之中，既寄托了对李白的崇高评价，又饱含着深厚同情。所以清代浦起龙在《读杜心解》中说：“次章纯是迁谪之慨。为我耶？为彼耶？同声一哭！”

总之，两首记梦诗是异工而同曲的，相关而不雷同，整篇之中，全为至诚至真之文字。

元结

元结（719—772），字次山，唐河南（今河南巩义）人。曾著《元子》十篇，故又称元子。唐玄宗天宝十三载（754）进士，肃宗时，曾上《时议》三篇，官至监察御史、道州刺史。元结继陈子昂之后，反对六朝骈俪文风，致力于古文写作，为唐代古文运动的先驱之一。曾著有《浪说》七篇、《漫记》七篇，今有《元次山集》行世。

贼退示官吏并序

元结

癸卯岁[①]，西原贼入道州[②]，焚烧杀掠，几尽而去。明年，贼又攻永破邵[③]，不犯此州边鄙而退。岂力能制敌欤？盖蒙其伤怜而已。诸使何为忍苦征敛[④]？故作诗一篇，以示官吏。

昔年逢太平，山林二十年。泉源在庭户，洞壑当门前。井税有常期[⑤]，日晏犹得眠。忽然遭世变，数岁亲戎旃[⑥]。今来典斯郡[⑦]，山夷又纷然。城小贼不屠，人贫伤可怜。是以陷邻境，此州独见全。使臣将王命，岂不如贼焉。今彼征敛者，迫之如火煎。谁能绝人命，以作时世贤？思欲委符节[⑧]，引竿自刺船[⑨]。将家就鱼麦，归老江湖边。

注释

①**癸卯**：唐代宗广德元年（763）。②**西原**：今广西壮族自治区扶绥县扶南乡附近。**道州**：今湖南省道县。③**永**：今湖南省永州市。**邵**：今湖南省邵阳市。④**使**：官吏。⑤**井税**：田赋，即农业税。⑥**戎旃**：原指军队中的营帐，借指军队。⑦**典**：镇守，治理。⑧**委**：放弃。**符节**：做官的印信。⑨**刺**：撑。

赏析

这首《贼退示官吏》与《春陵行》都是元结任道州刺史时的

作品，其中心在于反映社会现实，同情百姓疾苦，意味深沉，情感激烈。

在诗的序中，诗人交代了作诗的原委：唐代宗广德元年，西原贼攻破道州，烧杀抢掠长达一月。第二年，西原贼又攻破了永州、邵州，但没有进攻道州，并不是因为能够制服贼人，而是贼人怜悯残破的道州，但是朝廷派遣的官吏却横征暴敛。因而诗人写了这首诗。

诗在一开始首先交代了太平时期道州的富裕，其中是通过诗人二十年的隐居生活反衬出来的。接下来诗人笔锋忽转，将乱后军戎纵横，征战无常的状态描写了出来，诗人刚来上任，就遇上了西原贼的攻掠，但是贼人并没有攻入道州，“城小贼不屠，人贫伤可怜”表现出贼人对道州百姓的同情。接下来诗人以贼衬官，征敛之急，迅如星火，不顾百姓之危，一味横征暴敛，“使臣将王命，岂不如贼焉”，这句诗足见诗人是何等愤怒，同时也是全诗的点睛之笔。诗人不愿意以伤残百姓去作为升迁的基础，用“时世贤”来讽刺那些标榜吏治、残害百姓之徒，因而诗人在这种情形下便产生了宁愿弃官归隐，也不愿同流合污的念头。

柳宗元

柳宗元（773—819），唐河东（今山西永济）人，字子厚。唐德宗贞元九年（793）进士，中“博学宏词”科。元和十年（815）改任柳州刺史，四年后卒于上任。世称“柳柳州”“柳河东”。诗文皆工，尤擅长散文，峻拔简练，独具风骨，为“唐宋八大家”之一。有《柳河东集》传世。

溪居

柳宗元

久为簪组累[①]，幸此南夷谪[②]。闲依农圃邻，偶似山林客。晓耕翻露草，夜榜响溪石。来往不逢人，长歌楚天碧。

注释

①**簪组**：官吏的冠饰，此处代指为官生涯。②**南夷**：古代对南方少数民族的贬称，这里指永州地区。

赏析

元和五年（810），柳宗元在零陵西南游览时，发现了曾为冉氏所居的冉溪，因爱其风景秀丽，便迁居此地，并改名为愚溪。

这首诗写他迁居愚溪后的生活。这首诗表面上似乎写溪居生活的闲适，然而字里行间隐含着孤独的忧愤。如开首二句，诗意突兀，耐人寻味。贬官本是不如意的事，诗人却以反意着笔，说什么久为做官所“累”，而以这次被贬窜南荒为“幸”，实际上是含着痛苦在微笑。“闲依”“偶似”相对，也有强调闲适的意味，“闲依”包含着投闲置散的无聊，“偶似”说明他并不真正具有隐士的淡泊和闲适。“来往不逢人”句，看似自由自在，无拘无束，但毕竟也太孤独了，这里也透露出诗人是强作闲适。这首诗的韵味也就在这些地方。沈德潜说：“愚溪诸咏，处连蹇困厄之境，发清夷淡泊之音，不怨而怨，怨而不怨，行间言外，时或遇之。”（《唐诗别裁》卷四）这段议论是很有见地的。

乐府

塞下曲[①]

王昌龄

蝉鸣空桑林，八月萧关道[②]。出塞入塞寒，处处黄芦草。从来幽并客[③]，皆共尘沙老。莫学游侠儿，矜夸紫骝好[④]。

注释

①**塞下曲**：乐府曲名。②**萧关**：在今宁夏原周区东南。③**幽并**：幽州和并州，即今河北、山西一带。④**紫骝**（liú）：古代骏马的名称，这里代指骏马。

赏析

乐府诸歌，大多是以非战为主题的，这首乐府的本意亦在于告诫幽并游侠，莫去夸马炫武，征战之事，使英雄尽老于沙场。王昌龄在唐代是以边塞诗闻名的，气势宏伟，每有所作，皆金声而玉振，动人心目。

这首诗一开始便以“蝉鸣空桑林”起句，秋日气象，暮蝉犹喧，八月萧关，出塞入塞之际，目之所及，处处芦草衰黄。秋日塞上风光一扫无余，古来征战之地，英雄白发，皆如秋来塞上。情由景生，作者接下来转笔生情，幽并游侠，皆以奋迅善战著称，古来征伐，英雄皆向沙场老去，因而游侠之人，当念英雄暮年，老死沙场。紫骝虽好，莫得浪夸。情景交互，动人至深。

王昌龄的这首塞上曲，足称唐人塞上诸歌押卷之作。

关山月[①]

李白

明月出天山[②]，苍茫云海间。长风几万里，吹度玉门关[③]。汉下白登道[④]，胡窥青海湾[⑤]。由来征战地，不见有人还。戍客望边邑，思归多苦颜。高楼当此夜，叹息未应闲。

注释

①**关山月**：本系古乐府名。《乐府解题》说："关山月，伤离别也。"②**天山**：这里指祁连山，主峰在今甘肃张掖西南。③**玉门关**：在今甘肃敦煌西阳关的西北。④**白登**：山名，在今山西大同东。汉初，匈奴冒顿单于曾将汉高祖刘邦在这里围了七日七夜。⑤**青海湾**：即今青海省青海湖。

赏析

《关山月》做乐府旧题，以往主要是用于描写征夫思妇的别离之苦，以凄婉哀楚为主旋律，在内容上来说，李白这首乐府仍继承了别离思念这一主题，但在风格上，则一洗低沉哀婉之态，气韵刚劲，别有情致。

诗的开头四句虽是在描写塞上风光，却以关、山、月为主要内容，紧扣乐府诗题。“明月出天山”，这是天山以西征戍之人的目光所见，作者以征人的眼光来描写月亮，紧接着以云海苍茫，产生了一种烘云托月的意境效果；云海苍茫，天山巍峨，月显其中，三者融合为一体，气势异常壮观，太白笔力，良有过人之处。若言山、言云、言月都从高远着意，那么“长风几万里，吹度玉门关”则是突显了空间上的辽远；长风浩浩，明月皎皎，苍山云海，一语道破萧瑟，在这种环境中，征人望乡，万里边塞之图，使得征人乡思之情更为深切。

思乡的心绪不仅和边塞风光相纠结，更与战争相依偎。汉兵出塞，胡马窥边，征战之地，有去无还，在这种情形下，征人思乡的情绪达到极致。同时，“由来征战地，不见有人还”也为下文“思归多苦颜”埋下伏笔。望月而思的不仅是征人，还有那楼头思妇，亦是望月兴叹，千里关山，万里明月，隔断了身影，但未能阻隔人的思绪。

这首诗气象空阔，无纤弱之弊，李白以其浩渺宽博之胸襟，不拘于一事一地，思接万里，境界非凡。因而明人胡应麟评价道：“雄浑之中，多少闲雅。”

子夜吴歌[①]四首选二

李白

秋歌

长安一片月，万户捣衣声。秋风吹不尽，总是玉关情。何日平胡虏，良人罢远征。

冬歌

明朝驿使发，一夜絮征袍②。素手抽针冷，那堪把剪刀。裁缝寄远道，几日到临洮？

注释

①**子夜吴歌**：乐府诗题，又称“子夜歌”，属乐府吴声曲词。《唐书·乐志》载：“子夜歌者，晋曲也。晋有女子名子夜，造此声，声过哀苦。”②**絮**：装丝绵的意思。

长干行①二首选一

李白

妾发初覆额，折花门前剧②。郎骑竹马来，绕床弄青梅。同居长干里，两小无嫌猜。十四为君妇，羞颜未尝开。低头向暗壁，千唤不一回。十五始展眉③，愿同尘与灰。常存抱柱信④，岂上望夫台⑤。十六君远行，瞿塘滟滪堆⑥。五月不可触，猿声天上哀⑦。门前迟行迹，一一生绿苔。苔深不能扫，落叶秋风早。八月蝴蝶黄，双飞西园草。感此伤妾心，坐愁红颜老。早晚下三巴⑧，预将书报家。相迎不道远，直至长风沙⑨。

注释

①**长干行**：长干，在今江苏南京江宁区境内。据《舆地纪胜》载：“建康南五里有山冈，期间平地，民庶杂居，有大长干、小长干。”此曲属乐府杂曲歌词。②**剧**：嬉游，戏耍。③**展眉**：指懂得人

事，不再害羞。④**抱柱信**：比喻坚守信约。《庄子·盗跖》云："尾生与女子期于梁（桥梁）下，女子不来，水至不去，抱柱而死。"⑤**望夫台**：传说有丈夫未归，妻子在台上眺望，久而成石，此台便被称为望夫台。⑥**瞿塘**：即瞿塘峡，在今重庆市奉节县。**滟滪（yàn yù）堆**：西陵峡口的礁石，为西陵峡险段之一，有"滟大如马，瞿塘不可下；滟滪大如襆，瞿塘不可触"的歌谣，形容滟滪堆的险恶。⑦**猿声天上哀**：长江三峡的两崖山中多猿，船行其间，听见猿啸之声仿佛在天上。⑧**三巴**：巴郡、巴东、巴西统称三巴，即今四川省东北部以及重庆市的部分区域。⑨**长风沙**：地名，今安徽安庆东长江边上。

赏析

这首乐府诗主要以商妇的爱情和相思为题材，诗人以商妇的口吻加上自白的手法，叙写了商妇自幼到出嫁的经过，并抒发了远别的情绪，其中以年龄序数法和四季相思的格调，艺术性地展示了一些生活片段。

诗一开始便是商妇对少年时代"青梅竹马""两小无猜"的生活情景的回忆。作者笔致极为细腻，以"十四岁""十五岁""十六岁"为阶段，分别描写了商妇从新婚到离别的种种境况。瞿塘滟滪，高峡哀猿，种种苦辛，一方面既表达了妻子对丈夫的忠贞不贰，另一方面也表达了妻子对丈夫行程的担忧。自"门前迟行迹"以下，则是思妇触景生情，其中将那刻骨的相思表达得淋漓尽致。这首诗以缠绵悱恻之风格，步步深入，在气氛上极力渲染，因而在《唐宋诗醇》中对这首诗给出了很高的评价："儿女子情事，只以胸臆中流出。萦回曲折，一往情深。"

这类诗歌可以说是萌芽状态的市民文化的写照，商妇和妓女逐渐成了诗歌与传说中的主人公，甚至成为一种风尚，可以说，李白是在正统文学中透露出市民气息和市民风味的第一人。

孟郊

孟郊（751—814），唐湖州武康（今浙江德清）人，字东野。少年时隐居嵩山，与韩愈为至交。唐德宗贞元十四年（798）举进士，任溧阳尉，因苦吟而废公务。郑余庆任东都留守时，荐孟郊出任水陆转运判官。卒年64岁。友人张籍私谥为贞曜先生，韩愈为作《贞曜先生墓志》。孟郊现存诗四百余首，以乐府古诗为最多，皆状穷苦孤愁，感情真挚，但过于求险求奇，不免晦涩。有《孟东野集》十卷行世。

游子吟

孟郊

慈母手中线，游子身上衣。临行密密缝，意恐迟迟归。谁言寸草心①，报得三春晖②。

注释

①寸草：刚发芽的、细弱的草。②三春晖：春天的阳光。

赏析

孟郊一生窘困潦倒，直到50岁时才得到了一个溧阳县尉的卑微之职。诗人自然不把这样的小官放在心上，仍然放情于山水吟咏，公务则有所废弛，县令就只给他半俸。本诗亲切而真淳地吟诵了一种普通而伟大的人性美——母爱，因而引起了无数读者的共鸣，千百年来一直广为传诵，脍炙人口。

深挚的母爱，无时无刻不在滋育着儿女们。然而对于孟郊这位常年颠沛流离、居无定所的游子来说，最值得回忆的，莫过于母子分离的痛苦时刻了。此诗描写的就是这种时候，慈母缝衣的普通场景，而表现的却是诗人深沉的内心情感。开头两句“慈母手中线，游子身上衣”，实际上是两个词组，而不是两个句子，这样写就从人到物，突出了两件最普通的东西，写出了母子相依为命的骨肉之情。紧接两句写出人的动作和神态，把笔墨集中在慈母身上。临行前的时刻，老母的一针一线都是如此细密，是怕儿子迟迟难归，故而要把衣衫缝制得更为结实一点儿吧。其实，老人的内心何尝不是期盼儿子早些平安归来呢！慈母的一片深笃之情，正是在日常生活中最细微的地方流露出来。朴素自然，亲切感人。这里既没有言语，也没有眼泪，然而一片爱的纯情从这普通常见的场景中迸发出来，拨动了每一个读者的心弦，催人泪下，唤起普天下儿女们亲切的联想和深挚的忆念。

最后两句，以当事者的直觉，升华出进一层的深意：“谁言寸草心，报得三春晖。”“谁言”有些刊本作“谁知”和“谁将”，其实按诗意还是作“谁言”好。诗人出以反问，意味尤为深长。这两句是前四句的升华，通俗形象的比兴，加以悬绝的对比，寄托了赤子炽烈的情意：对于春天阳光般厚博的母爱，区区小草似的儿女怎能报答于万一呢？真有“欲报之德，昊天罔极”之意，感情是那样淳厚真挚。

七言古诗

陈子昂

陈子昂（661—702），唐梓州射洪（今四川射洪）人，字伯玉。唐睿宗文明元年（684）进士，武后光宅元年（684）谒阙上书，授官麟台正字、右拾遗。父丧归里，为县令段简所诬陷，卒于狱。唐初文风承袭六朝华靡之气，殆子昂出，首倡淡泊，开一代风气，甚为唐人推崇。有《陈伯玉集》行世。

登幽州台歌①

陈子昂

前不见古人，后不见来者。念天地之悠悠，独怆然而涕下②。

注释

①**幽州**：古代十二州之一，传说舜分冀州东北为幽州，即今河北省北部和辽宁省一带。②**怆**（chuàng）：悲伤、忧凄。

赏析

陈子昂诗骨气端详，音情顿挫，光英朗练，有念金石之声，其中洗心饰视，发挥忧郁，荡尽六朝繁华，开一代清新朴厚风气，陈子昂信为有唐第一人。这首短诗，深见子昂怀才不遇、落寞无聊之心绪，语言苍茫奔放，感人肺腑。

此诗是陈子昂任武攸宜行军参谋时，征讨李尽忠、孙万荣，子昂建议不被采纳，反遭贬斥，因登幽州古台而作。“前不见古人，后不见来者”，前代燕昭王礼待乐毅、郭隗，今日已成往事，且贤君明主不能相得，登台远眺，唯有宇宙无穷，天地苍茫，感怀身世，不禁悲从中来，怆然涕下。作者以慷慨悲凉的格调，营造了一个广阔的共鸣空间。

这首诗前两句俯仰今古，时间绵长，第三句写登台远眺，空间辽阔，以时间和空间来衬托个人情感，两相映照，格外动人。在用语上，子昂化用《楚辞·远游》中“惟天地之无穷兮，哀人生之长勤；往者余弗及兮，来者吾不闻”点铁成金，更添其苍然遒劲之色。

李颀

李颀（生卒年不详），赵郡(今河北赵县)人，少年时曾寓居河南登封。开元二十三年（735）进士，做过新乡县尉，诗以写边塞题材为主，风格豪放，慷慨悲凉，七言歌行尤具特色。《全唐诗》存其诗一卷。

古意

李颀

男儿事长征，少小幽燕客。赌胜马蹄下，由来轻七尺①。

杀人莫敢前，须如猬毛磔[2]。黄云陇底白云飞[3]，未得报恩不得归。辽东小妇年十五，惯弹琵琶解歌舞。今为羌笛出塞声[4]，使我三军泪如雨。

注释

①七尺：身体的代称，这里是指生命。②磔（zhé）：张开。③陇底：即陇山。④羌笛：乐器，相传出于古羌族，故称羌笛。

赏析

诗题"古意"，则为拟古，起首六句，将从军男儿细致刻画，神形逼肖，栩栩如生。自古幽并男儿，跨马挟弓，耳后生风，鼻头喷火，刚勇犷悍。"赌胜马蹄下，由来轻七尺"，气概夺人，轻生好斗，短须如磔，足见少年的刚猛。作者以五言古诗起首，短促紧快，尤其压以入声韵，更增强了艺术效果。

接下来作者则采取七言诗的方式，另开一重天地。"黄云陇底白云飞"，山下黄沙如云，山上白云飞舞，两相对照之际，"未得报恩不得归"，来势如横空霹雳，振人耳目。前文"黄云白云"之语，塞上风光，以寓健儿处身塞外，报效国家，此意虽未明言，然一句"未得报恩"，则是前文寓意有着落处。此处行文节奏悠扬，更夹一股凛冽劲道。投军报国，以常人理解则更应着墨沙场，而诗人笔锋忽转，一句"辽东小妇"，琵琶歌舞，羌笛出塞，三军洒泪，一切更显哀怨凄凉。李颀用烘云托月之法，精审含凝，功力之深，人所难及。

全诗共12句，奔腾顿挫，含蓄飘扬，一气贯注，如同掷笔凌空，声遏行云，血脉豁然，尺幅千里。这样的作品，李颀以前，未之或见。

听安万善吹觱篥歌①

李颀

南山截竹为觱篥，此乐本自龟兹出②。流传汉地曲转奇，凉州胡人为我吹。傍邻闻者多叹息，远客思乡皆泪垂。世人解听不解赏，长飙风中自来往。枯桑老柏寒飕飗，九雏鸣凤乱啾啾，龙吟虎啸一时发，万籁百泉相与秋。忽然更作渔阳掺③，黄云萧条白日暗。变调如闻杨柳春，上林繁花照眼新④。岁夜高堂列明烛⑤，美酒一杯声一曲。

注释

①**安万善**：唐时凉州胡人。**觱篥**（bì lì）：古乐器名，又名悲篥、笳管，出自龟兹，以芦为首，以竹为管，形状像胡笳。②**龟兹**（Qiū cí）：汉代西域城国，位于天山南麓，处在汉代西域北道交通线上。③**渔阳掺**（càn）：鼓曲名，又名《渔阳三挝（zhuā）》，据《后汉书·祢衡传》载，曹操听说祢衡善于击鼓，于是大宴宾客，祢衡敲了《渔阳掺》，音节雄劲悲壮。④**上林**：即秦汉名苑上林苑，在今陕西省周至县境内。⑤**岁夜**：除夕之夜。

赏析

李颀的这首《听安万善吹觱篥歌》别出心裁，以赏音为主线，正面着色，全诗18句而七换韵，变换之中，气脉通畅，毫无壅塞，声响艺境，相得益彰。

作者首先向读者介绍了觱篥的制作原材料及其出处，行文朴实无华，起句的平实，使下文如细泉山溪，汩汩而出，其中既包含了这种龟兹乐器的流传，又点明了演奏者的身份，而对乐曲极强的感染力则以“傍邻闻者多叹息，远客思乡皆泪垂”来表现。从“世人解听不解赏”开始，作者进一步阐释乐曲的美妙，“长飙风中自来往”，其声一开始如风过长空，气浪澎湃，枯桑老柏，作唱风中。又如九雏鸣凤、龙吟虎啸、万籁百泉，可以说世间一切声响都从这觱篥中飘荡出来。变调之后，却又像《渔阳三挝》，黄云萧条，白云惨淡；又如《杨柳》新歌，上林繁花，照眼更新。曲终之际，作者以“岁夜高堂列明烛，美酒一杯声一曲”作结，气韵短促而声势磅礴。

总而言之，李颀以绮华的字面，劲健的句法，收放自如，运笔含蕴，情致爽朗，风调隽永，为他在唐代诗坛取得了一席之地。

夜归鹿门歌[1]

孟浩然

山寺钟鸣昼已昏，渔梁渡头争渡喧。人随沙岸向江村，余亦乘舟归鹿门。鹿门月照开烟树，忽到庞公栖隐处[2]。岩扉松径长寂寥，惟有幽人自来去。

注释

①**鹿门**：山名，在今湖北襄阳境内。②**庞公**：即庞德公，曾隐居于鹿门山，后不知所终。

赏析

这首七言古诗的起首二句写了诗人黄昏之后傍江而行的所见所闻。“山寺钟鸣”“渡头争渡”，钟声人声混杂在一起，反衬出山寺的幽静，两相对照之际，含蓄地表达了作者闲淡静雅的神情和潇洒飘逸的襟怀。接下来两句则互文见意，以人归和我归相照应，其中恬然自得之态，溢于文字之间。五六句则写鹿门夜色，月笼烟树之中，庞公旧隐的地方忽然出现；最后以“岩扉松径”点染隐居之地，从而点破隐居的真谛；以“庞公”而自况，在这种环境中，隔绝尘俗，相伴山林，从而沉酣于“遁世而无闷”的生活中。

这首诗可作一篇小游记看，作者所追求的高逸情不流溢于诗句之间，语调则似谈心，结构自然，笔墨凝练，点染疏旷，形成一种独到的意境和风格。

梦游天姥吟留别[①]

李白

海客谈瀛洲[②]，烟涛微茫信难求。越人语天姥，云霓明灭或可睹。天姥连天向天横，势拔五岳掩赤城[③]。天台四万八千丈[④]，对此欲倒东南倾。我欲因之梦吴越，一夜飞度镜湖月[⑤]。湖月照我影，送我至剡溪[⑥]。谢公宿处今尚在，绿水荡漾清猿啼。脚著谢公屐[⑦]，身登青云梯[⑧]。半壁见海日，空中闻天鸡[⑨]。千岩万壑路不定，迷花倚石忽已暝。熊咆龙吟殷岩泉[⑩]，慄深林兮惊层巅[⑪]。云青青兮欲雨，水澹澹兮生烟。列缺霹雳，丘峦崩摧。洞天石扉，訇然中开[⑫]。青冥浩荡不见底，日月照耀金银台。霓为衣兮风为马，云之君兮纷纷而来下[13]。虎鼓瑟兮鸾回车，仙之人兮列如麻。忽魂悸以魄动，怳惊起而长嗟。惟觉时之枕席，失向来之烟霞。世间行乐亦如此，古来万事东流水。别君去兮何时还，且放白鹿青崖间，须行即骑访名山。安能摧眉折腰事权贵，使我不得开心颜。

注释

①**天姥（mǔ）**：山名，位于浙江嵊州、新昌之间，为括苍山的余脉，道家第十六道天福地。②**瀛洲**：传说中仙人所居住的神山。③**赤城**：山名，在浙江天台北六里，是前往天台山的必经之地。④**天台**：山名，主峰位于浙江天台，晋道士葛洪在这里炼丹得道。⑤**镜湖**：即鉴湖，在今浙江绍兴。⑥**剡（Shàn）溪**：水名，为曹娥江的上游，向北流入上虞，为上虞江，在浙江嵊州南。⑦**谢公屐**：一种底有钉的木鞋。南朝宋谢灵运喜欢游历山水，登山常穿有齿的木屐，上山去其前齿，下山去其后齿。⑧**青云梯**：此句化用谢灵运诗“共登青云梯”。⑨**天鸡**：神话传说中天上的鸡。⑩**殷**：震动。⑪**慄（lì）**：恐惧，惊恐。⑫**訇（hōng）**：大声的意思。⑬**云之君**：即云中君，是对云神丰隆的尊称。

赏析

李白这首《梦游天姥吟留别》就是一首带有记梦性质的游仙诗，其意境雄浑，变幻莫测，并以其高度的艺术形象和新颖的表现手法为人所传诵，是李白的杰作之一。

诗一开始先描绘了那虚无缥缈、难以追寻的海上仙山，“海客谈”“越人语”，更增强了诗人对天姥的向往度。接下来，李白开始对梦想中的天姥进行描写，“天姥连天向天横，势拔五岳掩赤城”，在诗人的心中，天姥山是极其峻拔的，高凌五岳，势玉赤城，其耸出霄汉，巍巍非凡。接下来诗人向人们展示了一幅更为雄伟离奇的画面：这是诗人进入梦境的发现，在月光的照射下，诗人渡过镜湖，来到剡溪，“脚著谢公屐，身登青云梯”；继而绮丽奇妙的景物一步步地展开来，石径盘桓，深山幽晦，海日凌空，天鸡作鸣；忽而倚石微憩，山花迷人，熊咆龙吟，栗然惊悸，烟水青云，因而变色；诗人的情感与这梦幻景物浑然一体，这是纯粹浪漫主义的风格，创造了一个奇异的境界。但是诗人并没有就此止步，其由奇异中更推进一步，使全诗进入高潮。“洞天石扉”，这是神仙的苑囿，披彩虹，驾长风，虎舞鸾翔，群仙毕至，异彩纷呈，绚心眩目。但是这些只是梦中的景色，诗人还是要回归到现实中来，至此诗的主题才真正突现出来，求仙学道并不是作者的愿望，居长安三载，失意落魄，所以这一切都成为诗人最后的呐喊：“安能摧眉折腰事权贵，使我不得开心颜。”

宣州谢朓楼饯别校书叔云[①]

李白

弃我去者昨日之日不可留，乱我心者今日之日多烦忧。长风万里送秋雁，对此可以酣高楼。蓬莱文章建安骨[②]，中间小谢又清发[③]。俱怀逸兴壮思飞，欲上青天览日月[④]。抽刀断水水更流，举杯销愁愁更愁。人生在世不称意，明朝散发弄扁舟。

注释

①**宣州**：即今安徽宣城。**谢朓**：南齐陈郡阳夏（今河南太康）人，字玄晖。与谢灵运同族，曾任宣城太守，后为萧遥光诬陷死。以山水诗闻名一时，风格秀丽清新。**校书**：官名。②**蓬莱**：海中三神山之一，藏有幽经秘籍，此处借指李云掌校典籍。**建安**：东汉献帝年号。“建安骨”即“建安风骨”的简称，指建安时，曹操父子与孔融、王粲、陈琳、徐干、刘桢、应玚、阮瑀等人诗文的风骨，其特征是“志深而笔长”，“梗概而多气”。③**小谢**：指谢朓。④**览**：通“揽”，摘取。

赏析

此诗是天宝末年李白游历宣城时，饯别校书李云所作，诗题一作《陪侍御叔华登楼歌》。

“弃我去者昨日之日不可留，乱我心者今日之日多烦忧”，起句极为突兀，既非言别，亦非登楼，直将胸中郁结泄于笔端纸上，时光流逝，去而不返，诗人屡不得志，其忧愤的郁积日甚一日。破空而来的话语作为诗的发端，一鼓作气，将诗人那种不可抑制的情绪全面触发。

如果说首二句是“千丈游丝入长空”，那么下二句则由高昂而急转平直，好似“一腔幽笛荡清池”。“长空万里送秋雁”，将秋高气爽、北雁南飞的秋日风光呈现在人们面前。在这样的画图中，高楼远望，则胸襟开阔，精神为之一振，烦襟为之一涤，心境契合，豪情逸飞。接下来则是主客双嘉，紧扣诗题。“俱怀逸兴壮思飞，欲上青天览日月”，彼此豪情奋发，心雄志壮，揽月之心，则是对超凡脱俗、境高意洁的追求，此时此刻，心头愁绪一无所存。

然而诗人的愁绪真能荡涤一空吗？短暂的快意之后，仍不能摆脱失意的羁绊，因而才会有“抽刀断水水更流，举杯销愁愁更愁”，诗的行文大起大落，就其对于诗人心境的表现而言，则是相当妥帖的。精神的枷锁是很难解开的，在激烈的矛盾冲突中，诗人最终发出了“人生在世不称意，明朝散发弄扁舟”的感慨，与其说这是一种解脱，不如说这是一种无奈，甚至是在强迫自己逃避现实，但是李白之为李白，既未屈服于外在压力，更未向内心的压力投降，他以豪迈之气，张扬个性，雄视今古。

这首诗是自然与豪放的完美结合，在思想上弹指万变，波澜壮阔，腾挪跌宕，随意西东；在语言上高华明朗，嘎金振玉，达到了一个极为和谐的艺术境界。

白雪歌送武判官归京①

岑参

北风卷地白草折，胡天八月即飞雪。忽如一夜春风来，千树万树梨花开。散入珠帘湿罗幕，狐裘不暖锦衾薄。将军角弓不得控②，都护铁衣冷犹着③。瀚海阑干百丈冰④，愁云惨淡万里凝。中军置酒饮归客，胡琴琵琶与羌笛。纷纷暮雪下辕门，风掣红旗冻不翻。轮台东门送君去⑤，去时雪满天山路。山回路转不见君，雪上空留马行处。

注释

①**判官**：官职名。据《唐书·职官志》，节度使、观察使都有判官掌书记。②**角弓**：用兽角装饰的弓。**控**：拉开。③**都护**：官职名。西

汉宣帝时置西域都护，管理西域三十六国。唐时设置安东、安西、安南、安北、单于、北庭六大都护。④**瀚海**：即沙漠。**阑干**：纵横交错的样子。⑤**轮台**：轮台县，北庭都护府治所。

赏析

岑参这首诗大约作于唐玄宗天宝十二年（753），诗人第二次出塞，任安西、北庭节度使封常清的判官。此诗为咏雪送人之作。

“北风卷地白草折，胡天八月即飞雪”，这诗起句便勾勒出塞外风雪交加的场景，“北风卷地”，气势奇突，“八月飞雪”，语含惊叹。塞外苦寒，大雪纷飞，诗人在“八月飞雪”的惊叹之后，并未描述雪带来的奇寒，而仍承接上文的惊叹，将雪描绘得更加新颖：“忽如一夜春风来，千树万树梨花开。”诗人以春景拟冬景，使人在奇寒的塞外可以感到一丝暖意。但是在接下来的行文中，通过上文的反衬，将雪的威力全面表现出来，飞入珠帘，罗幕飘湿，狐裘不暖，锦衾单薄，角弓难控，铁衣难着，所有这一切，都是作者身处塞外雪中的所见和所感，颇有几许新奇之色。

除了咏雪，这首诗的另一主题是送人，将人对雪和沙漠做了描述之后，已经营造出一个十分典型的送别环境，如此酷寒之中，长途的跋涉是何等艰难，中军置酒，不乏急管繁弦，胡琴琵琶，能不勾起乡思乡愁吗？于送别之中更出一番波澜。客出军门，大雪纷飞，冰冻红旗，是白中一点红，反而让人觉得此刻透骨奇寒，行人一去，马迹空山，以此作为诗的结尾，效果妙不可言。

岑参这首诗笔力雄健，大胆挥洒之中又有细腻刻画，实中有虚，虚中生实，诗情含蕴多彩，意境鲜明独特，具有很强的艺术感染力，换韵之际，节奏起伏，取得了出人意表的效果。

丹青引 赠曹将军霸[①]

杜甫

将军魏武之子孙[②]，于今为庶为清门[③]。英雄割据虽已矣，文采风流今尚存[④]。学书初学卫夫人[⑤]，但恨无过王右军[⑥]。丹青不知老将至，富贵于我如浮云。开元之中常引见，承恩数上南熏殿[⑦]。凌烟功臣少颜色[⑧]，将军下笔开生面。良相头上进贤冠[⑨]，猛将腰间大羽箭[⑩]。褒公鄂公毛发动[⑪]，英姿飒爽来酣战。先帝御马玉花骢[⑫]，画工如山貌不同[⑬]。是日牵来赤墀下[⑭]，迥立阊阖生长风[⑮]。诏谓将军拂绢素，意匠惨澹经营中。斯须九重真龙出，一洗万古凡马空。玉花却在御榻上，榻上庭前屹相向。至尊含笑催赐金，圉人太仆皆惆怅[⑯]。弟子韩幹早入室[⑰]，亦能画马穷殊相。幹惟画肉不画骨，忍使骅骝气凋丧。将军画善盖有神，必逢佳士亦写真。即今飘泊干戈际，屡貌寻常行路人。途穷反遭俗眼白[⑱]，世上未有如公贫。但看古来盛名下，终日坎壈缠其身[⑲]。

注释

①**丹青**：指绘画，因绘画中多用红绿着色，故称丹青。**曹将军**：魏曹髦后人曹霸，唐玄宗天宝末年，曾奉旨去画御马和功臣像，官至左武卫将军，故称曹将军。②**魏武**：即曹操。③**清门**：寒素之家。④**风流**：指仪表、态度的优雅。⑤**卫夫人**：名铄，字茂漪，卫恒的侄女，汝阴太守李矩的妻子，工书法，尤善隶书，王羲之曾师从她学书法。⑥**王右军**：即王羲之，曾官右军将军。故称“王右军”。⑦**南熏殿**：唐宫殿名，据《长安志》载：南熏殿在南内兴庆宫内。⑧**凌烟功臣**：唐太宗

贞观十七年（643）二月，图画功臣24人于凌烟阁，阁位于西内三清殿。⑨**进贤冠**：古代儒士所戴的缁布冠。⑩**大羽箭**：装有羽毛的长箭，据《酉阳杂记》载：唐太宗喜欢用四洞大笴长箭。⑪**褒公鄂公**：即褒国公段志玄和鄂国公尉迟敬德。⑫**先帝**：即唐玄宗。⑬**如山**：形容众多的意思。⑭**赤墀**：亦叫丹墀，指官殿的台阶。⑮**阊阖**（chāng hé）：宫殿的正门。⑯**圉人太仆**：皆为官职名。圉（yǔ）人主要掌管养马放牧等事；太仆主要掌管车马和畜牧之事，为九卿之一。⑰**韩幹**：唐代著名画工，以画马闻名，曾师事曹霸。⑱**俗眼白**：晋阮籍能为青白眼，见俗人常施以白眼。这里指遭世俗之人的轻视。⑲**坎壈**（kǎn lǎn）：不平，比喻遭遇不顺利。

赏析

安史之乱以后，宫中诸奉御艺人流落四方。曹霸当时亦是奉御之人，经过战乱，也开始了漂泊潦倒的生活，少陵流寓成都，与曹霸相识，因此作了这首《丹青引》。

少陵先从曹霸身世起笔，当年龙子圣孙，如今也是庶户清门，割据中原的历史已经荡然无存，而当年的文采风流今日依然存在。起首四句凝练苍凉，少陵以抑扬起伏之笔，造就跌宕多姿之语，大气磅礴，统摄全篇。接下来，少陵则从曹霸学书学画入手，以见其技艺高妙，“初学卫夫人”，则称其师从高手，“但恨无过王右军”，则称其志向宏远，丹青一事，沉酣一生，不知老之将至，情尚所在，视富贵如浮云。少陵笔致灵活，收放自如，主次分明，抑扬顿挫，极为有致。

“开元”以后，少陵将重心放在对曹霸画技的展示上，首先是关于他重绘凌烟阁功臣像，曹霸妙笔生花，所绘人物栩栩如生，少陵特别点出褒国公、鄂国公像，其毛发飞动，几如当年叱咤沙场的情景。此处在全诗中只是一番铺垫，未能见其高超画技。少陵以画人为衬笔，以画马为主线，此一段文字从玄宗玉花骢被牵至赤墀之下起笔，曹霸手拂素绢，一气呵成，马之神骏，几如真龙，其中赞叹之情，溢于言表，笔酣墨畅，精妙之极。其间既以其他画师、圉人、太仆加以点缀陪衬，又以其弟子韩幹来对照其师。当年曹霸风神气象，可谓盛极。

因而最后八句则以今日曹霸之落魄与之前文相比拟，愈见其落魄之甚。行路卖画，为路人写真，此中辛苦，与漂泊西南的少陵何其相似，时运不济，困顿缠身，虽题目赠曹霸，不啻为少陵对自身的真实写照。

全诗宾主分明，对比强烈，一波未平，一波忽起，顿挫抑扬之际，笔力之老辣，惊人心目。并且其中以诗笔摹写画意，评论画法之中，诗情浓郁，可谓唐代美术史与绘画批评史上一盛事，除却少陵，恐他人无此笔力。

古柏行[①]

杜甫

孔明庙前有老柏，柯如青铜根如石。霜皮溜雨四十围，黛色参天二千尺。君臣已与时际会[②]，树木犹为人爱惜。云来气接巫峡长[③]，月出寒通雪山白。忆昨路绕锦亭东[④]，先主武侯同閟宫[⑤]。崔嵬枝干郊原古[⑥]，窈窕丹青户牖空。落落盘踞虽得地，冥冥孤高多烈风。扶持自是神明力，正直原因造化功。大厦如倾要梁栋，万牛回首丘山重。不露文章世已惊[⑦]，未辞剪伐谁能送[8]。苦心岂免容蝼蚁，香叶曾经宿鸾凤。志士幽人莫怨嗟，古来材大难为用。

注释

①**古柏**：在今重庆奉节县武侯庙内。②**际会**：遇合。③**巫峡**：长江三峡之一，在今重庆奉节西。④**锦亭**：成都锦江边的亭子。⑤**閟（bì）宫**：祠堂的意思。⑥**崔嵬（wéi）**：高大突兀的样子。⑦**文章**：即指柏树的纹理。⑧**剪伐**：出自《诗经·召南·甘棠》："蔽芾甘棠，勿剪勿伐。"杜甫借用此诗意。

赏析

咏物诗经常采用比兴手法，往往以物为题，以物喻人，看似句句在物，实则句句在人，这就是古人所谓的"诗中有人，呼之欲出"。少陵这首《古柏行》题在古柏，意在武侯，句句咏古柏，句句皆是从武侯处来。

这首诗的起句首先点明了古柏的位置——"孔明庙前"，同时这四字也将古柏的寓意告诉了读者，柏与孔明是紧密结合的。接下来是对古柏特征的描写，青铜般的枝柯，磐石般的根部，古柏本身就是坚贞不屈的精神体现。"霜皮溜雨四十围，黛色参天二千尺"，少陵以极其夸张的笔法描绘了古柏的粗壮与高大，前人曾对这两句提出苛刻的批评，认为这不合事理，而不知这两句恰是少陵对夸张手法的巧妙运用，气势挺拔，足以骇人心目。接下来两句则表现了古柏的高洁，此六句皆是为下文做铺垫。少陵绕过古柏，转写昨日所见，先主刘备与武侯供奉在同一祠堂内，恰是君臣际会的真实表现，人们敬重先主、武侯，同时也有了一种爱屋及乌的心理。从"先主武侯"句开始至"正直原因造化功"，虽表面句句是古柏，但是句句却道出了蜀汉创业的艰难，孔明扶持先主的辛苦。最后则似乎全抛开古柏，直赞孔明临危受命，兴复汉业，诗人大发感慨，语凝字练，老气横秋，最终一句“古来材大难为用”了结全诗，此句作为诗眼，深含少陵不平之气，出则为栋梁，守则为孤木，树犹如此，人何以堪。

杜少陵的诗中，可将各种情绪拢于一篇，而具有调和之美，则诗之中或写实，或感叹，或激愤，或慨慷，千变万化，而往往愈拶愈紧，愈转愈深。始则突兀于胸中，继则奔流于纸上，于无条理中见条理，极文章之能事。

观公孙大娘弟子舞剑器行并序[①]

杜甫

大历二年（767）十月十九日[②]，夔府别驾元持宅，见临颍李十二娘舞剑器[③]，壮其蔚跂[④]，问其所师，曰：“余公孙大娘弟子也。”开元三载（715），余尚童稚，记于郾城观公孙氏舞剑器浑脱[⑤]，浏漓顿挫[⑥]，独出冠时。自高头宜春、梨园二伎坊内人[⑦]，洎外供奉，晓是舞者，圣文神武皇帝初[⑧]，公孙一人而已。玉貌锦衣，况余白首，今兹弟子，亦匪盛颜。既辨其由来，知波澜莫二。抚事感慨，聊为《剑器行》。往者吴人张旭[⑨]，善草书书帖，数常于邺县见公孙大娘舞西河剑器，自此草书长进。豪荡感激，即公孙可知矣。

昔有佳人公孙氏，一舞剑器动四方。观者如山色沮丧，天地为之久低昂。燿如羿射九日落[⑩]，矫如群帝骖龙翔。来如雷霆收震怒，罢如江海凝清光。绛唇珠袖两寂寞，晚有弟子传芬芳。临颍美人在白帝[⑪]，妙舞此曲神扬扬。与余问答既有以，感时抚事增惋伤。先帝侍女八千人，公孙剑器初第一。五十年间似反掌，风尘澒洞昏王室[⑫]。梨园子弟散如烟，女乐余姿映寒日。金粟堆前木已拱，瞿塘石城草萧瑟。玳弦急管曲复终，乐极哀来月东出。老夫不知其所往，足茧荒山转愁疾。

注释

①**公孙大娘**：唐开元间教坊的著名舞者，善舞剑器。②**大历**：唐代宗年号（766—779）。③**临颍**：今河南临颍。**剑器**：古舞曲名，其舞以女伎雄装空手而舞。④**蔚跂**（qǐ）：形容其舞姿矫健凌厉。⑤**郾城**：今河南郾城。**浑脱**：舞曲名。⑥**浏漓**：象声词。⑦**宜春**、**梨园**：唐代设置左、右教坊，擅长歌舞的教坊女伎多被征调入宜春院，称为内人。唐玄宗选乐工三百人，宫女数百人，教授乐曲于梨园，亲自加以指导，号“皇帝梨园弟子”，后世称戏班为梨园，起源于此。⑧**圣文神武皇帝**：唐玄宗尊号。⑨**张旭**：唐苏州人，书法家和诗人，因其行为不羁，故有“张颠”之称。⑩**燿**：火光。**羿**：传说中的人物，尧时十日并出，命羿射掉九日。⑪**白帝**：白帝城，在今四川奉节，西汉末年，公孙述割据四川，殿前井中有白龙出现，自认为承继汉的土运，因号山为白帝山，城为白帝城。⑫**澒洞**：形容弥漫无际。

赏析

人言少陵以诗为文，退之以文为诗。少陵这首诗的序言，正是以诗为文，其中慨慷转折，笔法跌宕起伏，序中所言，既开启诗中情景，而又有不同，两相辉映，意味盎然。

诗的起首八句重在描绘公孙大娘的舞姿，其名望之重，四方传扬，并且具有极强的感染力，观众的神情惊讶，仿佛天地也因受到舞蹈的感染而产生变化。接下来诗人以急徐动静四方面来描述公孙大娘的舞姿：“羿射九日”，可见其舞蹈动作是何等剧烈，急的表现即是如此；“群帝龙翔”，则是一幅安详和缓的气氛；“雷霆收怒”，足以骇人心目；“江海凝光”，足以清人肺腑。观者如此，读者也常常被感染。接着，诗人笔锋一转，则是在一舞之后的寂寞，公孙已逝，幸有弟子重出，传其芬芳，一席问答，感今抚昔，诗人心中便有了无限惆怅。“先帝侍女八千人”，五十年前，太平盛世，急管繁弦，一片升平气象，“公孙剑器”也和时代一样，达到了前所未有的鼎盛。而五十年内，风云突起，王室板荡，梨园佳丽流落四方，一时间烟消云散，看到李十二娘的剑器舞，更是令诗人黯然神伤。自“金粟堆前木已拱”开始到结束全篇，诗人的情感变化达到了极致：玄宗已逝，诗人流落蜀中，虽是华筵妙舞之际，总免不了乐极生哀，其中四顾茫然，悲欣交集，寒月荒山，踽踽独行。在描绘舞蹈的同时，诗人的情感也起伏不定，这种起伏全部汇入了诗中。

诗人在诗中句句不离剑器，而又句句含情，既有浏漓顿挫之节奏，又有豪荡感激之气势，诚为沉郁悲壮的杰作。

石鱼湖上醉歌[①]并序

元结

漫叟以公田米酿酒[②]，因休暇则载酒于湖上，时取一醉。欢醉中，据湖岸引臂向鱼取酒，使舫载之，遍饮坐者。意疑倚巴丘酌于君山之上[3]，诸子环洞庭而坐，酒舫泛泛然触波涛而往来者，乃作歌以长之[4]。

石鱼湖，似洞庭，夏水欲满君山青。山为樽，水为沼，酒徒历历坐洲岛。长风连日作大浪，不能废人运酒舫。我持长瓢坐巴丘，酌饮四座以散愁。

注释

①**石鱼湖**：在今湖南省道县东，因湖中有大石，形状如游鱼而得名。②**漫叟**：元结的别号。③**巴丘**：山名，在汀水右岸。**君山**：又名洞庭山，在洞庭湖中。④**长**：助兴之意。

赏析

元结这首诗作于任道州刺史时。经过长期战乱，道州屡受攻掠，人口骤降，诗人在这样的环境中，既想尽到爱育黎庶之心，又对现实感到无能为力，于是产生了归隐的心思。诗人就是在这种矛盾的心态下写出了这首《石鱼湖上醉歌》。

诗的一开始就描绘了石鱼湖的风景，并且将石鱼湖和洞庭湖相比拟，在夏水充盈的时候，湖中山石也有了君山的色彩。在如此美景之中，以山为酒樽，酒徒列坐，即使长风连日，大浪滔天，也不能影响他们在湖上畅饮。这些情景足以说明诗人的心情是相当愉悦的，但事实并非如此，坐在湖边的诗人，推饮四座的真实目的是为了借酒浇愁。可以说，前文大量的铺垫，其着重点是一个“愁”字。

此诗是乘兴之作，所以句式很散，但这丝毫不影响诗人情感的表达。所以后人评价此诗说：“《石鱼湖上醉歌》《欸乃曲》，洒脱似太白。”观此诗，确有太白风骨。

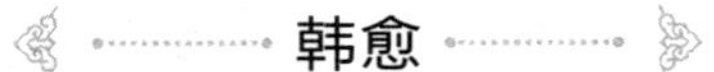

韩愈

韩愈（768—824），河南河阳（今孟州市）人，字退之。早年丧亲，由兄嫂抚养成人。唐德宗贞元八年（792）进士及第，贞元十九年（803）任监察御史。穆宗时曾任国子监祭酒，转兵部、吏部侍郎。韩愈博学多才，是唐代散文运动的领袖人物，其文笔雄健，气势磅礴。长庆四年（824）卒，谥文，故世称“韩文公”，又郡望昌黎，世称“韩昌黎”。有《昌黎先生集》行世。

山石

韩愈

山石荦确行径微[①]，黄昏到寺蝙蝠飞。升堂坐阶新雨足，芭蕉叶大支子肥[②]。僧言古壁佛画好，以火来照所见稀。铺床拂席置羹饭，疏粝亦足饱我饥[③]。夜深静卧百虫绝，清月出岭光入扉。天明独去无道路，出入高下穷烟霏。山红涧碧纷烂漫，时见松枥皆十围。当流赤足踏涧石，水声激激风生衣。人生如此自可乐，岂必局促为人鞿[④]。嗟哉吾党二三子，安得至老不更归。

注释

①荦确（luò què）：险峻陡峭的样子。②支子：即栀子，木名，常

绿灌木，仲春开白花，花甚芳香，夏秋结籽，籽如诃子，熟后籽为黄色，可入药，亦可作染料。③**疏粝**：粗米。④**羁**（jī）：马缰绳，比喻受人牵制、束缚。

赏析

诗题《山石》，并非咏山石，而是一篇游记诗。韩愈在诗中巧妙地运用散文中游记文的写法，描写了游玩途中的所见所闻，其散文风格鲜明，但又丝毫不影响诗的情趣，这一点就韩愈而言是极具独创性的。

诗一开始便用“山石荦确行径微”概括出行程的艰辛，虽是写静态的石头，实际上包含了动的影子，山石是诗人途中所见和所经历的。实写人而无人，造境之奇，可为拊掌。“黄昏到寺蝙蝠飞”，看似写物实则仍着笔于人，而所处之境，则暮色顿见。接下来，诗人写到了寺中的所见，庭院之中，芭蕉叶大，栀子茂盛，一“大”一“肥”字，将院中生气写得恰到好处，而这一切都是在“新雨足”之后显现出来的。由庭院的雅致到寺僧的热情，变换之际步骤分明，而取舍之时不留痕迹。寺僧虽邀诗人去欣赏佛画，但诗人的兴趣并不在这里，而铺床置膳，款待宾客，则更让诗人感到舒心，同时也细腻地体现出宾主之间的情感交融。吃饭解除了游山的饥饿感，而夜静安卧则是解除游山的疲乏，但诗人并没有真正睡着，在百虫绝声、月光入扉的静寂中，如此好景，能不欣赏吗？诗到这里则主要描写了天明之后的情景，而与上文一气直下，毫不间隔。晨起时山路迷蒙，原因是“出入高下穷烟霏”，在烟迷雾罩之中行走，别具诗情画意，而烟消云散之后，则是另一番景色：“山红涧碧纷烂漫，时见松枥皆十围。”这一变化是很自然的，但从视觉上说，则是极具冲击力的，在松枥之间前行，清风拂衣，泉声悦耳，赤足涉涧，一种亲近自然之感油然而生。最后四句是在游历之后的情感抒发，人生在自然中具有一种十分深刻的自得之乐，是没有任何羁绊的自由，如此结尾，进一步强化了全诗的艺术魅力。

元好问在《论诗绝句》中说："有情芍药含春泪，无力蔷薇卧晚枝。拈出退之《山石》句，始知渠是女郎诗。"其风格滋媚，气势浑厚，足以领一代风骚。

渔翁

柳宗元

渔翁夜傍西岩宿，晓汲清湘燃楚竹。烟销日出不见人，欸乃一声山水绿①。回看天际下中流，岩上无心云相逐②。

注释

①欸（ǎi）乃：行船摇橹声。②**岩上无心云相逐**：此句化用陶潜"云无心而出岫"句，指任意飘荡的云。

赏析

柳宗元此诗作于任永州刺史时，由于官场上的失意，在永州上任时其心中充满了枯寂和孤愤，因而寄情山水，写下了著名的《永州八记》。在这里诗人以渔翁自况，表现出一种孤独清高的情绪。苏东坡赞道："诗以奇趣为宗，反常合道为趣。熟味此诗有奇趣。"

诗的首句起势极平，毫无点染之功，"夜傍西岩"而眠，本无可说，第二句则平中出奇，首先是用词之奇，"汲清湘""燃楚竹"，意蕴深远，有超凡脱俗之态。接下来奇情奇景，迭起波澜，“烟销日出”而人不见，则人在其中，“欸乃一声”不写人而写声，则声应于人，有人的存在，足见山水之可爱。声可悦而怡情，山水则明目爽心，境界高妙，而诗人胸中之孤寂又流露了出来。结尾两句看似平平无奇，实则有余音绕梁之意。

柳宗元此诗奇趣天成，人难凑泊，奇中出奇，故别有洞天，别见心地，实为千古绝唱。

白居易

白居易（772—846），祖籍山西太原，生于河南新郑（今郑州新郑市），字乐天。唐德宗贞元十六年（800）进士，拔萃科试后，授秘书省校书郎。元和初任翰林学士，迁左拾遗。因上表谏事，贬江州司马，累迁杭、苏二州刺史。后诏还，授太子太傅。晚年居洛阳香山，号香山居士。主张“文章合为时而著，歌诗合为事而作”。其诗平易浅显，流传甚广，有《白氏长庆集》行世。

长恨歌

白居易

汉皇重色思倾国[①]，御宇多年求不得。杨家有女初长成[②]，养在深闺人未识。天生丽质难自弃，一朝选在君王侧。回眸一笑百媚生，六宫粉黛无颜色[③]。春寒赐浴华清池[④]，温泉水滑洗凝脂。侍儿扶起娇无力，始是新承恩泽时。云鬓花颜金步摇[⑤]，芙蓉帐暖度春宵。春宵苦短日高起，从此君王不早朝。承欢侍宴无闲暇，春从春游夜专夜。后宫佳丽三千人，三千宠爱在一身。金屋妆成娇侍夜[6]，玉楼宴罢醉和春。姊妹弟兄皆列土[7]，可怜光彩生门户。遂令天下父母心，不重生男重生女[8]。骊宫高处入青云[9]，仙乐风飘处处闻。缓歌慢舞凝丝竹，尽日君王看不足。渔阳鼙鼓动地来[10]，惊破霓裳羽衣曲[11]。九重城阙烟尘生，千乘万骑西南行。翠华摇摇行复止，西出都门百余里。六军不发无奈何，宛转蛾眉马前死。花钿委地无人收，翠翘金雀玉搔头[12]。君王掩面救不得，回看血泪相和流。黄埃散漫风萧索，云栈萦纡登剑阁[13]。峨嵋山下少人行，旌旗无光日色薄。蜀江水碧蜀山青，圣主朝朝暮暮情。行宫见月伤心色，夜雨闻铃肠断声[14]。天旋日转回龙驭[15]，到此踌躇不能去。马嵬坡下泥土中[16]，不见玉颜空死处。君臣相顾尽沾衣，东望都门信马归。归来池苑皆依旧，太液芙蓉未央柳[17]。芙蓉如面柳如眉，对此如何不泪垂？春风桃李花开日，秋雨梧桐叶落时。西宫南内多秋草[18]，落叶满阶红不扫。梨园弟子白发新，椒房阿监青娥老[19]。夕殿萤飞思悄然，孤灯挑尽未成眠。迟迟钟鼓初长夜，耿耿星河欲曙天。鸳鸯瓦冷霜华重，翡翠衾寒谁与共？悠悠生死别经年，魂魄不曾来入梦。临邛道士鸿都客[20]，能以精诚致魂魄。为感君王辗转思，遂教方士殷勤觅。排空驭气奔如电，升天入地求之遍。上穷碧落下黄泉[21]，两处茫茫皆不见。忽闻海上有仙山，山在虚无飘渺间。楼阁玲珑五云起，其中绰约多仙子。中有一人字太真，雪肤花貌参差是。金阙西厢叩玉扃[22]，转教小玉报双成[23]。闻道汉家天子使，九华帐里梦魂惊。揽衣推枕起徘徊，珠箔银屏迤逦开[24]。云髻半偏新睡觉，花冠不整下堂来。风吹仙袂飘飘举，犹似霓裳羽衣舞。玉容寂寞泪阑干，梨花一枝春带雨。含情凝睇谢君王，一别音容两渺茫。昭阳殿里恩爱绝㉕，蓬莱宫中日月长。回头下望人寰处，不见长安见尘雾。惟将旧物表深情，钿合金钗寄将去。钗留一股合一扇，钗擘黄金合分钿。但教心似金钿坚，天上人间会相见。临别殷勤重寄词，词中有誓两心知。七月七日长生殿，夜半无人私语时。在天愿作比翼鸟，在地愿为连理枝。天长地久有时尽，此恨绵绵无绝期。

注释

①**倾国**：美人的代称。汉《李延年歌》："北方有佳人，绝世而独立。一顾倾人城，再顾倾人国。"②**杨家**：杨贵妃叔父为杨玄珪。贵妃名玉环，字太真。③**粉黛**：妃嫔的代称。④**华清池**：在今陕西临潼南骊山上。⑤**金步摇**：妇女首饰的一种，上面有垂珠，行走时就会摇动。⑥**金屋**：极言房屋的华丽。汉武帝为太子时，长公主欲以女配帝，问曰："阿娇好否？"帝曰："好！若得阿娇作妇，当做金屋贮之。"⑦**姊妹弟兄皆列土**：杨贵妃有姐三人，大姐封韩国夫人，三姐封虢国夫人，八姐封秦国夫人。从兄铦为鸿胪卿，锜为侍御史，从祖兄钊（国忠）授金吾兵曹参军。⑧**不重生男重生女**：这是对当时诸多民谣的化用，如"男不封侯女作妃，看女却为门上楣""生男勿喜女勿悲，君今看女做门楣"。⑨**骊宫**：即华清宫，因其在骊山上，故名。⑩**渔阳鼙鼓**：唐玄宗天宝十四年，安禄山以讨伐杨氏为名，反于范阳，引兵南侵，同时反叛的有卢龙、密云、汲、邺、渔阳等郡。渔阳即今河北蓟县、北京平谷一带。⑪**霓裳羽衣曲**：唐代著名舞曲。本传自西凉，经玄宗润色，于天宝十三年改为《霓裳羽衣曲》。⑫**玉搔头**：妇女首饰的一种。⑬**剑阁**：即今四川剑阁东北大剑山、小剑山之间，

是川陕间的军事要道。⑭**夜雨闻铃**：据《太真外传》载："上至斜谷口，属霖雨弥旬，于栈道中闻铃声，隔山相应，上既悼念贵妃，因采其声为《雨霖铃曲》以寄恨焉。"⑮**龙驭**：即天子的车驾。⑯**马嵬坡**：在今陕西兴平西，其地今有杨贵妃墓。⑰**太液**：即太液池，汉武帝时开凿。**未央**：即未央宫，故址在今陕西西安西北部。⑱**西宫**：即甘露殿。**南内**：即兴庆宫。唐玄宗回长安后，曾先后在这里居住。⑲**椒房**：后宫的代称。⑳**临邛**（qióng）：即今四川邛崃市。㉑**碧落**：天宫。㉒**玉扃**（jiōng）：玉做的门。㉓**小玉**：吴王夫差的女儿。**双成**：即董双成，西王母的侍女。㉔**迤逦**：连绵不断的样子。㉕**昭阳殿**：汉代宫殿名。

赏析

《长恨歌》是白居易诗作中脍炙人口的名篇，作于元和元年（806），当时诗人正在盩厔县（今陕西周至）任县尉。这首诗是他和友人陈鸿、王质夫同游仙游寺，有感于唐玄宗、杨贵妃的故事而创作的。在这首长篇叙事诗里，作者以精练的语言、优美的形象，以及叙事和抒情相结合的手法，叙述了唐玄宗和杨贵妃在安史之乱中的爱情悲剧：他们的爱情被自己酿成的叛乱断送了，正在没完没了地吃着这一精神的苦果。唐玄宗、杨贵妃都是历史上的人物，诗人并不拘泥于历史，而是借着历史的一点影子，根据当时人们的传说及街坊的传唱，从中蜕化出一个回旋曲折、婉转动人的故事，用回环往复、缠绵悱恻的艺术形式，描摹、歌咏出来。由于诗中的故事、人物都是艺术化的，是现实中人的复杂真实的再现，所以能够在历代读者的心中漾起阵阵涟漪。

《长恨歌》就是歌"长恨"，"长恨"是诗歌的主题，故事的焦点，也是埋在诗里的一颗牵动人心的种子。而"恨"什么，为什么要

“长恨”，诗人不是直接铺叙、抒写出来，而是通过他笔下诗化的故事，一层一层地展示给读者，让人们自己去揣摩，去回味，去感受。

诗歌开卷第一句“汉皇重色思倾国”，看来很寻常，好像故事原就应该从这里写起，不需要作者花什么心思似的，事实上这七个字含量极大，是全篇纲领，它既揭示了故事的悲剧因素，又唤起和统领着全诗。紧接着，诗人用极其省俭的语言，叙述了安史之乱前，唐玄宗如何重色、求色，终于得到了“回眸一笑百媚生，六宫粉黛无颜色”的杨贵妃。进而描写杨贵妃的美貌、娇媚，进宫后因有色而得宠，不但自己“新承恩泽”，而且“姊妹弟兄皆列土”，反复渲染唐玄宗得贵妃以后在宫中如何纵欲，如何行乐，如何终日沉湎于歌舞酒色之中。所有这些，就酿成了安史之乱，“渔阳鼙鼓动地来，惊破霓裳羽衣曲”。这一部分写出了“长恨”的内因，是悲剧故事的基础。诗人通过这一段宫中生活的写实，不无讽刺地向我们介绍了故事的男女主人公：一个重色轻国的帝王和一个娇媚恃宠的妃子。且形象地暗示我们，唐玄宗的迷色误国，就是这一悲剧的根源。

紧接着，诗人具体描述了安史之乱发生后，皇帝兵马仓皇逃入西南的情景，特别是在这一动乱中唐玄宗和杨贵妃爱情的毁灭。“六军不发无奈何，婉转蛾眉马前死。花钿委地无人收，翠翘金雀玉搔头。君王掩面救不得，回看血泪相和流”，写的就是他们在马嵬坡生离死别的一幕。“六军不发”，要求处死杨贵妃，是愤于唐玄宗迷恋女色，祸国殃民。杨贵妃的死，在整个故事中是一个关键性的情节，在这之后，他们的爱情才成为一场悲剧。接着，从“黄埃散漫风萧索”起至“魂魄不曾来入梦”，诗人抓住了人物精神世界里揪心的“恨”，用酸恻动人的语调，婉转形容和描述了杨贵妃死后唐玄宗在蜀中的寂寞悲伤，还都路上的追怀忆旧，以及回宫后睹物思人，触景生情，一年四季物是人非事事休的种种感触。缠绵悱恻的相思之情，读来令人荡气回肠。正由于诗人把人物的感情渲染到这样的程度，后面道士的到来，仙境的出现，便给人一种真实感，不以为纯粹是一种天方夜谭了。

从“临邛道士鸿都客”至诗的末尾，写道士帮助唐玄宗寻找杨贵妃。诗人采用的是浪漫主义的手法，忽而上天，忽而入地，“上穷碧落下黄泉，两处茫茫皆不见”。后来，在海上虚无缥缈的仙山上找到了杨贵妃，让她以“玉容寂寞泪阑干，梨花一枝春带雨”的形象在仙境中再现，殷勤迎接汉家的使者，含情脉脉，托物寄词，重申前誓，照应唐玄宗对她的思念，进一步深化、渲染“长恨”的主题。诗歌的末尾用“天长地久有时尽，此恨绵绵无绝期”结笔，点明题旨，照应开头，而且做到“清音有余”，给读者以联想、回味的余地。

《长恨歌》首先给我们艺术美的享受是诗中那个婉转动人的故事，和诗歌精巧独特的艺术构思。全篇中心是歌“长恨”，但诗人却从“重色”说起，并且予以极力铺写和渲染。“日高起”“不早朝”“夜专夜”“看不足”等，看来是乐到了极点，像是一幕喜剧。然而，极度的乐，正反衬出后面无穷无尽的恨。唐玄宗的荒淫误国，引出了政治上的悲剧，反过来又导致了他和杨贵妃的爱情悲剧。悲剧的制造者最后成为悲剧的主人公，这是故事的特殊、曲折处，也是诗中男女主人公之所以要“长恨”的原因。过去许多人说《长恨歌》有讽喻意味，这首诗的讽喻意味就在这里。那么，诗人又是如何表现“长恨”的呢？马嵬坡杨贵妃之死，诗人刻画极其细腻，把唐玄宗那种不忍割爱但又欲救不得的内心矛盾和痛苦感情都具体形象地表现了出来。由于这“血泪相和流”的死别，才会有那没完没了的恨。随后，诗人用许多笔墨从各方面反复渲染唐玄宗对杨贵妃的思念，但诗歌的故事情节并没有停止在一个感情点上，而是随着人物内心世界的层层展示，感应他的景物的不断变化，把时间和故事向前推移，用人物的思想感情来推动故事情节的发展。唐玄宗奔蜀是在死别之后，内心十分酸楚愁惨；还都路上，旧地重经，又勾起了伤心的回忆；回宫后，白天睹物伤情，夜晚辗转难眠。日思夜想而不得，所以寄希望于梦境，却又是“悠悠生死别经年，魂魄不曾来入梦”。诗至此，已经把“长恨”之“恨”写得十分动人心魄，故事到此结束似乎也可以。然而诗人笔锋一转，别开生面，借助想象的彩翼，构思了一个妩媚动人的仙境，把悲剧故事的情节推向高潮，使故事更加回环曲折，有起伏，有波澜。这一转折，既出人意料，又尽在情理之中。由于主观愿望和客观现实不断发生矛盾、碰撞，诗歌把人物千回百转的心理表现得淋漓尽致，故事也因此而显得更为婉转动人。

《长恨歌》是一首抒情成分很浓的叙事诗，诗人在叙述故事和人物塑造上采用了我国传统诗歌擅长的抒写手法，将叙事、写景和抒情巧妙地结合在一起，形成诗歌抒情上回环往复的特点。诗人时而把人物的思想感情注入景物，用景物的折光来烘托人物的心境；时而抓住人物周围富有特征性的景物、事物，通过人物对它们的感受来表现内心的感情，层层渲染，恰如其分地表达人物蕴蓄在内心深处的难表之情。唐玄宗逃往西南的路上，四处是黄尘、栈道、高山，日色暗淡，旌旗无光，秋景凄凉，这是以悲凉的秋景来烘托人物的悲思。在蜀地，面对着青山绿水，还是朝夕不能忘情，蜀中的山山水水原是很美的，但是在寂寞悲哀的唐玄宗眼中，那山的“青”，水的“碧”，也都惹人伤心，大自然的美应该有恬静的心境才能享受，他却没有，所以就更增加了他内心的痛苦。这是透过美景来写哀情，使感情又深入一层。行宫中的月色，雨夜里的铃声，本来就很撩人心绪，诗人抓住这些寻常但是富有特征性的事物，把人带进伤心、断肠的境界，再加上那一见一闻，一色一声，互相交错，在语言上、声调上也表现出人物内心的愁苦凄清，这又是一层。还都路上，“天旋日转”，本来是高兴的事，但旧地重过，玉颜不见，玄宗不由伤心泪下。叙事中，又增加了一层痛苦的回忆。回长安后，“归来池苑皆依旧，太液芙蓉未央柳。芙蓉如面柳如眉，对此如何不泪垂”。白日里，由于环境和景物的触发，从景物联想到人，景物依旧，人却不在了，玄宗禁不住就潸然泪下，从太液池的芙蓉花和未央宫的垂柳仿佛看到了杨贵妃的容貌，展示了人物极其复杂微妙的内心活动。“夕殿萤飞思悄然，孤灯挑尽未成眠。迟迟钟鼓初长夜，耿耿星河欲曙天。”从黄昏写到黎明，集中地表现了玄宗夜间被情思萦绕久久不能入睡的情景。这种苦苦的思恋，“春风桃李花开日”是这样，“秋雨梧桐叶落时”也是这样。及至看到当年的“梨园弟子”“阿监青娥”都已白发衰颜，更勾引起玄宗对往日欢娱的思念，自是黯然神伤。从黄埃散漫到蜀山青青，从行宫夜雨到凯旋回归，从白日到黑夜，从春天到秋天，处处触物伤情，时时睹物思人，从各方面反复渲染诗中主人公的苦苦追求和寻觅。现实生活中找不到，到梦中去找，梦中找不到，又到仙境中去找。如此跌宕回环，层层渲染，使人物感情回旋上升，达到了高潮。诗人正是通过这样层层渲染的手法反复抒情，让人物的思想感情蕴蓄得更深邃丰富，使诗歌“肌理细腻”，更富有艺术的感染力。

作为一首千古绝唱的叙事诗，《长恨歌》在艺术上的成就是很高的。古往今来，许多人都肯定这首诗特殊的艺术魅力。《长恨歌》在艺术上以什么感染和诱惑着读者呢？婉转动人，缠绵悱恻，恐怕是它最大的艺术个性，也是它能吸引住千百年来的读者，使他们受感染、被诱惑的力量。

琵琶行并序

白居易

元和十年（815），予左迁九江郡司马[①]。明年秋，送客湓浦口[②]，闻舟中夜弹琵琶者。听其音，铮铮然有京都声。问其人，本长安倡女，尝学琵琶于穆、曹二善才[③]。年长色衰，委身为贾人妇。遂命酒，使快弹数曲，曲罢，悯然。自叙少小时欢乐事，今漂沦憔悴，转徙于江湖间。予出官二年，恬然自安，感斯人言，是夕始觉有迁谪意。因为长歌以赠之，凡六百一十二言，命曰《琵琶行》。

浔阳江头夜送客[④]，枫叶荻花秋瑟瑟。主人下马客在船，举酒欲饮无管弦。醉不成欢惨将别，别时茫茫江浸月。忽闻水上琵琶声，主人忘归客不发。寻声暗问弹者谁，琵琶声停欲语迟。移船相近邀相见，添酒回灯重开宴。千呼万唤始出来，犹抱琵琶半遮面。转轴拨弦三两声[⑤]，未成曲调先有情。弦弦掩抑声声思，似诉平生不得志。低眉信手续续弹，说尽心中无限事。轻拢慢捻抹复挑[⑥]，初为霓裳后六幺[⑦]。大弦嘈嘈如急雨，小弦切切如私语。嘈嘈切切错杂弹，大珠小珠落玉盘。间关莺语花底滑，幽咽流泉水下滩。冰泉冷涩弦凝绝，凝绝不通声渐歇。别有幽愁暗恨生，此时无声胜有声。银瓶乍破水浆迸，铁骑突出刀枪鸣。曲终收拨当心画，四弦一声如裂帛。东船西舫悄无言，唯见江心秋月白。沉吟放拨插弦中，整顿衣裳起敛容。自言本是京城女，家在虾蟆陵下住[⑧]。十三学得琵琶成，名属教坊第一部。曲罢常教善才服，妆成每被秋娘妒[⑨]。五陵年少争缠头[⑩]，一曲红绡不知数。

钿头银篦击节碎[11]，血色罗裙翻酒污。今年欢笑复明年，秋月春风等闲度。弟走从军阿姨死，暮去朝来颜色故。门前冷落车马稀，老大嫁作商人妇。商人重利轻别离，前月浮梁买茶去[12]。去来江口守空船，绕船月明江水寒。夜深忽梦少年事，梦啼妆泪红阑干。我闻琵琶已叹息，又闻此语重唧唧。同是天涯沦落人，相逢何必曾相识。我从去年辞帝京，谪居卧病浔阳城。浔阳地僻无音乐，终岁不闻丝竹声。住近湓江地低湿，黄芦苦竹绕宅生。其间旦暮闻何物，杜鹃啼血猿哀鸣。春江花朝秋月夜，往往取酒还独倾。岂无山歌与村笛，呕哑嘲哳难为听[13]。今夜闻君琵琶语，如听仙乐耳暂明。莫辞更坐弹一曲，为君翻作琵琶行。感我此言良久立，却坐促弦弦转急。凄凄不似向前声，满座重闻皆掩泣。座中泣下谁最多，江州司马青衫湿。

注释

①**左迁**：贬官的意思。**九江**：今江西省九江市。②**湓浦口**：湓水入口处。③**善才**：唐代对乐师的称呼。④**浔阳江**：即长江在江西九江一段为浔阳江。⑤**轴**：琵琶上有四轴，用来缚弦调弦。⑥**拢、捻、抹、挑**：弹琵琶的指法。⑦**六幺**：曲名。⑧**虾蟆陵**：在今陕西省临潼市南。⑨**秋娘**：唐代对歌伎的通称。⑩**缠头**：指赏赠给乐工倡伎的钱帛。⑪**篦**：用来梳理头发的工具。⑫**浮梁**：即今江西省景德镇。⑬**嘲哳**（zhāo zhā）：繁杂细碎的声音。

赏析

《琵琶行》作于唐宪宗元和十一年（816）秋，此时白居易45岁，任江州司马。白居易在元和十年以前先是任左拾遗，后又任左赞善大夫。元和十年六月，唐朝藩镇势力派刺客在长安街头刺死了宰相武元衡，刺伤了御史中丞裴度，朝野大哗。藩镇势力在朝中的代言人又进一步提出要求罢免裴度，以安藩镇的“反侧”之心。在这样的情形下，白居易上书要求打击藩镇，严惩凶手，结果被罢官赶出朝廷。

《琵琶行》作于他贬官到江州的第二年，作品借着叙述琵琶女的高超演技和她的凄凉身世，抒发了作者个人政治上受打击、遭贬斥的抑郁悲凄之情。在这里，诗人把一个倡女视为自己的风尘知己，与她同病相怜，写人写己，哭己哭人，宦海的浮沉、生命的悲哀，全部融为一体，因而使作品具有不同寻常的感染力。

诗前的小序介绍了长诗所述故事发生的时间、地点以及琵琶女其人，和作者写作此诗的缘起，实际上它已经简单地概括了后面长诗的基本内容。《琵琶行》全诗共分四段，从“浔阳江头夜送客”到“犹抱琵琶半遮面”共十四句，其中的前六句交代了时间，这是一个枫叶红、荻花黄、瑟瑟秋风下的夜晚；也交代了地点，是浔阳江头。这里面“主人下马客在船”一句句法稍怪，其意思实际是主人陪着客人一道骑马来至江边，一同下马来到船上。“醉不成欢惨将别，别时茫茫江浸月”，这里的景色和气氛描写都很好，它给人一种空旷、寂寥、怅惘的感觉，和主人与客人的失意、伤别融合一体，构成一种强烈的压抑感，为下文的突然出现转机做了准备。

接下来是正面写琵琶女的出场：“忽闻水上琵琶声，主人忘归客不发。”声音从水面上飘过来，是来自船上，这声音一下子就吸引了主人和客人的注意力，致使他们走的不想走、回的不想回，他们一定要探寻这种美妙声音的究竟。“寻声暗”至“犹抱琵琶半遮面”描写非常细致，表明这位演奏者的心灰意懒，和惭愧自己身世的沉沦，她已经不愿意再抛头露面了。琵琶女出场时楚楚动人，未见其人先闻其琵琶声，未闻其语先已微露其内心之隐痛，这段出场过程的描写为后面的故事发展设下许多悬念。

从“大弦嘈嘈如急雨”到“四弦一声如裂帛”共十四句，描写琵琶乐曲的音乐形象，写它由快速到缓慢、到细弱、到无声，到突然而起的急风暴雨，再到最后一划，戛然而止，诗人在这里用了一系列生动的比喻，使比较抽象的音乐形象一下子变成了视觉形象。从“沉吟放拨插弦中”到“梦啼妆泪红阑干”，写琵琶女自述身世，其早年曾走红运，盛极一时，到后来年长色衰，飘零沦落。从“十三学得琵琶成”以下十句写此女昔日的红极一时。她年纪幼小，而技艺高超，她被老辈艺人所赞服，而被同辈艺人所妒忌。王孙公子迷恋她的色艺，为了请她演奏，不惜花费重金；她自己也放纵奢华，从来不懂什么叫吝惜。就这样年复一年，好时光像水一样很快流走。然而随着她的年长色衰，时过境迁，她只落得四处漂泊，无可奈何只好嫁给一个商人。人是有记忆的，面对今天的孤独冷落，回想昔日的锦绣年华，对比之下，怎不让人伤痛欲绝呢！从“我闻琵琶已叹息”到最后的“江州司马青衫湿”，写诗人感慨自己的身世，抒发与琵琶女的同病相怜之情。诗人的迁谪地地势荒僻，环境恶劣，举目伤怀，一点开心解闷的东西都没有。其实这在很大程度上都是由诗人自己的苦闷移情造成的结果。诗人的悲哀苦闷完全是由于他在政治上受打击造成的，但是这一点他没法说，他只是笼统含糊地说了他也是“天涯沦落人”，且“谪居卧病”于此，而其他断肠裂肺的伤痛就全被压到心底去了。这就是他耳闻目睹一切无不使人悲哀的缘由。

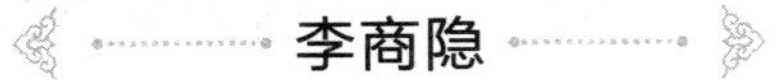

李商隐

李商隐（813—858），唐怀州河内（今河南沁阳）人，字义山，号玉溪生。唐文宗开成二年（837）进士，累官东川节度使判官、检校工部员外郎。时牛李党争已起，李商隐本来是牛党令狐楚门客，反又娶李党王茂元之女，故为令狐楚之子令狐绹所深恶。后令狐绹为相，李商隐长期受排挤。工于诗，李诗律绝尤工，富于文采，长于抒情，语言凝练，典丽精工，为晚唐一大家。有《樊南文集》《樊南文集补编》行世。

韩碑

李商隐

元和天子神武姿[①]，彼何人哉轩与羲[②]。誓将上雪列圣耻，坐法宫中朝四夷。淮西有贼五十载[③]，封狼生貙貙生罴[④]。不据山河据平地，长戈利矛日可麾。帝得圣相相曰度[⑤]，贼斫不死神扶持。腰悬相印作都统[⑥]，阴风惨澹天王旗。愬武古通作牙爪[⑦]，仪曹外郎载笔随[⑧]。行军司马智且勇[⑨]，十四万众犹虎貔。入蔡缚贼献太庙[⑩]，功无与让恩不訾[⑪]。帝曰汝度功第一，汝从事愈宜为辞。愈拜稽首蹈且舞，金石刻画臣能为。古者世称大手笔[⑫]，此事不系于职司。当仁自古有不让[⑬]，言讫屡颔天子颐[⑭]。公退斋戒坐小阁，濡染大笔何淋漓。点窜尧典舜典字[⑮]，涂改清庙生民诗[⑯]。文成破体书在纸[⑰]，清晨再拜铺丹墀。表曰臣愈昧死上，咏神圣功书之碑。碑高三丈字如斗，负以灵鳌蟠以螭[⑱]。句奇语重喻者少，谗之天子言其私[⑲]。长绳百尺拽碑倒，粗砂大石相磨治。公之斯文若元气，先时已入人肝脾。汤盘孔鼎有述作[⑳]，今无其器存其辞。呜呼圣王及圣相，相与烜赫流淳熙[㉑]。公之斯文不示后，曷与三五相攀追。愿书万本诵万遍，口角流沫右手胝[22]。传之七十有二代[23]，以为封禅玉检明堂基[24]。

注释

①**元和天子**：即唐宪宗。②**轩与羲**：黄帝和伏羲。黄帝姓公孙，号轩辕。③**淮西有贼五十载**：自肃宗宝应初年李忠臣镇蔡州，相继有李希烈、陈仙奇、吴少诚、吴少阳、吴元济，前后达五十年。④**封狼**：大狼。**貙**（chū）：一种猛兽。**罴**（pí）：一种猛兽。⑤**度**：即裴度，字中立，河东闻喜人，元和六年（811）知制诰，不久任御史丞兼刑部侍郎。王承宗、李师道图谋推迟征讨李元济，派人刺杀宰相武元衡，又击伤裴度。宪宗大怒："度得全，天也。"即拜为中书侍郎同平章事。⑥**都统**：掌管征伐之事的官员。⑦**愬、武、古、通**：即征淮西的李愬、韩公武、李道古、李文通。⑧**仪曹、外郎**：皆官职名。⑨**行军司马**：韩愈当时任行军司马。⑩**入蔡缚贼**：元和十年（815）十月，李愬雪夜入蔡州，擒吴元济，吴元济在京师被处斩。⑪**訾**（zī）：估量。⑫**大手笔**：即大著作。⑬**当仁自古有不让**：语出《论语》："当仁不让于师。"⑭**颔**：点头。⑮**尧典、舜典**：《尚书》中的篇目。⑯**清庙、生民**：《诗经》中的篇目。⑰**破体**：行书的一种。另一种说法是指韩愈文意独创，推陈出新。⑱**鳌**：海中大龟或大鱼。⑲**谗之天子**：指李愬妻向宪宗进谗言，宪宗迷惑，命仆倒韩碑，令段文昌别制文。⑳**汤盘、孔鼎**：指商汤沐浴盘的铭文和孔氏正考父鼎的铭文。㉑**烜**（xuǎn）**赫**：声威浩大。㉒**胝**（zhī）：手上的老茧。㉓**七十有二代**：指古时封禅的七十二家君王，语出《汉书·郊祀志》。㉔**封禅**：帝王祭天地的典礼。在泰山上筑土为坛祭天，报天之功，称封；在泰山下梁父山上辟场祭地，报地之功，称禅。

乐府

老将行

王维

少年十五二十时，步行夺得胡马骑①。射杀山中白额虎②，肯数邺下黄须儿③。一身转战三千里，一剑曾当百万师。汉兵奋迅如霹雳，虏骑奔腾畏蒺藜④。卫青不败由天幸⑤，李广无功缘数奇⑥。自从弃置便衰朽，世事蹉跎成白首。昔时飞箭无全目⑦，今日垂杨生左肘⑧。路傍时卖故侯瓜⑨，门前学种先生柳⑩。苍茫古木连穷巷，寥落寒山对虚牖。誓令疏勒出飞泉⑪，不似颍川空使酒⑫。贺兰山下阵如云⑬，羽檄交驰日夕闻⑭。节使三河募年少⑮，诏书五道出将军⑯。试拂铁衣如雪色，聊持宝剑动星文。愿得燕弓射大将⑰，耻令越甲鸣吾君⑱。莫嫌旧日云中守⑲，犹堪一战立功勋。

注释

①**夺得胡马骑**：典出《汉书·李广传》：李广被俘，佯装死去，看见旁边一胡儿骑的马，腾身跃上胡儿马，向南奔逃数十里。此处用此典。②**射杀山中白额虎**：用晋代周处“除三害”典故。③**黄须儿**：即曹操之子曹彰。其人孔武有力，勇猛善战，每归功诸将，曹操夸道：“黄须儿竟大奇也。”④**蒺藜**：即铁蒺藜，军队中用来布防的一种战具。⑤**卫青**：西汉平阳人，凡七次出征匈奴，斩首五万余级。⑥**李广**：西汉

陇西成纪人，尝多次出征匈奴，建功虽多而未封侯，故称数奇。亦即命运不济之意。⑦**飞箭无全目**：用羿的典故。《帝王世纪》载："羿与吴贺北游，贺使羿射雀左目，羿引弓误中右目，抑首而愧。"⑧**垂杨生左肘**：用《庄子》中典。《庄子》："支离叔与滑介叔观于冥伯之印，昆仑之虚，黄帝之所休，俄而柳生其左肘。"柳即疮节，此处垂杨用此意。⑨**故侯瓜**：典出《史记·萧何世家》："召平，故秦东陵侯，秦破，为布衣，贫，种瓜于长安城东，世称东陵瓜。"⑩**先生柳**：用陶渊明典，渊明自号"五柳先生"，故称"先生柳"。⑪**疏勒**：汉西域域国，西当大月氏、大宛、康居孔道，故地在今新疆喀什、噶尔一带。**飞泉**：喷泉。⑫**颍川**：指西汉灌夫。**使酒**：借酒使气。⑬**贺兰山**：在今宁夏回族自治区。⑭**羽檄**：即羽书。⑮**三河**：唐时以河南、河东、河内为三河。⑯**诏书五道**：按《汉书·常惠传》："五将军分道出。""诏书五道"出此。⑰**燕弓**：用燕地兽角装饰的弓。⑱**越甲鸣吾君**：越甲，越国的军队。据《说苑》："越甲至齐雍门，子狄请死之，曰：'昔王田于宥，左毂鸣，王曰"工师之罪也"。车右曰"不见工师之乘而见其鸣吾君也"。刎颈而死。今越甲至，其鸣吾君，岂右毂之下哉！'"⑲**云中**：即今内蒙古托克托县。

赏析

王维这首诗主要叙述了一位老将军的经历，其人一生东征西战，南讨北伐，勋业辉煌，但最终却落得个有功被弃，躬耕田林的无奈下场。烽烟乍起，老将主动请缨，犹思卫君报国。全诗结构紧凑，层次分明，具有很强的感染力。

全诗共分为三部分，每一部分十句。前十句主要写了老将少年时的智勇、功业和遭遇。步行夺马，引弓射虎，其智如李广，勇似周处，才德胜曹彰。有了智勇才德的基础，所以老将“一身转战三千里，一剑曾当百万师”。其用兵是何等艰辛，其功业是何等卓越，而用兵之际又能出奇制胜，使虏兵望之心寒胆落，但是其功劳并没得到应有的补偿。“卫青不败由天幸，李广无功缘数奇”，语带双关，委婉地指出老将的不平遭遇。

中间十句通过大量的用典，揭示了老将被遗弃后的生活。一句“自从弃置便衰朽”，将老将归老之后的状况概括得淋漓尽致，但到底衰朽到何等程度呢？诗一步步地做了交代：岁月蹉跎，生年荏苒，白发已经上头。“飞箭无全目”，武艺开始生疏；“垂杨生左肘”，力气也大不如前。迫于生计，“卖故侯瓜”“种先生柳”，互文见义，其境况之凄凉可见一斑。紧接“苍茫古木连穷巷，寥落寒山对虚牖”，这是何等的寂寞，门无车马，独观寒山，但老将的意志并未因此而颓废，仍思似东汉名将耿恭那样却敌建功，不学灌夫借酒使气。

最后十句笔锋骤转，边烽再起，兵马更兴，三河募兵，五道出师，老将在此时亦挺身而起。“试拂铁衣如雪色，聊持宝剑动星文”，当年英雄气概一展无余，手持燕弓，直射大将，不使君上蒙受耻辱。最后两句是老将表明心迹的最好见证，虽在弃置之中，仍似汉代云中太守魏尚一样雄震边廷。

全诗章法整饬，用典得当，既刻画出“老将”的高大形象，又丰富了诗的内容。其对仗工稳，收到了理正文奇、意新词雅的艺术效果。

桃源行①

王维

渔舟逐水爱山春，两岸桃花夹古津。坐看红树不知远，行尽青溪忽值人。山口潜行始隈隩[②]，山开旷望旋平陆。遥看一处攒云树[③]，近入千家散花竹。樵客初传汉姓名，居人未改秦衣服。居人共住武陵源[④]，还从物外起田园[⑤]。月明松下房栊静，日出云中鸡犬喧。惊闻俗客争来集，竞引还家问都邑。平明闾巷扫花开，薄暮渔樵乘水入。初因避地去人间，更问神仙遂不还。峡里谁知有人事，世中遥望空云山。不疑灵境难闻见，尘心未尽思乡县。出洞无论隔山水，辞家终拟长游衍。自谓经过旧不迷，安知峰壑今来变。当时只记入山深，青溪几度到云林。春来遍是桃花水，不辨仙源何处寻。

注释

①**桃源行**：乐府中《新乐府》词，根据晋陶渊明《桃花源记》而作。②**隈隩**（wēi yù）：山崖曲折的样子。③**攒**：聚集。④**武陵源**：在今湖南省桃源一带。⑤**物外**：即世外。

赏析

这是王维19岁时写的一首七言乐府诗，题材取自陶渊明的叙事散文《桃花源记》。清人吴乔在《围炉诗话》中曾说："意思，犹五谷也。文，则炊而为饭；诗，则酿而为酒也。"好的诗应当如酿酒，读后能令人陶醉。王维这首《桃源行》，正是由于成功地进行了这种艺术上的再创造，因而具有独立的艺术价值，得以与散文《桃花源记》并世流传。

《桃源行》所进行的艺术再创造，主要表现在开拓意境；而这种诗的意境上，又主要通过一幅幅形象的画面体现出来。诗一开始，就展现出一幅"渔舟逐水"的生动画面：远山近水，红树青溪，一叶渔舟，在夹岸的桃花林中悠悠行进。绚烂的景色和盎然的意兴融成一片优美的诗的境界，而事件的开端也蕴含在其中。在画面与画面之间，诗人巧妙地用一些概括性、过渡性的描述来牵引联结，并提供线索，引导着读者的想象，循着情节的发展向前推进。“山口”“山开”两句，便起到了这样的作用。它通过概括描述，使读者想象到渔人弃舟登岸、进入幽曲的山口，蹑足潜行，到眼前豁然开朗、发现桃源的经过。这样，读者的想象便跟着进入了桃源，被自然地引向下一幅画面。这时，桃源的全景呈现在了人们面前：远处高大的树木像是攒聚在蓝天白云里，近处则满眼是遍生于千家的繁花、茂竹。云、树、花、竹相映成趣，美不胜收。画面中，透出了和平、恬静的气氛和欣欣向荣的生机，让你驰骋想象，去领悟，去意会，去思而得之，而所谓诗的韵致、“酒”的醇味，也就蕴含其中了。

中间十二句是全诗的主要部分。首先点明这是“物外起田园”。接着，便连续展现了桃源中一幅幅景物画面和生活画面。月光，松影，房栊沉寂，桃源之夜一片静谧；太阳，云彩，鸡鸣犬吠，桃源之晨一片喧闹。两幅画面，各具情趣。夜景全是静物，晨景全取动态，充满着诗情画意，表现出王维独特的艺术风格。渔人，这位不速之客的闯入，自然也使桃源中人感到意外。“惊闻”二句也是一幅形象的画面，不过画的不是景物，而是人物。

最后一部分，诗的节奏加快。作者紧紧扣住人物的心理活动，将渔人离开桃源、怀念桃源、再寻桃源以及峰壑变幻、遍寻不得、怅惘无限这许多内容，一口描写下来，情、景、事在这里完全融合在一起了。“不疑”六句，在叙述过程中，对渔人轻易离开“灵境”流露出惋惜之意，对云山路杳的“仙源”则充满了向往之情。然而，时过境迁，旧地难寻，桃源何处？这时，只剩下了一片迷惘。开头是无意迷路而偶从迷中得之，结尾则是有意不迷而反从迷中失之，令人感喟不已！“春来遍是桃花水”，诗笔飘忽，意境迷茫，给人留下了无穷的回味。

王维这首诗中把桃源说成“灵境”“仙源”，今人多有非议。其实，诗中的“灵境”，也有云、树、花、竹、鸡犬、房舍以及闾巷、田园，桃源中人也照样日出而作，日入而息，处处洋溢着人间田园生活的气息。这首诗可以说是王维“诗中有画”的特色在早年作品中的反映。清人王士祯说：“唐宋以来，作《桃源行》最佳者，王摩诘（维）、韩退之（愈）、王介甫（安石）三篇。观退之、介甫二诗，笔力意思甚可喜。及读摩诘诗，多少自在；二公便如努力挽强，不免面红耳热，此盛唐所以高不可及。”

古从军行①

李颀

白日登山望烽火，黄昏饮马傍交河②。行人刁斗风沙暗③，公主琵琶幽怨多④。野云万里无城郭，雨雪纷纷连大漠。胡雁哀鸣夜夜飞，胡儿眼泪双双落。闻道玉门犹被遮，应将性命逐轻车⑤。年年战骨埋荒外，空见蒲萄入汉家。

注释

①**从军行**：古乐府中《相和歌辞》的平调，以咏军旅生活为主。②**交河**：故址在今新疆吐鲁番市西北。③**刁斗**：古代行军用具，夜间用以打更。④**公主琵琶**：西汉时皇室女刘细君以公主身份嫁与乌孙王，因思念家乡而抚琵琶作歌以达意。⑤**轻车**：即轻车将军，勋官名。此处指将领。

赏析

李颀七古，雄浑磅礴，纯用气势夺人。此诗写当代之事，古来帝王多好大喜功，穷兵黩武，讽刺之中，悲壮异常。

诗一开始先描写塞外的从军生活，白日登山，望烽火来巡视边警；黄昏饮马，落日萧条而近交河，军人一整天的紧张状态被概括得淋漓尽致。接下来用“行人刁斗”和“公主琵琶”作对，刻画了塞外夜晚的凄冷与肃穆，同时以“公主琵琶”来暗示出征将士的思乡之情。在这种情绪下，诗人着意渲染了塞外边陲的环境。野云万里，这是何等的空旷，尤其在没有城郭时，这种空旷更是惊人，加以雨雪纷纷，荒沙大漠，其凄冷枯寂更是显而易见。景中含情，情随景而愈深。接下来一句，笔锋突变，别具机杼，背面傅粉，“胡雁哀鸣”“胡儿眼泪”，从胡字着笔，尚有许多哀怨，况戍边行人，而“声声”“夜夜”这两个词，更具有烘云托月的效果。

最后四句，愈收愈紧，前文渲染思乡之情，后文则重在渲染归乡不得的事实，玉门被阻，已是归乡无望，置于死地的征戍人，只能背水一战，随将军出生入死，而这样一来的结果，只是年年战斗，白骨埋在荒外，而征人付出生命代价所换来的只是微不足道的葡萄进入汉地而已。意味深远，讽嘲尖刻犀利，尤其末尾一句，更具画龙点睛之妙。

全诗收缩自如，开合有度，在音节上，错落有致，声韵和谐，并且叠字叠韵的应用，更为该诗增色不少。

蜀道难①

李白

噫吁嚱危乎高哉！蜀道之难难于上青天！蚕丛及鱼凫②，开国何茫然。尔来四万八千岁，不与秦塞通人烟。西当太白有鸟道[③]，可以横绝峨嵋巅。地崩山摧壮士死[④]，然后天梯石栈方钩连。上有六龙回日之高标[⑤]，下有冲波逆折之回川。黄鹤之飞尚不得过，猿猱欲度愁攀缘。青泥何盘盘[⑥]，百步九折萦岩峦。扪参历井仰胁息[⑦]，以手抚膺坐长叹。问君西游何时还，畏途巉岩不可攀。但见悲鸟号古木，雄飞从雌绕林间。又闻子规啼夜月，愁空山。蜀道之难难于上青天，使人听此凋朱颜。连峰去天不盈尺，枯松倒挂倚绝壁。飞湍瀑流争喧豗[⑧]，砯崖转石万壑雷[⑨]。其险也若此，嗟尔远道之人胡为乎来哉！剑阁峥嵘而崔嵬，一夫当关，万夫莫开。所守或匪亲，化为狼与豺。朝避猛虎，夕避长蛇。磨牙吮血，杀人如麻。锦城虽云乐[⑩]，不如早还家。蜀道之难难于上青天，侧身西望长咨嗟。

注释

①**蜀道难**：乐府中《相和歌》的瑟调曲。②**蚕丛**：传说中蜀王的祖先。据扬雄《蜀王本纪》载："蜀王之先名蚕丛、柏濩、鱼凫、蒲泽、开明。是时人民椎髻哤言，不晓文字，未有礼乐，从开明上至蚕丛，积三万六千岁。"③**太白**：山名，在陕西省眉县东南。④**地崩山摧壮士死**：据《华阳国志》记载："秦惠王知蜀王好色，许嫁五女于蜀，蜀遣五丁迎之。还到梓潼，见一大蛇入穴中，五人相助大呼拽蛇，山崩，压杀五丁及五女，而山分为五岭。"⑤**六龙**：按《淮南子》注："日乘车，驾以六龙，羲和御之，日至此而薄于虞泉，羲和至此而回六螭。"⑥**青泥**：即青泥岭，在甘肃省徽县南、陕西省略阳县西北，是古代入蜀的要道。此地山高多雨，经常道路泥泞，故名青泥岭。⑦**井**：星宿名。⑧**喧豗**（huī）：哄闹声。⑨**砯**（pīng）：水击岩石的声音。⑩**锦城**：即今成都。

赏析

这首诗大约是唐玄宗天宝初年，李白第一次到长安时写的。《蜀道难》这首诗作者袭用乐府古题，展开丰富的想象，着力描绘了秦蜀道路上奇丽惊险的山川，并从中透露出对时事的某些忧虑与关切。

诗一开篇就极言蜀道之难，以感情强烈的咏叹点出主题，为全诗奠定了雄放的基调。以下随着感情的起伏和自然场景的变化，“蜀道之难难于上青天”的咏叹反复出现，像一首乐曲的主旋律一样激荡着读者的心弦。诗人以夸张的笔墨写出了历史上不可逾越的险阻，并融汇了五丁开山的神话，为本诗点染了一抹神奇色彩，犹如一部乐章的前奏，引人入胜。

从“上有六龙回日之高标”至“使人听此凋朱颜”，极写山势的高危，山高写得愈充分，愈可见路之难行。诗人把夸张和神话融为一体，直写山高，而且衬以“回川”之险。唯其水险，更见山势的高危。诗人意犹未尽，又借黄鹤与猿猱来进一步反衬。诗人着重就其峰路的萦回和山势的峻危来表现人行其上的艰难情状和畏惧心理，捕捉了在岭上曲折盘桓、手扪星辰、呼吸紧张、抚胸长叹等细节动作加以摹写，寥寥数语，便把行人艰难的步履、惶悚的神情，绘声绘色地刻画出来，其困危之状如在目前。

至此蜀道的难行似乎写到了极处。但诗人笔锋一转，借“问君”引出旅愁，以忧切低沉的旋律，把读者带进一个古木荒凉、鸟声悲凄的境界。感情色彩浓厚的自然景观，渲染了旅愁和蜀道上空寂苍凉的环境氛围，有力地烘托了蜀道之难。然而，逶迤千里的蜀道，还有更为奇险的风光。

诗人先托出山势的高险，然后由静而动，写出水石激荡、山谷轰鸣的惊险场景。好像一串电影镜头：开始是山峦起伏、连峰接天；接着是枯松倒挂绝壁；最后是飞湍、流瀑、悬崖、转石，配合着万壑雷鸣的音响，飞快地从眼前闪过，惊险万状，令人目不暇接，从而造成一种势若排山倒海的强烈艺术效果，使蜀道之难的描写达到一种登峰造极的地步。在十分惊险的气氛中，最后写到蜀中要塞剑阁，诗人从剑阁的险要引出对政治形势的描写，表达了对国事的忧虑与关切。唐天宝初年，太平景象的背后正潜伏着危机，后来发生的安史之乱证明诗人的忧虑是有现实意义的。

唐以前的《蜀道难》作品，简短单薄。李白对乐府古题有所创新和发展，用了大量散文化诗句，字数从三言、四言、五言、七言，直到十一言，参差错落，长短不齐，形成极为奔放的语言风格。诗的用韵也突破了梁陈时代旧作一韵到底的程式。后面描写蜀中险要环境，一连三换韵脚，极尽变化之能事。所以殷璠编《河岳英灵集》称此诗“奇之又奇，自骚人以还，鲜有此体调”。

将进酒[①]

李白

君不见黄河之水天上来，奔流到海不复回。君不见高堂明镜悲白发，朝如青丝暮成雪。人生得意须尽欢，莫使金樽空对月。天生我材必有用，千金散尽还复来。烹羊宰牛且为乐，会须一饮三百杯。岑夫子[②]，丹丘生[③]，将进酒，杯莫停。与君歌一曲，请君为我倾耳听。钟鼓馔玉不足贵[④]，但愿长醉不愿醒。古来圣贤皆寂寞，唯有饮者留其名。陈王昔时宴平乐[⑤]，斗酒十千恣欢谑。主人何为言少钱，径须沽取对君酌。五花马，千金裘，呼儿将出换美酒⑥，与尔同销万古愁。

注释

①**将进酒**：汉乐府铙歌名，又名《惜空酒樽》。**将**（qiāng）：请，愿。②**岑夫子**：李白好友岑勋。③**丹丘生**：李白好友元丹丘。④**馔**（zhuàn）**玉**：馔，吃。吃珍美如玉的食品。⑤**陈王**：即三国时魏陈王曹植。**平乐**：观名。曹植诗云："归来宴平乐，美酒斗十千。"⑥**将**：持、拿的意思。

赏析

李白咏酒的诗篇极能表现他的个性，尤数长安放还以后所作的思想内容更为深沉，艺术表现更为成熟。《将进酒》即其代表作。这首诗约作于天宝十一年（752），他当时与友人岑勋在嵩山另一好友元丹丘的颍阳山居为客，三人常登高饮宴。人生快事莫若置酒会友，作者又正值"抱用世之才而不遇合"（萧士赟语）之际，于是满腔不合时宜借酒兴诗情，来了一次淋漓尽致的发抒。

诗篇发端就是两组排比长句，如挟天风海雨向读者迎面扑来。"君不见黄河之水天上来，奔流到海不复回"，诗人借黄河以起兴，它如从天而降，一泻千里，东走大海，其壮观景象，非肉眼可穷极，作者是想落天外，语带夸张。紧接着，"君不见高堂明镜悲白发，朝如青丝暮成雪"，恰似一波未平、一波又起。如果说前两句为空间范畴的夸张，这两句则是时间范畴的夸张。悲叹人生短促，而不直言自伤老大。这个开端可谓悲感已极，却不堕纤弱，可以说是巨人式的感伤，具有惊心动魄的艺术力量。

在诗人看来，只要"人生得意"便无所遗憾，当纵情欢乐。五六两句便是一个逆转，由“悲”而翻作“欢”“乐”，从此直到“杯莫停”，诗情渐趋狂放。行乐不可无酒，这就入题。但句中未直写杯中之物，而用“金樽”“对月”的形象语言出之，不但生动，更将饮酒诗意化了；未直写应该痛饮狂欢，而以“莫使”“空”的双重否定句式代替直陈，语气更为强调。“人生得意须尽欢”，这似乎是宣扬及时行乐的思想，然而只不过是现象而已，从貌似消极的现象中露出了深藏其内的一种怀才不遇而又渴望入仕的积极思想。

“千金散尽还复来”这又是一个高度自信的惊人之句，能驱使金钱而不为金钱所束缚，真足令一切凡夫俗子咋舌。故此句深蕴在骨子里的豪情，绝非装腔作势者可得其万一。至此，诗人的狂放之情趋于高潮，诗的旋律也加快了。诗人那眼花耳热的醉态跃然纸上，恍然使人如闻其高声劝酒：“岑夫子，丹丘生，将进酒，杯莫停！”几个短句忽然加入，不但使诗歌节奏富于变化，而且读来朗朗上口。既是生逢知己，又是酒逢对手，不但“忘形到尔汝”，诗人甚而忘却是在写诗，笔下之诗似乎还原为生活，他还要“与君歌一曲，请君为我倾耳听”。以下八句就是诗中之歌了。这着实奇之又奇，纯系神来之笔。

“钟鼓馔玉”意即富贵生活（富贵人家吃饭时鸣钟列鼎，食物精美如玉），可诗人以为“不足贵”，并放言“但愿长醉不愿醒”。诗情至此，便分明由狂放转而为愤激。这里不仅是酒后吐狂言，而且是酒后吐真言了。“古来圣贤皆寂寞”二句亦属愤语。这里，诗人已是用古人酒杯，浇自己块垒了，一提“古来圣贤”，二提“陈王”曹植，满纸不平之气。此诗开始似只涉人生感慨，而不染政治色彩，其实全篇饱含一种深广的忧愤和对自我的信念。诗情所以悲而不伤，悲而能壮，即根源于此。

刚露一点深衷，又回到说酒，而且看起来酒兴更高。以下诗情再入狂放，而且愈来愈狂。“五花马（毛色作五花纹的良马）”“千金裘”来换取美酒，图个一醉方休。这结尾之妙，不仅在于“呼儿”“与尔”，口气甚大；而且具有一种作者一时可能觉察不到的将宾做主的任诞情态。诗情至此狂放至极，令人嗟叹咏歌，直欲“手之舞之，足之蹈之”。情犹未已，诗已告终，突然又迸出一句“与尔同销万古愁”，显见诗人奔涌跌宕的感情激流。通观全篇，真是大起大落，非如椽巨笔而不能得。

《将进酒》篇幅不算长，却五音繁会，气象不凡。它笔酣墨饱，情极悲愤而作狂放，语极豪纵而又沉着。诗篇具有震古烁今的气势与力量，这诚然与夸张手法不无关系。全篇大起大落，诗情忽翕忽张，由悲转乐，转狂放，转愤激，再转狂放，最后结穴于“万古愁”，回应篇首，如大河奔流，有气势，亦有曲折，纵横捭阖，力能扛鼎。又有鬼斧神工、“绝去笔墨畦径”之妙。《唐诗别裁》谓：“读李诗者于雄快之中，得其深远宕逸之神，才是谪仙人面目。”此篇足以当之。

行路难[①]三首选二

李白

其一

金樽清酒斗十千，玉盘珍羞直万钱[②]。停杯投箸不能食[③]，拔剑四顾心茫然。欲渡黄河冰塞川，将登太行雪满山[④]。闲来垂钓坐溪上，忽复乘舟梦日边。行路难，行路难，多歧路，今安在？长风破浪会有时[5]，直挂云帆济沧海。

其二

大道如青天，我独不得出。羞逐长安社中儿，赤鸡白狗赌梨栗。弹剑作歌奏苦声[6]，曳裾王门不称情[7]。淮阴市井笑韩信[8]，汉朝公卿忌贾生[9]。君不见昔时燕家重郭隗[10]，拥篲折节无嫌猜[11]。剧辛乐毅感恩分[12]，输肝剖胆效英才。昭王白骨萦蔓草，谁人更扫黄金台[13]？行路难，归去来。

注释

①**行路难**：乐府《杂曲歌辞》的旧题，主要内容为咏叹世路的艰辛和离别的伤感。②**羞**：美好的菜肴。③**箸**：筷子。④**太行**：山名，绵延于山西、河北、河南三省界的大山脉，又名五行山、王母山、女娲山等。⑤**长风破浪**：语出《宋书·宗悫传》："宗悫少时，叔父炳问其志，曰'愿乘长风破万里浪'。"⑥**弹剑作歌**：《史记》中载："冯谖客孟尝君家，常弹其剑而歌'长铗归来乎！无以为家'。"⑦**曳裾王门**：《汉书·邹阳传》："饰固陋之心，则何王之门，不可曳长裾乎？"⑧**韩信**：西汉淮阴人，辅佐刘邦平定天下，封淮阴侯，后以谋反被诛。《汉书·韩信传》："市中少年众辱之，使出胯下，信熟视之，俯出胯下。"⑨**贾生**：西汉洛阳人，汉文帝时博士，才华出众，为当时诸大臣周绛、灌婴等人忌恶，时进谗言，出为长沙王太傅，郁郁而终。⑩**燕家重郭隗**：出《史记·燕世家》："燕昭王于破燕之后即位，卑身厚币以招贤者。……郭隗曰'王必欲致士，先从隗始，况贤于隗者，岂远千里哉'？于是昭王为隗改筑宫而师事之，乐毅自魏往，邹衍自齐往，剧辛自赵往。"⑪**拥篲**（gū）：拿着笤帚，表示恭敬。⑫**剧辛**：赵人。**乐毅**：魏人，燕昭王拜他为上将军，率诸侯兵攻下齐

国七十余城，号昌国君。⑬**黄金台**：故址在今河北省易县东南。

赏析

这两首是李白在玄宗天宝三年离开长安以后的作品。虽然时期相同，但却是两种截然不同的心理状态的反映。第一首诗中，诗人虽然失意，但对于自己的命运前途却抱有很大的希望；第二首则直抒胸中的悒郁和对现实的不满。

第一首诗的前四句主要描写了李白与友人的深情厚谊。李白在面对“金樽清酒”“玉盘珍羞”时，反而没有食欲，最终“停杯投箸”“拔剑四顾”，这一系列动作深刻地揭示了诗人内心的苦闷压抑，情感的变化是极其激烈的。接下来诗人正面描述了“行路难”的具体表现，“欲渡黄河冰塞川，将登太行雪满山”，以比兴手法含蓄地表达了对世路艰辛的喟叹。但是诗人的意志仍未消沉，设事用典，以吕尚和伊尹来增强自己的信心。“行路难，行路难，多歧路，今安在？”终于发出了全诗的最强音：“长风破浪会有时，直挂云帆济沧海。”

第二首诗起句便显得突兀有力，“大道如青天，我独不得出”，胸中无限悒郁一下子喷发出来，情感的波动何其剧烈，为下文的叙述埋下了很好的伏笔。诗人的气节还是很高尚的，“羞逐长安社中儿，赤鸡白狗赌梨栗”，不屑与“长安社中儿”为伍，不屑因小恩小惠而折节。诗人既不愿走这一条路，那么他会去结交权贵吗？但是当他游走于权贵之门时，受到的仍是冷遇和薄待，因此诗人用韩信和贾谊的典故，描绘了自己在长安受到的多方面的嘲笑、轻视、忌妒和打击。在这种事实面前，诗人想到了“拥篲折节”的燕昭王，设黄金台招贤纳士，因此剧辛、乐毅等人“输肝剖胆报恩分”。但是现实中并没有燕昭王那样的君主了，黄金台也无人洒扫，诗人在现实中是极其失望和无奈的。

这两首《行路难》和南朝时鲍照的《拟行路难》极为相似，都表达了文人失意时的特殊情绪，所不同的是李白的诗气势宏烈，境界开阔，他在感情的激荡起伏和复杂变化中，创作出了极具艺术境界的作品。

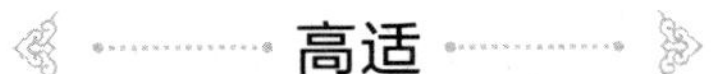

高适

高适（约700—765），唐渤海蓨（今河北景县）人，字达夫。玄宗时举有道科中第，客河西，任节度使哥舒翰初掌书记。安禄山反，入长安，高适奔赴行在，累官至谏议大夫。蜀乱，出为蜀、彭州刺史。有《高常侍集》十卷行世。

燕歌行[①]并序

高适

开元二十六年（738），客有从元戎出塞而还者，作《燕歌行》以示适。感征戍之事，因而和焉。

汉家烟尘在东北，汉将辞家破残贼。男儿本自重横行，天子非常赐颜色。摐金伐鼓下榆关[②]，旌旗逶迤碣石间[③]。校尉羽书飞瀚海[④]，单于猎火照狼山[⑤]。山川萧条极边土，胡骑凭陵杂风雨。战士军前半死生，美人帐下犹歌舞。大漠穷秋塞草衰，孤城落日斗兵稀。身当恩遇常轻敌，力尽关山未解围。铁衣远戍辛勤久，玉箸应啼别离后⑥。少妇城南欲断肠，征人蓟北空回首⑦。边风飘飘那可度，绝域苍茫更何有。杀气三时作阵云，寒声一夜传刁斗。相看白刃血纷纷，死节从来岂顾勋？君不见沙场征战苦，至今犹忆李将军⑧。

注释

①**燕歌行**：乐府旧题，属《相和歌·平调曲》，主要描写塞北舍寒和思念征人之事。②**摐（chuāng）**：敲打。**榆关**：即山海关，在今河北省秦皇岛市。③**逶迤（wēi yí）**：弯曲而连续不断的样子。**碣（jié）石**：古山名，在今河北省昌黎县西北。这里泛指东北滨海地区。④**瀚海**：沙漠。⑤**狼山**：即狼居胥山，在今内蒙古自治区五原县西北黄河北岸。这里泛指敌军活动区域。⑥**玉箸**：喻眼泪。这里借指闺中少妇。⑦**蓟北**：即今天津蓟州区一带。这里借指边境。⑧**李将军**：即汉将李广。

赏析

高适与岑参齐名，并以关塞诗见长，气势雄厚，不分上下，因而管世铭论七古时说：“高常侍豪荡感激，岑嘉州创辟经奇，各有建大将旗鼓出井陉之意。”这首《燕歌行》被推为“高诗第一大篇”，品其韵格，实非偶然。

这首诗大约写于诗人35至36岁时，诗人曾亲历塞外，对军旅生活有极深刻的感受。诗的主旨在谴责诸将恃宠弄兵，私开边衅，使士兵做出了无谓的牺牲，其间热情歌颂了兵士视死如归，奋勇杀敌的气概。

全诗共分为四段，首段几句写出师，诗人指陈时事，有感而发。“汉家烟尘在西北，汉将辞家破残贼”，这是对战事的起因和地点的交代，接下来，男儿横行，天子垂爱，貌似赞扬，实则讥贬。关于这两句，唐汝询在《唐诗解》中说："言烟尘在东北，原非犯我内地，汉将所破特余寇耳。盖此辈本重横行，天子乃厚加礼貌，能不开边衅乎！"此论确有扒皮剔骨之妙。金鼓震天，旌旗逶迤，出榆关，过碣石，军势何其雄壮，羽书飞警，单于夜猎，两军阵势，业已拉开。

第二段则主要叙述了战事的艰辛，边野萧条，敌骑纵横，是以渲染沙场的气氛。"战士军前半死生，美人帐下犹歌舞"，下笔何其沉痛，军前血雨腥风，帐中缓歌慢舞，大漠穷秋，野战兵稀，轻敌致衄，兵围未解。诗人在叙事中一步步地将情感推向高潮，以极其浓缩的笔墨渲染了战事的残酷。

第三段诗人笔锋陡转，跳出战事，直书士兵远征塞外，饱受别离之苦。良人出征，深闺垂泪，少妇断肠，征人回首，日间杀气冲霄，夜来寒深刁斗，诗人从另一面描绘了战争中士兵的辛苦和悲哀。正反两方面结合，从而进一步深化主题。敌我短刃相接，血雨纷纷，所有这一切岂止为了功名。最终以李广作喻，与开边衅之流形成鲜明的对比，诗到此际，意境更为雄厚深远。

全诗笔力遒劲，经营得当，行文无迹可求，气势痛切悲壮。该诗也是唐七言歌行中律句运用最为典型的一篇，其对仗工整，韵律和美，是以后人认为其"有金戈铁马之声，有玉盘鸣球之节"。

兵车行[①]

杜甫

车辚辚[②]，马萧萧[③]，行人弓箭各在腰。爷娘妻子走相送，尘埃不见咸阳桥[4]。牵衣顿足拦道哭，哭声直上干云霄。道傍过者问行人，行人但云点行频[5]。或从十五北防河[6]，便至四十西营田[7]。去时里正与裹头[8]，归来头白还戍边。边庭流血成海水，武皇开边意未已[9]。君不闻汉家山东二百州[10]，千村万落生荆杞。纵有健妇把锄犁，禾生陇亩无东西。况复秦兵耐苦战，被驱不异犬与鸡。长者虽有问，役夫敢申恨？且如今年冬，未休关西卒。县官急索租，租税从何出？信知生男恶，反是生女好。生女犹得嫁比邻，生男埋没随百草。君不见青海头[11]，古来白骨无人收，新鬼烦冤旧鬼哭，天阴雨湿声啾啾。

注释

①**兵车行**：诗人采用乐府诗的形式，但“兵车行”是其自拟新题。②**辚（lín）辚**：车行走时的声音。③**萧萧**：马嘶声。④**咸阳桥**：本名便门桥，秦汉时称便桥，唐代称咸阳桥，桥址在今陕西西安市。⑤**点行**：即征召士兵。⑥**防河**：唐玄宗开元十五年（727），吐蕃侵扰黄河以西，于是征召陇右、关中、朔方诸军十余万，至河西各地防御，自秋至冬初才结束，故称“防河”。⑦**营田**：即屯田养兵。按《唐书·食货志》：“开军府以捍要冲，因隙地以置营田，有警则以军若夫若干人助役。”⑧**里正**：古时乡里的小吏。⑨**武皇**：此处暗指唐玄宗。⑩**山东**：指太行山以东之地，即河北省一带。⑪**青海头**：即青海边。此处隐指唐玄宗征讨吐谷浑、吐蕃的边防重地和主战地。

赏析

唐玄宗好大喜功，屡兴兵戎，虽有开元之盛，而唐之衰未尝不是兴兵之过。杜甫此诗正从此处立意，而行文中间，紧扣时事。据《资治通鉴》载："天宝十载四月，剑南节度使鲜于仲通讨南诏蛮，大败于泸南。时仲通将兵八万……军大败，士卒死者六万人，仲通仅以身免。杨国忠掩其败状，仍叙其战功……制大募两京及河北兵以击南诏。人闻云南多瘴疠，未战，士卒死者十八九，莫肯应募。杨国忠遣御史分道捕人，连枷送诸军所……于是行者愁怨，父母妻子送之，所在哭声振野。"此段史实，可为杜诗作一小序。

诗一开始就向人们展示了一个生离死别的场景：车声辚辚，马声萧萧，被征来的兵士悬弓带箭，家人前来相送；咸阳桥畔，尘土飞扬，牵衣顿足，足见别妻离子之惨痛，遍野哭声，直上云霄。这样的场景，是何等的悲怆、哀痛，令人触目伤心。

在渲染了一个悲怆的离别场景之后，诗人与其中一个个体展开了对话，上文所描述的是诗人亲眼所见的情景，下文所揭示的是诗人的所闻："行人但云点行频。"此句为全诗诗眼，后面所有的文字都是围绕这句"点行频"展开。诗人首先叙述了"行人"的遭遇，这里所反映的情景真实性大幅增强。造成这种状况的恰是"武皇"不间断地"开边"，而频繁的征兵与战争造成的结果则是昔日沃野千里的山东诸州，如今横生荆杞，一片荒芜，人口稀少，田禾稀疏，即便是能征惯战的秦兵，在被驱役时也与鸡犬毫无区别。面对残酷的事实，诗人大发感慨，战争已使人们恒常的观念发生了改变——重女轻男，这是现实对人们心灵的绝对摧残。青海之边，遍野白骨，阴风冷雨，鬼哭啾啾，这是唐皇好大喜功、穷兵黩武的罪恶结果。

作为杜诗名篇的《兵车行》，无论是在思想内容上还是在艺术上，都取得了很高的成就。其收合有度，渲染充分，音律紧促和谐，扣人心弦，抑扬顿挫之际，声情并茂，语言浅近，更增强了感染力，老杜笔力，人诚难及。

丽人行[①]

杜甫

三月三日天气新[②]，长安水边多丽人。态浓意远淑且真，肌理细腻骨肉匀。绣罗衣裳照暮春，蹙金孔雀银麒麟[③]。头上何所有，翠微㔩叶垂鬓唇[④]。背后何所见，珠压腰衱稳称身[⑤]。就中云幕椒房亲，赐名大国虢与秦。紫驼之峰出翠釜[⑥]，水精之盘行素鳞[⑦]。犀箸厌饫久未下[⑧]，鸾刀缕切空纷纶[⑨]。黄门飞鞚不动尘[⑩]，御厨络绎送八珍[⑪]。箫鼓哀吟感鬼神，宾从杂遝实要津[⑫]。后来鞍马何逡巡，当轩下马入锦茵。杨花雪落覆白蘋[⑬]，青鸟飞去衔红巾[⑭]。炙手可热势绝伦[⑮]，慎莫近前丞相嗔[⑯]。

注释

①**丽人**：此处泛指贵妇人。②**三月三日**：农历三月初三，古称“上巳节”，在这一天，人们在水边洗涤、喝酒，用来祈福驱邪。③**蹙（cù）金**：用金丝银线刺绣成皱纹状的织品。④**㔩（è）叶**：妇女头上戴的花叶饰物。⑤**腰衱（jié）**：腰间的裙带。⑥**翠釜**：精致华美的炊具。⑦**水精**：即水晶。⑧**厌饫（yù）**：饱食生腻。⑨**鸾刀**：有铃的刀，古时祭祀割牲用。⑩**飞鞚（kòng）**：驾驭快马。鞚，马笼头。⑪**八珍**：泛指各种珍贵的食品。⑫**杂遝（tà）**：遝，通沓。众多纷杂貌。⑬**“杨花”句**：此用《杨白花歌》：“春风一夜入闺闼，杨花飘荡落南家。……春去秋来双燕子，愿衔杨花入窠里。”少陵用事以讥杨国忠。⑭**青鸟**：传说为王母的侍者。⑮**炙手可热**：指杨氏势焰熏天。⑯**嗔（chēn）**：发怒。

赏析

《丽人行》的主题思想和倾向倒并不隐晦难懂，都从场面和情节中流露出来了。从头到尾，诗人描写那些简短的场面和情节，都采取了一些乐府民歌中所惯常用的正面咏叹方式，态度严肃认真，笔触精工细腻，着色鲜艳、金碧辉煌，丝毫不油腔滑调，也不作漫画式的刻画。

诗中首先泛写上巳节曲江水边踏青丽人之众多，以及她们意态之娴雅，体态之优美，衣着之华丽。《杜臆》："钟云'本是讽刺，而诗中直叙富丽，若深不容口，妙妙'。又云'如此富丽，而一片清明之气行乎其中'。……'态浓意远''骨肉匀'，画出一个国色。状姿色曰'骨肉匀'，状服饰曰'稳称身'，可谓善于形容。"写到热闹处笔锋一转，点出"就中云幕椒房亲，赐名大国虢与秦"，则虢国、秦国（当然还有韩国）三夫人在众人之内了。三夫人见，众丽人见，整个上层贵族骄奢淫逸之颓风见，不讽而讽已见。

肴馔讲究色、香、味和器皿的衬托。"紫驼之峰出翠釜，水精之盘行素鳞"，举出一二品名，配以适当颜色，便写出器皿的雅致，肴馔的精美丰盛以及其香、其味来。"黄门飞鞚不动尘，御厨络绎送八珍"，内廷太监控马飞驰而来，却路不动尘，这是何等规矩和排场！皇家气派，毕竟不同寻常。"箫鼓哀吟""宾从杂遝"，承上启下，为"后来"者的出场造作声势，烘托气氛。彼"后来"者鞍马逡巡，无须通报，竟然当轩下马，径入锦茵与三夫人欢会。此情此景，纯从旁观冷眼中显出，当目瞪口呆惊诧之余，稍加思索便知其人其事了。

浦起龙评《丽人行》说："无一刺讥语，描摹处语语刺讥；无一慨叹声，点逗处声声慨叹。"对于当时的社会冲突到底有什么解决办法呢？读者读后却不能不这样想：最高统治集团既然这样腐败，天下不乱才怪！这不是说教，而是读者从艺术中所获得的逻辑。

五言律诗

望月怀远

张九龄

海上生明月，天涯共此时。情人怨遥夜，竟夕起相思。灭烛怜光满，披衣觉露滋。不堪盈手赠，还寝梦佳期。

赏析

这是一首月夜怀念远方之人的诗。起句“海上生明月”意境雄浑阔大，是千古佳句。它和谢灵运的“池塘生春草”，鲍照的“明月照积雪”，谢朓的“大江流日夜”，以及作者自己的“孤鸿海上来”等名句一样，看起来平淡无奇，没有一个奇特的字眼，没有一分点染的色彩，脱口而出，却自然具有一种高华浑融的气象。“天涯共此时”，即由景入情，转入“怀远”，这两句把诗题的情景一并收摄，却又毫不费力，仍是张九龄作古诗时浑然自成的风格。

从月出东海直到月落乌啼，是一段很长的时间，诗中说是“竟夕”，亦即通宵。这通宵的月色对一般人来说是平淡无奇的，而远隔天涯的一对情人，因为对月相思而久不能寐，只觉得长夜漫漫，故而落出一个“怨”字。三四句以怨字为中心，以“情人”与“相思”呼应，以“遥夜”与“竟夕”呼应，上承起首两句，一气呵成。这两句采用流水对，自然流畅，具有古诗气韵。

竟夕相思不能入睡，怪谁呢？是屋里烛光太耀眼吗？于是灭烛，披衣步出门庭，光线还是那么明亮。这天涯共对的一轮明月竟是这样撩人心绪，使人见到它那姣好圆满的光华，更难以入睡。夜已深了，气候更凉了一些，露水也沾湿了身上的衣裳。这里的“滋”字不仅是润湿，而且含滋生不已的意思。“露滋”二字写尽了“遥夜”“竟夕”的精神。“灭烛怜光满，披衣觉露滋”，两句细巧地写出了深夜对月不眠的实情实景。

相思不眠之际，有什么可以相赠呢？一无所有．只有满手的月光。这月光饱含我满腔的心意，可是又怎么赠送给你呢？还是睡吧！睡了也许能在梦中与你欢聚。“不堪”两句，构思奇妙，意境幽清，没有深挚情感和切身体会，恐怕是写不出来的。

王勃

王勃（650—676），唐绛州龙门（今山西河津）人，字子安。6岁即善属文，曾为沛王府修撰，为沛王作《檄诸王鸡文》，因而被高宗削职。上元二年（675）王勃赴交趾省父，次年归来渡海时溺水而死。王勃与杨炯、卢照邻、骆宾王合称“初唐四杰”，诗文户虽有六朝遗风，但材却已开阔，有《王子安集》行世。

杜少府之任蜀州[①]

王勃

城阙辅三秦[②]，风烟望五津[③]。与君离别意．同是宦游人。海内存知己，天涯若比邻。无为在歧路，儿女共沾巾。

注释

①**蜀州**：今四川崇州市。②**三秦**：即今陕西省关中一带，项羽破秦入关，三分秦关中之地，封秦降将章邯为雍王，领咸阳以西；司马欣为塞王，领咸阳以东至黄河；封董翳为翟王，领上郡，合称三秦。③**五津**：地名，四川灌县至犍为的岷江五个渡口，分别为白华津、万里津、江首津、涉头津和江南津。

赏析

这是王勃五言律诗的杰作。首联极壮阔，极精整。第一句写长安的城垣、宫阙被辽阔的三秦之地所“辅”，气势雄伟，点明送别之地。第二句里的“五津”点明杜少府即将宦游之地；而“风烟”“望”把相隔千里的秦、蜀连在一起。

自长安遥望蜀川，视线为迷蒙的风烟所遮，微露伤别之意，已摄下文“离别”“天涯”之魂。“与君离别意”承首联写惜别之感，欲吐还吞。用“同是宦游人”一句加以宽解，宦游他乡，这次离别，只不过是客中之别，又何必感伤！三联奇峰突起。从构思方面看是受了曹植《赠白马王彪》“丈夫志四海，万里犹比邻；恩爱苟不亏，在远分日亲”的启发。但诗人高度概括，自铸伟词，便成了千古名句。尾联紧接三联，以劝慰杜少府作结。“在歧路”点出题面上的那个“送”字。

王勃的这一首一洗悲酸之态，意境开阔，音调爽朗，独标高格。

骆宾王

骆宾王（约627—约684），唐婺州义乌（今浙江义乌）人。高宗末年为长安主簿，以言事得罪，被贬临海丞。文明中，徐敬业于扬州起兵反对武则天，署府佐，为敬业传檄远近。据传武则天读檄文，叹曰："宰相安得失此人！"徐敬业兵败，宾王不知所终。诗文兼工，为"初唐四杰"之一，有《骆宾王文集》行世。

在狱咏蝉并序

骆宾王

余禁所禁垣西，是法厅事也，有古槐数株焉。虽生意可知，同殷仲文之古树[①]；而听讼斯在，即周召伯之甘棠[②]。每至夕照低阴，秋蝉疏引，发声幽息，有切尝闻。岂人心异于曩时，将虫响悲于前听？嗟乎！声以动容，德以象贤。故洁其身也，禀君子达人之高行；蜕其皮也，有仙都羽化之灵姿。候时而来，顺阴阳之数；应节为变，审藏用之机。有目斯开，不以道昏而昧其视；有翼自薄，不以俗厚而易其真。吟乔树之微风，韵资天纵；饮高秋之坠露，清畏人知。仆失路艰虞，遭时徽缠[③]。不哀伤而自怨，未摇落而先衰。闻蟪蛄之流声，悟平反之已奏；见螳螂之抱影，怯危机之未安。感而缀诗，贻诸知己。庶情沿物应，哀弱羽之飘零；道寄人知，悯馀声之寂寞。非谓文墨，取代幽忧云尔。

西陆蝉声唱[④]，南冠客思深[⑤]。不堪玄鬓影，来对白头吟[⑥]。露重飞难进，风多响易沉。无人信高洁，谁为表予心。

注释

①殷仲文：东晋人，桓玄篡位后，殷仲文抗表待罪，乞归不许，

顾府中老槐树叹道："槐树婆娑，无复生意。"②**周召伯之甘棠**：语出《诗经》："蔽芾甘棠，勿翦勿伐，召伯所茇。"③**徽纆（mò）**：绑犯人的绳索，引申为捆绑、囚禁。④**西陆**：指秋天。⑤**南冠**：羁囚的代称。语出《左传·成九年》："晋侯观于军府，见钟仪，问之曰'南冠而絷者谁也'？有司对曰'郑人所献楚囚也'。"⑥**白头吟**：乐府楚调曲名，据传为司马相如妻卓文君所作。

赏析

骆宾王一生颇具传奇色彩，而其忠义奋发，高行磊落，自非碌碌者也。其文有击金断玉之声，其诗有钟扬磬越之响，后世或传其被诛，或传其为僧，增添许多神秘色彩。

骆宾王这首《在狱咏蝉》是其在任侍御史，因上疏得罪武后被囚之时所作，诗前有很长一篇序言，文理优美，对仗工整，感思深幽，文中瑰宝，在宾王集中可列前茅，诗亦沉响清越，堪称双绝。

诗在起句用比兴手法，对偶句式。在秋风蝉唱中，囚禁中的诗人思乡的情绪被牵了出来，"不堪玄鬓影，来对白头吟"，前句写蝉，后句自抒。秋蝉高唱，自有一番清远之响，不为物羁，高处自在，更似诗人少年时。而今日诗人待罪禁所，动作难施，多年宦海沉浮，空余两鬓白发。此处巧用卓文君《白头吟》之典，含蓄反映出那一片忠君爱国之心。借蝉自喻，意在言外，"露重飞难进，风多响易沉"，寄托更为深远。前文尚有物我之分，此际则打成一片，不著分别，物我浑然一体的境界，更见诗人功力非凡。"无人信高洁，谁为表予心"，在境界上承接前文，更推进一步，以蝉喻自己的高洁，巧夺天工。其中情感充沛，意味悠长。

骆宾王此诗与虞世南之《蝉》、李商隐之《蝉》可并称唐人"咏蝉”诗之三绝，唯取舍不同。清施补华在《岘佣说诗》中说：“三百篇比兴为多，唐人犹得此意。同一咏蝉，虞世南‘居高声自远，端不藉秋风’，是清华人语；骆宾王‘露重飞难进，风多响易沉’，是患难人语；李商隐‘本以高难饱，徒劳恨费声’，是牢骚人语。比兴不同如此。”

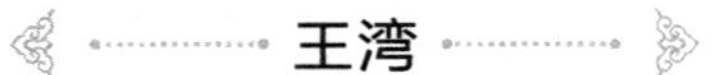

王湾

王湾，生卒年不详，唐洛阳（今河南洛阳）人。太极元年（712）进士。开元初为荥阳主簿，受荐校正群籍，参与《群书四部录》集部修撰，九年而书成，因功授洛阳尉。工诗，多有著述。

次北固山下①

王湾

客路青山外，行舟绿水前。潮平两岸阔，风正一帆悬。海日生残夜，江春入旧年。乡书何处达，归雁洛阳边。

注释

①北固山：在今江苏省镇江市北。

赏析

王湾这首五律，最早见于唐人芮挺章编选的《国秀集》，其中颇有异文，但“潮平两岸阔，风正一帆悬，海日生残夜，江春入旧年”二联则极为后世称道。其中写景抒情，别具清新之妙。此诗首句即用对仗，“客路”“行舟”相对，表明了诗人要行之路，“绿水”“青山”既写景，又写诗人客路上的所见。一个“客”字便有许多漂泊羁旅之感，初涉景便已动情。“潮平两岸阔，风正一帆悬”，春潮初起，江水浩渺，举目四望，视野是何等开阔，至于和风微动，船帆高悬，一个“正”字极见风色平和，仍是春时景象。这两句诗在写景上突现出了一个维度空间，“岸阔”“帆悬”既有平面之感，又有立体之奇，同时，在这样开阔的景物中，诗人的心境也开阔起来。“海日生残夜，江春入旧年”，胡应麟云：“‘海日’一联，形容景物，妙绝千古。”残夜将尽，海日初升，旧岁未逝，江上春生，日夜时序，更替变化，妙入画图。此句非止写景之妙，更在炼字之奇，“生”与“入”，一切在诗人眼中皆是活泼的，自然之理趣亦由此二字显现，是景之入里，叙事之真切，恐无人能及。最后结以“乡书何处达，归雁洛阳边”，前文写景，景中含情，情臻其极，具有此一番感慨，且与前句“客路”相照应，于靓丽之景中生出一股淡淡的乡愁。此诗可谓夺造化之奇，蓄情景之妙，千百年来，脍炙人口，信有以也。

辋川闲居赠裴秀才迪①

王维

寒山转苍翠，秋水日潺湲②。倚杖柴门外，临风听暮蝉。渡头余落日，墟里上孤烟。复值接舆醉，狂歌五柳前③。

注释

①辋川：水名，又名辋谷川，在陕西省蓝田县南。川口即绕山之口，两山夹峙，川水从此北流入灞河，路甚险狭，过此则豁然开朗，

山峦掩映，风景优美，王维别业即在此。②**潺湲**（chán yuán）：水缓慢流淌的样子。③**五柳**：即陶渊明。

赏析

王维五律写景，自唐迄今，无出其右者。其诗言清语淡，气畅神舒，滋味悠长，人言“诗中有画，画中有诗”，实则非但有画，更有一段仙乐声在其中，读之让人眼为之明，耳为之聪，心为之爽，尘虑涤尽，欣然有出世之慨。

这首诗便是诗中有画，诗中有乐，写景写人，刻画逼肖，风光人物，交替成文，物我无间，情景交融。首联先是写景，“寒山转苍翠，秋水日潺湲”，山色在秋天逐渐深沉起来，深沉则见其静，水声欢畅，日日喧闹，一静一动之中，便将山中秋景勾勒出来，有声有色，有动有静，这是大自然最和谐的美。先景后人，人景交替是此诗的特色。“倚杖柴门”，是诗人自我写照，前景是诗人远听远视，诗人逐渐将注意点拉回身边，风吹暮蝉，是秋日中另一番声响。先听后视，从而引出“渡头余落日，墟里上孤烟”，这是秋山中黄昏的典型景象，有水、有墟、有落日、有人事，取事裁文别具匠心，其中化用陶诗，而不落俗套，更突显一番田园滋味。最后结以“复值接舆醉，狂歌五柳前”，友人裴迪狂放的形象在美景中出现，更使画面活泼热闹，所有的景物在人的活动中更显得生气勃勃，佳景良朋，诗人之乐，尽于此矣！诗中滋味，愈品愈醇，王维诗中妙处，大有不食人间烟火的意味。

山居秋暝

王维

空山新雨后，天气晚来秋。明月松间照，清泉石上流。竹喧归浣女，莲动下渔舟。随意春芳歇①，王孙自可留②。

注释

①春芳：春天的花草。②“王孙”句：语出《楚辞·招隐士》：“王孙兮归来，山中兮不可久留。”原为招隐士出山之词，此处诗人反用其意，以美好的秋色让王孙可自居于山中。

赏析

王维五律，在唐人诗作中可称一绝，山水田园诸诗，气象雄远开阔，孟浩然所不能及。炼字锻句，动人耳目，可谓极声色之宗，不落人间尘嚣。这首《山居秋暝》，风骨清新，闲淡天成，故是山水名作。首联“空山新雨后，天气晚来秋”，看似写无人之境，实则是有人之境，山中雨后，秋景格外清明，景色之妙，略见一斑。颔联“明月松间照，清泉石上流”，秋雨洗山，本来就有一番鲜明特色，若明月当空，万方俱寂，青松如盖，月影婆娑，则更是一番秋夜景色，此则目之所见。而山雨过后，山泉叮咚，石上清泉自是轻盈成韵，色妙声佳，非王维不能至此，而行文之中，任意所之，毫不费力。

前二联可谓由“空”至“静”，极力渲染，颈联则从人的活动出发，更显出山中之静来。“竹喧归浣女，莲动下渔舟”，首联看似无人，实则有人，而有人之境至此豁然开朗，若一笔直从静中下去，反觉无味，正在这突然的一动之中，将诗意推向高潮。试想那竹林之畔，浣纱女笑声悦耳，莲渚深处，渔舟声喁晰相闻，前文之静至此更为逼真，其中情感真实，诗意盎然。在这种环境中，哪一个尘嚣中人能不生起归隐之心呢？随意春芳开落，这并不影响“王孙”在这样的环境中自由生活，开怀吟咏。

这首诗将诗人的高洁之情操表现得淋漓尽致。诗中境界就是诗人境界的升华，这是自然美与人格美完美结合的典范。在手法上，看似以赋写景，实则句句比兴，含蓄沉厚，风骨别致，颇有一番雅调别弹的意味。

终南别业[①]

王维

中岁颇好道，晚家南山陲[②]。兴来每独往，胜事空自知。行到水穷处，坐看云起时。偶然值林叟，谈笑无还期。

注释

①别业：别墅。②陲：山脚下。

赏析

王维晚年长斋念佛，弹琴赋诗，悠闲自在，他在中年以后，就已过上了这种半官半隐的生活，这首诗就是王维晚年闲适情趣的真实写照。

终南别业是王维最喜爱的地方，他曾在给裴迪的信中，将这里做了详尽的描述：“北涉玄灞，清月映郭；夜登华子冈，辋水沦涟，与月上下。寒山远火，明灭林外；深巷寒犬，吠声如豹；村墟夜舂，复与疏钟相间。”在终南别业这样优美的环境中，王维“中岁颇好道”的想法更加强烈，或许正是“好道”的缘故，他才有了“晚家南山陲”的想法。心静趣闲，神清气畅，因而颔联说：“兴来每独往，胜事空自知。”在独来独往中，由于心境平和，诗人赏景怡情，自得其乐，每逢佳景盛地，欣然自处，丝毫没有孤独寂寞的感觉。那么，诗人所谓的胜事是否可有所指？“行到水穷处，坐看云起时”，这句被人们千百年来极为称道的诗，正是王维自乐至盛的真实写照，其心境已经闲适到了极点。所以近人俞陛云说：“行至水穷，苦已到尽头，而又看云起，见妙境之无穷。可悟处世事变之无穷，求学之义理亦无穷。此二句有一片化机之妙。”最后结以“偶然值林叟，谈笑无还期”，颈联之语从胜事说，此联则照应“兴来”之说，倘非兴来，则“偶然”便无着落。

全诗变化无穷，意兴遄飞，心闲笔畅，随兴所之，所以《诗人玉屑》中说：“此诗造意之妙，至与造物相表里，岂直诗中有画哉。观其诗，知其蝉蜕尘埃之中，浮游万物之表者也。”

题破山寺后禅院①

常建

清晨入古寺，初日照高林。曲径通幽处，禅房花木深。山光悦鸟性，潭影空人心。万籁此俱寂②，惟闻钟磬音。

注释

①破山寺：在今江苏常熟虞山北麓，始建于南朝，唐咸通九年

（868）赐额破山兴福寺。②**万籁**：宇宙中的一切声响。

赏析

常建这首诗中抒写清晨游寺后禅院的观感，笔调古朴，文字简洁，兴象深微，意境浑融，是盛唐山水诗中独具一格的名篇。

诗人在清晨登山入寺，旭日初升，光照山林。佛家称僧徒聚集的处所为“丛林”，所以“高林”兼有称颂禅院之意，在光照山林的景象中显露着礼赞佛宇之情。然后，诗人穿过寺中竹丛小路，走到幽深的后院，发现唱经礼佛的禅房就在后院花丛树林深处。这样幽静美妙的环境，使诗人惊叹、陶醉，忘情地欣赏起来。诗人看见寺后的青山焕彩，鸟儿鸣唱；清潭倒影，尘虑涤除。此景此情，诗人仿佛领悟到了空门禅悦的奥妙，大自然和人世间的所有其他声响都寂灭了，只有钟磬之音引导人们进入纯净怡悦的境界。

诗以题咏禅院而抒发隐逸情趣，从晨游山寺起而以赞美超脱作结，朴实地写景抒情，而意在言外。这种委婉含蓄的构思，恰如唐代殷璠评常建诗歌艺术特点所说：“建诗似初发通庄，却寻野径，百里之外，方归大道。所以其旨远，其兴僻，佳句辄来，唯论意表。”

刘长卿

刘长卿（？—约790），唐河间（今河北河间）人，字文房。天宝年间进士，官监察御史，至德年间被诬陷而贬为南巴尉。大历年间又因事被贬为睦州司马。晚年官随州刺史，世称刘随州。有《刘随州集》行世。其诗内容广泛，各体皆备，长于五言律诗，时人称为“五言长城”。

新年作

刘长卿

乡心新岁切，天畔独潸然①。老至居人下，春归在客先。岭猿同旦暮，江柳共风烟。已似长沙傅，从今又几年。

注释

①潸（shān）然：眼泪落下的样子。

赏析

刘长卿五律研练深稳，韵格清秀，权德舆推其为“五言长城”，实非过誉。且其人两度遭贬谪，皆因太过刚介，不为人所容。故其诗中多愁苦忧伤情调。此诗是刘长卿因吴仲孺诬陷，被贬谪南巴尉时所作。

首联“乡心新岁切，天畔独潸然”，诗人在新年到来之际，远谪南巴，思乡之心更为沉重，南巴地远城偏，远离京城，故有“天畔”之语。在这样一个荒僻的地方过新年，诗人在思乡的愁绪中，怎能不潸然泪下呢？颔联“老至居人下，春归在客先”，年纪愈来愈老，而官职却位于人下，无情的岁月更使诗人感到悲凉，但是春天已经来到，而自己羁旅异地，无形中又成了心理上的一种压迫。上两联都是在叙事，都是在抒情，接下来诗人笔锋一转，由叙事转入写景中，“岭猿同旦暮，江柳共风烟”，早晚猿啼，足以让人柔肠寸断。何况在这新年之际，江柳虽然已经有了春意，而风迷烟罩中，又有了一种凄冷的色调。虽然由叙事变为写景，但是诗人的情感仍在进一步升华。“已似长沙傅，从今又几年”，诗人以贾谊自况，谪居的感慨至此达到极点，诗至此戛然而止，而情绪的表达并没有结束，这里的言外之意已不再是凄苦悲凉，反而增添了几许悲愤，几许牢骚。

全诗叙事明晰，以“情”字为主线贯穿全篇，感情沉郁，语调清苦，以情生景，以景概情，肆意挥洒，其一腔幽怨被表达得淋漓尽致。

临洞庭上张丞相①

孟浩然

八月湖水平，涵虚混太清②。气蒸云梦泽③，波撼岳阳城。欲济无舟楫，端居耻圣明④。坐观垂钓者，徒有羡鱼情⑤。

注释

①**张丞相**：指张九龄。②**太清**：天空，古人认为天是清而轻的气所构成，故称太清。③**云梦泽**：古泽名，大致包括今湖南益阳市、湘阴县以北，湖北江陵市、安陆市以南，武汉市以西地区。④**端居**：安居。⑤**羡鱼情**：语出《汉书·董仲舒传》：“临渊羡鱼，不如退而结网。”诗人借此典表达自己有心出仕，却无人引荐之苦。

赏析

孟浩然于玄宗开元二十一年（733）西游长安，欲求仕进，故上此诗于丞相张九龄，欲借其提携之力。但是诗人在表达此意时还是很矜持的，既保持了身份，又委婉地表达了干谒的愿望。

诗中前半部分是紧密围绕“望洞庭”来说的。首联“八月湖水平，涵虚混太清”，八月的洞庭湖秋水浩涨，水天一色，天水相接。此两句将洞庭宽阔浩瀚的气势概括了出来，汪洋澎湃、涵纳百川无疑是洞庭的特色。颔联承接上文，极力渲染洞庭气势，“气蒸云梦泽，波撼岳阳城”，以云梦和岳阳来概括洞庭，其气势在一个“蒸”和“撼”字中被进一步升华。在这里，洞庭是活泼的，充满活力的。

转入颈联，诗人开始了抒情，前文写洞庭的气势，实际上是对张丞相的胸襟的比拟，其中比兴手法运用得浑然无迹。“欲济无舟楫”，这是触景生情，亦是对自己前途的一种感叹，“舟楫”二字，隐含了提拔接引之意，想要到达彼岸，就需要船只。“端居耻圣明”，今日太平盛世，自己却隐伏不出，这未免是盛世中的一种耻辱，诗人委婉地表达了自己的心迹。最后，诗人以“坐观垂钓者，徒有羡鱼情”反用典故，且与前文湖水相应，干谒的想法在诗中痕迹全无，但其心情却是很容易体会的。

此诗作得极为得体，极有分寸，措辞不卑不亢，无乞哀告怜之相，有超凡脱俗之色，堪称是孟浩然第一等文字。

宿桐庐江寄广陵旧游[①]

孟浩然

山暝听猿愁，沧江急夜流。风鸣两岸叶，月照一孤舟。建德非吾土[②]，维扬忆旧游[③]。还将两行泪，遥寄海西头[④]。

注释

①**桐庐江**：即钱塘江在浙江桐庐段的称谓。②**建德**：即今浙江建德。③**维扬**：即扬州。④**海西头**：扬州在东海以西，故称海西头。

赏析

皮日休在《孟亭记》一文中称赞孟浩然道：“先生之作，遇思入咏，不拘奇抉异，令龌龊束人者。涵涵然有干霄之兴，若公输氏当巧而不巧者也。”“遇思入咏”，这是孟浩然的特色，点化风景，令其随情波动，气象故自不凡。此诗意境清峭，语调沉厚，为孟诗佳作。

诗人夜宿桐庐，思念广陵诸友，因此写了这首诗。“山暝听猿愁，沧江急夜流”，日暮深山，猿啼起愁，诗人的愁绪在这种环境中显得十分低沉，并且在诗的一开始便显露了出来。沧江夜宿，水流甚急，对于本已郁郁不欢的诗人来说，更增添了些许不安和烦躁。颔联“风鸣两岸叶，月照一孤舟”，语势虽渐平缓，但是情感却进一步加重。晚风徐拂，木叶哀鸣，月上长空，孤舟一叶，在平缓的语气中，从听觉和视觉两方面将诗人的孤独寂寞刻画了出来，同时也营造出一种清峭淡远的意境。

“建德非吾土，维扬忆旧游”，现在诗人所处的地方并不是自己的故乡，作为游子的惆怅更激起了他对扬州友人的思念。“还将两行泪，遥寄海西头”，情感激动到了极点，因而潸然泪下，但诗人仍希望能将这两行热泪寄往扬州。

这首诗在情调上是相当凄恻和悲怆的，一方面是怀念友人，另一方面则是诗人在人生旅途上所形成的那种悲苦情绪．换句话说，后者才是全诗的主宰。但是诗人精于锻炼，没有显示出半分雕琢的痕迹，全诗自然浑成，意味清雅，笔淡情深，意境不凡，可谓是孟浩然笔力和功夫兼美的作品。

早寒有怀

孟浩然

木落雁南度，北风江上寒[①]。我家襄水曲[②]，遥隔楚云端。乡泪客中尽，孤帆天际看。迷津欲有问，平海夕漫漫。

注释

①**“木落雁南度，北风江上寒”**：此两句化用鲍照“木落江渡寒，雁还风吹秋”。②**襄水**：即汉水在湖北襄阳一段，俗称襄河。

赏析

根据诗的内容看，这是作者漫游长江下游时的作品。当时正是秋季，天却相当寒冷。作者睹物伤情，不免想到故乡，引起了思乡之泪。

“木落雁南度，北风江上寒”，作者捕捉了带有典型性的事物来点明季节。木叶渐脱，北雁南飞，这是最具代表性的秋季景象。落木萧萧，鸿雁南翔，北风呼啸，天气寒冷，作者画出一幅深秋景象。处身于这种环境中，很容易引起人悲哀的情绪。何况是远离故土，思想处于矛盾之中的作者呢！

作者面对眼前景物，思乡之情，油然而生。“遥隔”两字不仅表明了远，而且表明了两地隔绝，自己不能归去。这个“隔”字，既透露出思乡之情，又能表现出仰望之情，可望而不可即。“乡泪客中尽”不仅点明了乡思，而且把这种感情表达得淋漓尽致。不仅是作者自己这样思乡，其家人也在想着他的归去，遥望着“天际”的归帆。家人的想望自然是假托之词，然而却使作者思乡的感情抒发得更为强烈了。“迷津欲有问”，却是把隐居与从政的矛盾集于一身，而这种矛盾又无法解决，故以“平海夕漫漫”作结。滔滔江水，与海相平，漫漫无边，加以天色阴暗，已至黄昏，这种景色完全烘托出作者迷茫的心情。“乡泪”是情，“归帆”是景，以情对景，扣合自然，充分表达出作者的真实感情。

与诸子登岘山[①]

孟浩然

人事有代谢，往来成古今。江山留胜迹，我辈复登临。水落鱼梁浅[②]，天寒梦泽深[③]。羊公碑尚在[④]，读罢泪沾襟。

注释

①**岘山**：又名岘首山，在湖北襄阳南。②**鱼梁**：指渔梁洲。③**梦泽**：即云梦泽。④**羊公碑**：《晋书·羊祜传》记载：“祜乐山水，每造岘山，尝叹曰‘自有宇宙，便有此山，由来登望如我者多矣，皆湮灭无闻，使人悲伤’。祜卒后，襄阳百姓于岘山立碑，望其碑者，莫不流涕，杜预因名为‘堕泪碑’。”

赏析

孟浩然这首诗是一首怀古伤今之作，岘山因羊祜而闻名，因羊祜而有堕泪碑，羊祜死后其成了襄阳胜迹。诗人感慨于往贤遗事，不禁有身世感，此诗主旨，正在此处。

“人事有代谢，往来成古今”，朝去暮来，寒尽春生，是宇宙之代谢；悲欢离合，生老病死，是人生之恒常。有代谢则生古今，这是最普通的真理。诗人之笔横空出世，大气磅礴。继“古今”之语，诗人写下了“江山留胜迹，我辈复登临”，“江山”一句是承“古”字言，“我辈”之说是承“今”之语，首联看似无着，至此便有根基。颔联“水落鱼梁浅，天寒梦泽深”，前二联是登岘山前之抒情与叙事，此联则写登岘山后之景，登山而望，水落石出，渔梁横亘，气象十分萧条，天渐寒冷，云梦泽也变得黯淡幽深起来，在这种景象中，诗人的心中也未免忧郁伤感起来。最后，诗人以“羊公碑尚在，读罢泪沾襟”将全诗的情感推向极致，一个“尚”字苍劲有力，下笔千钧，何况羊公所言：“自有宇宙，便有此山，由来贤达胜士，登此远望如我与卿者多矣，皆湮灭无闻，使人悲伤。”今日孟公登岘山，视羊公如羊公之视昔人，感慨同一，堕泪之事则很自然了。况且羊公虽殁，尚有碑在，如我“辈”没后，更复何有，伤感的成分便更浓烈了。此诗颇含哲理，而奇趣天成，言辞顺畅，真是诗人之诗而非哲人之诗。孟浩然往往以平淡胜，此诗亦然。

过故人庄

孟浩然

故人具鸡黍①，邀我至田家。绿树村边合，青山郭外斜。开轩面场圃，把酒话桑麻。待到重阳日，还来就菊花。

注释

①鸡黍：杀鸡为黍，后指农家丰盛的饭菜。

赏析

孟浩然的诗很淡，这种淡就如美人脸上的脂粉，只轻轻地一抹，而真正吸引人的，则是其内在的气质，愈品愈觉得意味深长。闻一多先生曾说过："淡到看不见诗了，才得真正孟浩然的诗，不，说是孟浩然的诗，倒不如说是诗的孟浩然，更为准确。"这首《过故人庄》可以说是孟浩然最能让人体验到他的淡的诗。

"故人具鸡黍，邀我至田家"，文字上丝毫不渲染，就像很随意的闲聊一样，同时也反映了二人情感的真挚，不夹杂任何客套的成分。以"鸡黍"相邀，这正是田家特有的风格，同时也以"鸡黍"来说明二人之间如东汉范式和张劭般的友谊。"绿树村边合，青山郭外斜"，走进田家，一切都显得清新自然，村子边上，绿树环绕，城郭以后，远山横亘。绿树青山包围着村庄，风景优美，使人感受到了田家那种清淡幽静。"开轩面场圃，把酒话桑麻"，在风景优美的村庄中，这样的举动会让人身心舒畅。"开轩"则将屋外的绿树青山放了进来，诗人和友人的视野也开阔了，有了一种心旷神怡的感觉，在诗人面对窗外的"场圃"时，诗中的田园特色就更为浓郁了。举杯之际，宾主谈的都是"桑麻"闲话，最终构成了一幅极佳的田园风景画。一切都是那样清新自然，在这里，任何名利荣辱都会不自觉地被抛弃掉。"待到重阳日，还来就菊花"，诗人的心早已被这田园留住了，重阳再会，将宾主的友情和那种融洽的氛围都渲染了出来，再约之时，意舒词缓，这种恬淡，真正表现出了"诗的孟浩然"。

孟浩然这种淡淡的平易近人的风格，与那纯朴自然的农家田园气息融合得天衣无缝，恬淡亲切之中意味悠长。孟浩然既不卖弄技巧，又不寻奇列异，浑然天成而出语洒脱。在这首诗中，人们才真正能体会到孟浩然的淡是什么样的。

赠孟浩然

李白

吾爱孟夫子，风流天下闻。红颜弃轩冕[①]，白首卧松云。醉月频中圣[②]，迷花不事君。高山安可仰[③]，徒此揖清芬[④]。

注释

①轩冕：代指官爵。**②中圣**：典出《魏志·徐邈传》："时科禁酒，而邈私饮。沉醉校事，赵达问以曹事，邈曰'中圣人'。"盖平时醉客谓酒清者为圣人，酒浊者为贤人。这里借指醉酒。**③高山安可仰**：语出《史记·孔子世家》："高山仰止，景行行之。"此处用以比喻孟浩然品行高洁。**④清芬**：谓德行的清美芬芳。

赏析

本诗大致写在李白寓居湖北时期，当时他与孟浩然结下了深厚的友谊。诗的风格自然飘逸，描绘了孟浩然风流儒雅的形象，同时也抒发了李白与他思想感情上的共鸣。前人称："太白于律，犹为古诗之遗，情深而词显，又出乎自然，要其旨趣所归，开郁宣滞，特于风骚为近焉。"

首联开门见山，抒发了对孟浩然的钦敬爱慕之情。一个"爱"字是贯穿全诗的抒情线索。中二联勾勒出一个高卧林泉、风流自赏的诗人形象。"红颜"对"白首"，概括了孟浩然从少壮到晚岁的生涯。轻车骏马，华冠丽服，不屑入目，松风白云，安然高卧，一弃一取的对比，突出了孟浩然的高风亮节。"醉月频中圣，迷花不事君"，皓月当空，把酒临风，沉醉繁花丛中，流连忘返。颈联则自正及反，由隐居写到不事君，纵横正反，笔姿灵活。尾联直接抒情，感情步步升华。感情逐渐加深，并一步步推向高潮，十分自然，可谓水到渠成。仰望高山的形象使敬慕之情具体化了，但这座山太巍峨了，因而诗人有“安可仰”之叹，只能在此向他纯洁芳馨的品格拜揖。

诗中用典，不见斧凿痕迹，依感情的自然流淌结撰成篇，行云流水，舒卷自如，表现出诗人率真自然的感情。

送友人

李白

青山横北郭，白水绕东城。此地一为别，孤蓬万里征①。浮云游子意，落日故人情。挥手自兹去，萧萧班马鸣②。

注释

①孤蓬：孤单飘荡的蓬草。用以比喻只身飘零、行踪不定的人。②班马：离群之马。

赏析

送别诗最重“情”字，但写送别之情，未必皆须小儿女对泣，只恐有周嵩拂袖之嫌。李白这首送别诗，情景相洽，意境高迥，动人肺腑。

“青山横北郭，白水绕东城”，这是点明送别的场所，诗人和友人已经到了城外，在城北青山横亘，在东城白水洄旋。诗人以“青山”对“白水”，以“北郭”对“东城”，对仗极其工整，一“白”一“青”，色彩十分鲜明，一“横”一“绕”，动静相兼，情境之妙，触目动心。“此地一为别，孤蓬万里征”，交代地点之后，诗人便说明了送别的事实，此处一别之后，友人便如飞蓬一样行无定止。此联行文如浮云流水，顺畅自如。“浮云游子意，落日故人情”，诗人运用这一十分工整的对仗，以浮云喻友人的远游，以落日喻惜别，并且在这黯然销魂的气氛中，诗人又创造了一种色彩斑斓的景象，情景交融，扣人心弦。“挥手自兹去，萧萧班马鸣”，别离的伤感是何等剧烈，诗人以马离群而哀嘶，化《诗经》中的“萧萧马鸣”之语，形容友人间的无限深情。诗人妙笔生花，点石成金，足以夺神斧驱神工。

江淹在《别赋》中说：“黯然销魂者，惟别而已矣”，分别是十分痛苦的；佛家“八苦”之中也有“爱别离”一苦。但是李白这首诗并没有那么多痛苦的成分，而显得异常豁达乐观，以新颖别致的手法表达了朋友之间的真挚情感。

渡荆门送别①

李白

渡远荆门外，来从楚国游。山随平野尽，江入大荒流②。月下飞天镜，云生结海楼③。仍怜故乡水，万里送行舟。

注释

①**荆门**：荆门山，在今湖北省宜都市西北。《水经注》云：“水又东历荆门、虎牙之间，荆门在南，上合下开，阍彻山南，有门像虎牙在此。”②**大荒**：广阔的大地。③**海楼**：即海市蜃楼。

赏析

这首诗是李白出蜀远游时所作，途经荆门山，写了这首诗以抒情。

“渡远荆门外，来从楚国游”，青年诗人经巴蜀，出三峡，渡荆门，远游楚国故地。才华横溢的诗人胸怀壮志，兴致勃勃，一路的风景，使得诗人意兴遄飞，诗情大发。“山随平野尽，江入大荒流”，出荆门以后，诗人视野开阔，大山逐渐隐去，原野异常空阔，诗人以“山随平野尽”将原本沉重的景象描绘得活跃了起来。长江之水涌出荆门，向茫茫原野奔流而去，一个“入”字刚劲有力，从其中可以看出诗人的心情是相当愉悦的。“月下飞天镜，云生结海楼”，夜晚，江流平稳，月影入水，好似天上明镜飞落水中，白天，云彩变幻，几如海市蜃楼。诗人在颔联和颈联中，以瑰玮的景色刻画了江之迴，天之高，取得了十分突出的艺术效果。江水滔滔，自岷山而来，这江水元形中又引起了诗人的乡愁乡思。“仍怜故乡水，万里送行舟”，思乡之情，别离之意，在此刻异常浓烈，取得了言有尽而意无穷的效果。

此诗意境高远，风格健劲，长江浩瀚万里的气势在诗人的笔下异常壮观，具有极高的艺术造诣。

淮上喜会梁州故人[1]

韦应物

江汉曾为客，相逢每醉还。浮云一别后，流水十年间。欢笑情如旧，萧疏鬓已斑。何因不归去，淮上有秋山。

注释

①梁州：故址在今陕西南郑县东。三国蜀置，后因之，隋废，唐复置。

赏析

韦应物客宦江淮之间，喜逢梁州故人，从而写这首诗。诗人在与友人相会时，悲喜交集。

“江汉曾为客，相逢每醉还”，江汉即指梁州，即今陕西南郑县一带，此地靠近汉江，故云“江汉”。诗人回忆当年客游梁州时，与朋友开怀畅饮，尽醉而归。回忆往事，诗人的内心很是兴奋。“浮云一别后，流水十年间”，浮云流水，一别十年，足见诗人游踪不定，四处漂泊。今日故人重逢，欢情如昔，但是十年漂泊，诗人已经两鬓斑白，垂垂老矣。所以诗人说“欢笑情如旧，萧疏鬓已斑”，其中一喜一悲，互文见义。诗人情怀在悲喜间转换，并没有回归故园的意思，原因是淮上秋山，风景可观，不忍归去。

这首诗韵味绵长，疏落有致，其中详略主次，间关错落，悲欢离合，任意挥洒，在艺术上取得了“密不透风，疏可走马”的效果。

寄左省杜拾遗[①]

岑参

联步趋丹陛[②]，分曹限紫微[③]。晓随天仗入[④]，暮惹御香归[⑤]。白发悲花落，青云羡鸟飞。圣朝无阙事，自觉谏书稀。

注释

①**左省**：即门下省，居左署，故称“左省”。**杜拾遗**：即杜甫。拾遗，官名，主要掌管供奉讽谏。②**丹陛**：宫殿的台阶，因漆成红色，故称丹陛。③**曹**：官署。**紫微**：即紫微省，唐开元元年（713）改中书省为紫微省，中书令为紫微令，中书舍人为紫微舍人，取天文紫微垣为义。开元五年（717）复旧称。④**天仗**：皇帝的仪仗。⑤**御香**：朝会时大殿中设炉所燃之香。

赏析

安史之乱，玄宗仓皇入蜀，肃宗即位于灵武，是时，诸官绅赴行在者大有其人，欲以一腔热血报主忠国。岑参、杜甫先后至灵武，岑任右补阙，杜任左拾遗，皆在谏职。然肃宗内惑于张后，外惑于鱼朝恩，正当百废待兴之时，肃宗却无进取之心。岑参诗正作于此时，其中渲染铺张，虽称新朝之盛，然其中含蓄婉转，哀时感事，忧愤难平。

“联步趋丹陛，分曹限紫微。晓随天仗入，暮惹御香归。”这是岑参对与杜甫同时登朝的生活的真实写照，“天仗”“丹陛”“紫微”“御香”何等威严，何等壮观，这是诗人对朝廷气象的渲染，然而其中却隐含了诗人对朝官生活死板、僵化、呆滞、无聊的愤懑，报国的一片拳拳之心无处寄托，诗人悲愤莫名。“白发悲花落，青云羡鸟飞”，庭院落花，白发萦头，足以使人生悲，而国事靡靡，才真正使诗人感到彻骨的悲痛，仰首青云，羡慕飞鸟，只是一种束缚之中的无奈而已。诗人直抒胸臆，感慨无限。“圣朝无阙事，自觉谏书稀”，这是诗人情感的极度爆发，故作反语，以抒悲愤，唐王朝的落寞，由此可见一斑。身为谏职，官居补阙，而不能尽忠谏君之过，可见肃宗粉饰太平、讳疾忌医之态，亦可见诗人的失望与无奈！

这首诗褒中含讽，绵里藏针，感慨万千，而行文则婉转含蕴，不露痕迹，有寻思不尽之妙。

月夜

杜甫

今夜鄜州月[①]，闺中只独看。遥怜小儿女，未解忆长安。香雾云鬟湿，清辉玉臂寒。何时倚虚幌，双照泪痕干。

注释

①鄜州：即今陕西省富县。

赏析

天宝十五载（756）六月，安史叛军破潼关，杜甫携家口避居鄜州三川羌村。七月肃宗即位，杜甫离家赴行在，中途被俘，进入长安，此诗即是其在长安时所作，望月思妻儿，情深意切，千百年来被人们传诵不绝。

“今夜鄜州月，闺中只独看”，诗人羁身长安，生死未卜，但念念之中，不忘妻儿。妻子处身鄜州，为诗人担忧，诗人从此处着笔，有情然后动容，神驰万里。一个“独”字更显现了妻子对诗人的思念与担忧，同时也为引出下文做了铺垫。“遥怜小儿女，未解忆长安”，妻子的“独看”无疑是与小儿女“未解忆长安”相互照应的。一个“怜”字，一个“忆”字，多少辛酸，多少苦楚，小儿女的天真稚幼，与妻子的“独”更相比衬，足见诗人饱含深情，其诗更加感人肺腑。“香雾云鬟湿，清辉玉臂寒”，这是诗人对望月忆夫的妻子形象的写照，雾湿云鬟，月寒玉臂，说明时间已经是更深夜半，忧心忡忡的妻子难以入睡，这是诗人的想象，同时也是诗人自己的感受。“何时倚虚幌，双照泪痕干”，诗人希望与妻儿早日团聚，在团聚中一同望月，让月光照干两人面上的泪痕，而今日独看，那么言外之意则是泪痕未干。

这首诗因月起兴，诗将天下离乱时自己内心的悲哀在诗中表现得淋漓尽致，字里行间，情真意切，词旨委婉，章法严谨。黄生所谓“五律至此，无忝诗圣矣”，观此诗，诚知其所见不谬！

春望

杜甫

国破山河在，城春草木深。感时花溅泪①，恨别鸟惊心。烽火连三月，家书抵万金②。白头搔更短，浑欲不胜簪③。

注释

①感时：感慨时事。②抵：值。③浑：简直。不胜：受不了。

赏析

唐肃宗至德元年（756）六月，安史叛军攻下唐都长安。七月，杜甫听到唐肃宗在灵武即位的消息，便把家小安顿在鄜州的羌村，去投奔肃宗，途中为叛军俘获带到长安。因他官卑职微，未被囚禁。《春望》写于次年三月。

“国破山河在，城春草木深”，开篇即写春望所见：国都沦陷，城池残破，虽然山河依旧，可是乱草遍地，林木苍苍。一个“破”字令人触目惊心，继而一个“深”字令人满目凄然。司马光说：“‘山河在’，明无余物矣；‘草木深’，明无人矣。”诗人在此明为写景，实则抒感，寄情于物，托感于景，为全诗营造了气氛。明代胡震亨极赞此联说：“对偶未尝不精，而纵横变幻，尽越陈规，浓淡浅深，动夺天巧。”

“感时花溅泪，恨别鸟惊心”，花鸟本为娱人之物，但因感时恨别，却使诗人见了反而坠泪惊心。一则触景生情，一则移情于物，正见好诗含蕴之丰富。诗的前四句，都统在“望”字中。诗人感情则由隐而显，由弱而强，步步推进。

“烽火连三月，家书抵万金”，自安史叛乱以来，战火仍连续不断，远行之人多么盼望能收到家中亲人的消息，这时的一封家信真是胜过“万金”啊！消息隔久，盼音讯不至时的迫切心情，这很自然地使人产生共鸣，因而成了千古传诵的名句。“白头搔更短，浑欲不胜簪”，烽火遍地，家信不通，诗人想念远方的惨戚之象，眼望面前的颓败之景，不觉于百无聊赖之际，搔首踌躇，顿觉稀疏短发，几不胜簪。这样，在国破家亡、离乱伤痛之外，诗人又叹息衰老，则更增一层悲哀。

这首诗意脉贯通而不平直，情景兼具而不游离，感情强烈而不浅露，内容丰富而不芜杂，格律严谨而不板滞，铿然作响，气度浑灏，脍炙人口，历久不衰。

天末怀李白[①]

杜甫

凉风起天末，君子意如何。鸿雁几时到，江湖秋水多。文章憎命达[②]，魑魅喜人过[③]。应共冤魂语[④]，投诗赠汨罗[⑤]。

注释

①**天末**：天边，极远的地方，此处指李白流放地夜郎。②**文章憎命达**：指有文才的人总是薄命遭忌。③**魑魅**（chī mèi）：传说中称山神、鬼怪。这里喻指奸邪小人。④**冤魂**：指屈原。⑤**汨罗**：即汨罗江，在今湖南省东北部。上游汨水，流经湘阴县分为两支，南流者曰汨水，一经右罗城曰罗水，至屈潭西水复合，故曰汨罗，是屈原自杀处。

赏析

李白因永王李璘事件被流放夜郎，后遇赦放还。时杜甫居于秦州（今甘肃天水），惊闻李白被流放，心中充满了对友人的担忧，因而写了这首诗。

“凉风起天末，君子意如何”，诗以秋风起兴，动笔之际，便营造了一种悲怆的气氛。凉风乍起，万物萧条，怅望长天，感慨弥长。何况人海苍茫，世态炎凉，是以诗人胸中生出无限悲凉，凭空乍现。“君子”指李白，此句看似平常寒暄，而其中言浅情深，意象玄远。李杜平生遭际，有大相似处，而李白被流放，其祸更过杜甫，杜甫此诗，怀李白而深知李白之痛更甚于己。可见弋人着想，怀之弥深。“鸿雁几时到，江湖秋水多”，赦书已发，何时能达，诗人以“鸿雁”喻赦书，何况“楚天实多恨之乡，秋水乃怀人之物”。鸿雁未至，江湖风恶，一种苍茫惆怅之感油然而生。“文章憎命达，魑魅喜人过”，文章出众者，命途多舛；才华横溢者，忌之者多；千古文人，同一感慨。此联即含情韵，又富哲理。邵长蘅云：“一憎一喜，遂令文人无置身地。”“应共冤魂语，投诗赠汨罗”，屈原忠君拳拳之心，负志沉江；李白亟思定乱，被冤流放。千载而下，同一怀抱。“共语”虽为诗人想象语，亦是太白心中语。“赠”诗汨罗，是李白满腔愤懑的宣泄，黄生云：“不曰吊而曰赠，说得冤魂活现，亦见杜甫深意。”此诗情感充沛，抒怀千回百转，萦绕心头，反复言说，有低回婉转之妙，无恣意逞气之迹，沉郁深微，真千载名作。

旅夜书怀

杜甫

细草微风岸，危樯独夜舟①。星垂平野阔，月涌大江流。名岂文章著，官应老病休。飘飘何所似，天地一沙鸥。

注释

①樯（qiáng）：船帆柱，即桅杆。

赏析

永泰元年（765），杜甫辞幕府职，回到浣花溪草堂。五月，年已54岁的杜甫携家口离开草堂南下，至渝州及忠州，此诗当为舟行至渝州、忠州时所作。

“细草微风岸，危樯独夜舟”，首联即写夜景，诗人笔法细腻，对仗工稳，对夜中景物予以传神刻画。江岸细草，在微风吹拂下，参差披拂，高樯孤舟，泊于江岸，一切都是那么幽寂，同时也表现了诗人此时的寂寞和孤独。“星垂平野阔，月涌大江流”，此二句是诗中的警策。明星低垂，平野宽阔，月光如水，大江横流，雄浑壮美，可与李白之“山随平野尽，江入大荒流”相媲美。但其中情味却截然相反：李白出蜀，正当少年气盛，故其诗喜而壮；杜甫出蜀，正值友人严武去世，郁郁出蜀，故其诗悲而壮。此二句正以大江旷野、朗星明月衬出诗人心中之枯寂无依、颠沛无告，可谓景乐而情哀。

“名岂文章著，官应老病休”，诗人漂泊西南，垂老无家，名满四海，岂是文章成就；宦途多舛，只得老病归休。诗人一生念念不忘忠君，此二句既可看作实写，又可看作虚摹。实写则点明当时自己下渝州、忠州时身已被病，虚摹则是表明自己胸中块垒难消，难以宣泄耳！“飘飘何所似，天地一沙鸥”，诗人漂泊无依，彷徨江湖，有似沙鸥，悲怀难抑，真可谓字字血泪。王夫之云：“情景虽有在心在物之分，而景生情，情生景……互藏其宅。”杜甫此诗，前二联景中藏情，后二联情中隐景，老杜笔力，故不寻常。

登岳阳楼

杜甫

昔闻洞庭水，今上岳阳楼。吴楚东南坼[①]，乾坤日夜浮。亲朋无一字，老病有孤舟。戎马关山北[②]，凭轩涕泗流。

注释

①坼（chè）：割裂。②戎马：军马，借指战争。

赏析

少陵晚年漂泊潇湘，居无定所，这是诗人在岳阳登岳阳楼时写的，意境开阔，气象宏伟。

"昔闻洞庭水，今上岳阳楼"，诗人漂泊不定，转徙洞庭，"昔闻""今上"将以往的耳闻和今日的登临结合起来，给本处在漂泊中的孤寂的诗人带来了一丝喜悦。"吴楚东南坼，乾坤日夜浮"，诗人登上岳阳楼之后，眺望洞庭，吴楚分野，乾坤浮动，洞庭的气势被这10个字渲染了出来。而此句与孟浩然的"气蒸云梦泽，波撼岳阳城"势均力敌。"亲朋无一字，老病有孤舟"，诗人触景生情，漂泊之中，亲戚朋友的音信都已断绝，况且年老体弱，以舟为家，不禁悲从中来，极其自然。"戎马关山北，凭轩涕泗流"，万里关山，兵戎未息，依阑北望，涕泪横流。一方面这是对首联的照应，另一方面又是诗人情感的宣泄。

这首诗以境界极高而为后人所称道，意境之妙，在于诗笔的一纵一收，炼字锻句，信有余裕。

钱起

钱起（约710—约782），湖州（今属浙江）人，字仲文。"大历十才子"之一，天宝九年（750）举进士，与郎士元齐名。时语云："前有沈宋，后有钱郎。"官至考功郎中。有《钱考功集》十卷。

谷口书斋寄杨补阙

钱起

泉壑带茅茨[①]，云霞生薜帷[②]。竹怜新雨后，山爱夕阳时。

闲鹭栖常早，秋花落更迟。家僮扫萝径[3]，昨与故人期。

注释

①茅茨：茅草屋。这里指诗题中的书斋。②薜帷：成片如帷幔的薜荔。《楚辞》：“罔薜荔兮为帷。”③萝径：布满松萝的小路。

赏析

唐诗至大历以后，风格初变，句渐工，意渐巧，词渐秀，开元、天宝年间浑厚气息，渐弱殆尽，而其中温秀蕴藉，仍不失风人之旨。钱起在十才子中，清丽飒爽，独树一帜。《唐才子传》中称：“起诗体制新奇，理致清赡，芟宋齐之浮游，削陈梁之嫚靡，迥然独立也。”

首联用对起法，“泉壑带茅茨，云霞生薜帷”，谷口的风景相当优美，诗人隐居此地，茅舍之旁，泉壑清冽，薜帷之下，云霞飘荡。在一开始，诗人就对谷口书斋的景色加以渲染。“竹怜新雨后，山爱夕阳时”，不但书斋风景宜人，就连谷口自身的风景也不一般，新雨之后，翠竹可爱；夕阳西下，群山婀娜。诗人笔调清灵，因而景物也显得妩媚多姿。“闲鹭栖常早，秋花落更迟”，鹭栖早，这是谷口昼夜的特色；花落迟，这是山中季节的特色。一连三联，诗人从动静、晨昏、朝暮、四季不同角度刻画了山中风物，这样优美的景色，怎能不令人流连向往呢？“家僮扫萝径，昨与故人期”，诗人在渲染铺陈一番之后，最终向友人发出了邀请。“家僮”一句更表达了诗人对友人的期待和诗人急切的心情，同时也扣住了诗题中的“寄”字。

全诗透露着一股清新舒畅的气息，使得诗人在遣词造句上的功底得到了全面展示。而其结构之严谨，格调之典雅，于王维、孟浩然之后，别开生面。

韩翃

韩翃（hóng），生卒年不详，唐南阳（今属河南）人，字君平。玄宗天宝十三年（754）进士，官至中书舍人，曾入侯希逸、李勉幕府，为大历十才子之一。原有集已散佚，明人辑有《韩君平集》。

酬程延秋夜即事见赠

韩翃

长簟迎风早[①]，空城澹月华。星河秋一雁，砧杵夜千家[②]。节候看应晚，心期卧已赊。向来吟秀句，不觉已鸣鸦。

注释

①簟：修长的竹子。②砧杵（zhēn chǔ）：捣衣石和棒槌。

赏析

这首五律笔触简洁，对秋夜的景物描述细致入微，前半部分写景，后半部分抒情，互藏其宅，不露痕迹。

“长簟迎风早，空城澹月华”，修竹窈窕，秋风飒飒，夜深城寂，月华清淡，这十个字便将秋夜的景象刻画了出来，并从其中透露出一股清爽明快的气息。“星河秋一雁，砧杵夜千家”，此联尤为警策，首联写景，突出一个静字，而此联则由动中反衬秋夜之静，有所见，有所闻，自然贴切。秋夜星河如洗，而孤雁高飞，便在动中产生了一丝凄冷。千家砧杵声声，应是思妇制绵衣，远寄良人。所有这一切都是秋夜中最寻常的景象，而在诗人笔下则饶有风味。在这样的好天良夜，诗人很难入睡，所以说“节候看应晚，心期卧已赊”，一方面是对景物的感受，另一方面则是对友人赠诗的回应。“向来吟秀句，不觉已鸣鸦”，景色固然诱人，但是友人优美的诗句更让诗人反复吟诵，久而未眠，不觉已经到了晨起鸦噪的时候。

这首诗清新亮丽，是中唐诗风的典型代表，其炼字工稳，景情无间，风骨优雅，堪为杰作。

刘昚虚

刘昚（shèn）虚（生卒年不详），字全乙，洪州新吴（今江西奉新）人。开元年间进士，累官弘文馆校书郎。诗负盛名，流落不偶。殷璠《河岳英灵集》录其诗十一首。

阙题

刘昚虚

道由白云尽，春与青溪长。时有落花至，远随流水香。闲门向山路，深柳读书堂。幽映每白日，清辉照衣裳。

赏析

唐代诗人辈出，而往往有诗传众品而名不见史传者，诚为恨事。如刘昚虚众人，皆以能诗擅长，而名不彰显。刘昚虚此诗，始见于殷璠《河岳英灵集》，殷昚在此书中说：“昚虚诗情幽兴远，思苦语奇，忽有所得，便惊众听。顷东南高唱者数人，然声律婉态无出其右，唯气骨不逮诸公。自永明以往，可杰立江表。惜其不永天年，陨碎国宝。”

这首诗句句写景，而诗情画意，层出不穷。“道由白云尽，春与青溪长”，山道弯转，深入白云，诗人不费笔墨，独出心裁，不写上山如何，而言山中道路，清新明快，饶有滋味。青溪潺潺，山花伴水，春色与青溪相依相伴，悠悠不尽。“时有落花至，远闻流水香”，颔联仍承青溪春色着笔，落花流水，本属无情，香随水至，则更出一层境界。诗人的心中充满了快意和舒畅，伴随着美景与愉快的心情，诗人到达目的地。“闭门向山路，深柳读书堂”，藏在深山春色中的屋宇，更有一番人间仙境的味道，角度不断变化，形象不断更新，诗人妙手，点石成金。“幽映每白日，清辉照衣裳”，结句依然写景，将这山中屋宇的静谧与舒适刻画得入木三分，而诗突然终止，但意味弥长，耐人寻味。

这首诗无一句抒情语，而情在其中，情韵轻盈，意境雅致，王国维所谓“一切景语皆情语也”，读此诗，信为不刊之论。

戴叔伦

戴叔伦（732—789），唐润州金坛（今属江苏）人，字幼公。贞元年间进士，曾任抚州刺史、容州刺史。有诗两卷，颇能反映人民疾苦。原集已佚，明人辑有《戴叔伦集》。

江乡故人偶集客舍

戴叔伦

天秋月又满，城阙夜千重。还作江南会，翻疑梦里逢。风枝惊暗鹊，露草覆寒蛩。羁旅长堪醉，相留畏晓钟。

赏析

戴叔伦游宦东南，羁旅他乡，此诗正是诗人在宦游途中与江乡友人相会时所作。诗人与故人重逢，欢喜非常，那种重逢后的快意流淌在诗的字里行间。

“天秋月又满，城阙夜千重”，起句不言集会，而言秋月，试想，秋高气爽，月圆之夜，故人偶会，是何等快意。一个“满”字，既表明了月圆，又映衬了人会，以月衬夜，破千里黑暗，此刻诗人心情的明快可想而知。“还作江南会，翻疑梦里逢”，首联写景以作铺陈，颔联则叙述集会时的情景，真正和友人聚在一起，喜悦自不待言，而诗人大喜过望，反而怀疑这是梦中相逢。“风枝惊暗鹊，露草覆寒蛩”，颈联笔锋一转，不叙事而写景，风摇树枝，栖鹊惊起，露湿秋草，寒虫嘶鸣，这是秋夜更深的景象。此处写景，恰说明了集会时间持续很长，同时这样凄冷的景物也暗示了诗人情绪的变化，由相会的喜悦开始变得幽暗下来，为什么会这样呢？“羁旅长堪醉，相留畏晓钟”，旅途之上，故人相逢，大醉一场，足消胸中块垒，促膝夜话，恰是别后常情，而晓钟将动，明朝又是离别，所以诗人在喜悦之余又有了一丝担忧，一个“畏”字，将情感的变化表现得淋漓尽致。

戴叔伦这首诗写情真挚，叙事真切，摹景自然，叙事摹景间错而出，而情感的变化则一气呵成，不凝不滞。诗歌作为形象的艺术，以情动人，最能将其艺术性发挥得尽致淋漓，戴诗很巧妙地把握住了这一点。

李益

李益（748—约827），郑州（今属河南）人，字君虞。大历四年（769）进士。长于诗歌，与李贺齐名。尤长七绝，每作一篇，常为当时乐工入乐传唱，好事者或绘于图画。宪宗时，为秘书少监、集贤殿学士。有《李益集》行世。

喜见外弟又言别

李益

十年离乱后，长大一相逢。问姓惊初见，称名忆旧容。别来沧海事，语罢暮天钟。明日巴陵道[①]，秋山又几重。

注释

①巴陵：唐郡名，今湖南省岳阳县。

赏析

人生聚散本无常，况少年别离，十载相逢，惊呼之际，沧海桑田，更替多矣。李益此诗，纯用白描手法，叙事清朗，卓然佳作。

“十年离乱后，长大一相逢”，首联开门见山，直入相逢话题，十年离乱，当时少年今已成人，今日重逢，颇见意外之喜，这样的美事，更具戏剧性。“问姓惊初见，称名忆旧容”，十年离乱，相逢已不复相识，初见之时，问姓称名，一话之际，便竭力回忆当年笑貌音容，简朴的话语，却将二人的神情表现得有声有色，情感也很自然地渗入字里行间。“别来沧海事，语罢暮天钟”，别后重逢，应有千言万语，不知从何说起，而“沧海”一语，恰将所有的内容涵括殆尽。暮钟乍起，足以见二人叙谈之久，甚至感觉不到时间的流逝，暮钟一响，有动魄惊心之感。“明日巴陵道，秋山又几重”，相逢匆匆，离别复匆匆，喜极而悲，着一“秋”字，足见别时惆怅。六句言相逢，二句言重别，“喜”字特出，而悲忧潜藏。

这首诗以朴素自然见长，叙事之中，细节描写尤为精到，结构分明，情感充沛，而传情叙感，别出蕴藉，是李益五律中的杰作之一。

司空曙

司空曙（生卒年不详），唐广平（今河北永年）人，字文初。登进士第，累官至左拾遗。为大历十才子之一。曾被贬为长林丞。德宗贞元初，以水部郎中衔任职于剑南西川节度使韦皋幕府，官终虞部郎中，有集行世。

云阳馆与韩绅宿别①

司空曙

故人江海别，几度隔山川。乍见翻疑梦，相悲各问年。孤灯寒照雨，深竹暗浮烟。更有明朝恨，离杯惜共传。

注释

①云阳：故城在今陕西泾阳县。韩绅：生平不详。

赏析

此诗为惜别诗，言离言会，言会言别，叙事曲折，抒情深粹，饶有情趣。

“故人江海别，几度隔山川”，江海一别，而山川间阻，相逢不易，况数年之间，相思之情，故在言外。“乍见翻疑梦，相悲各问年”，相逢之际，大喜过望，情迷神痴，几乎疑真认梦，别后心情，此际顿现。而岁月流逝，人生易老，“问年”之语，含欣含悲，诗人纵笔刻摹，愈见情真意切。情怀何限，话语万千，只恐十字难尽，然其中情趣择一，诗人避实就虚，以写景来烘托情感，所以颈联说“孤灯寒照雨，深竹暗浮烟”。孤灯、寒雨、湿竹、浮烟，本已清绝，而置人于斯境中，更见诗人胸中凄楚，所谓有此情必有此景，移置他处，不可得此境界。“更有明朝恨，离杯惜共传”，“别”的意味在结尾处轻轻带出，而不露痕迹。司空曙此诗运笔自如，情景兼到，格律工整，充满十足的中唐气象。

刘禹锡

刘禹锡（772—842），洛阳（今属河南）人，字梦得，贞元九年（793）擢进士第，登博学鸿词科，官至集贤殿学士，出任苏州刺史。因做过太子宾客，故又称“刘宾客”。有《刘梦得文集》。

蜀先主庙

刘禹锡

天地英雄气，千秋尚凛然。势分三足鼎①，业复五铢钱②。得相能开国③，生儿不象贤④。凄凉蜀故妓，来舞魏宫前⑤。

注释

①**三足鼎**：语出《三国志·蜀志·诸葛亮传》：“此西川五十四州之图也。将军欲成霸业，北让曹操占天时，南让孙权占地利，将

军可占人和，先取荆州为家，后即西川建基业，以成鼎足之势，然后可图中原也。”②**五铢（zhū）钱**：汉代通行货币。此句化用汉末民谣：“黄牛白腹，五铢当复。”③**得相**：谓得诸葛亮。④**生儿**：谓后主刘禅。象贤：语出《尚书·微子之命》：“惟稽古崇德象贤。”谓后世子孙有像先圣王之贤者。⑤**凄凉蜀故妓，来舞魏宫前**：《三国志注》：“后主亲诣司马府下拜谢，昭设宴款待，令蜀人扮蜀乐于前，蜀官皆堕泪，后主嬉笑自若。”

赏析

这首诗是刘禹锡出任夔州刺史时所作，先主庙在夔州。

“天地英雄气，千秋尚凛然”，首联金钲铁鼓，高响遏云，突兀奇出，劲健挺拔。细品其味，可见境界之开阔。“天地”含融六合八荒，而英雄之气浑然充塞，雄肆无极。“千秋”则涵荡古今，而其意则在言外，先主当年叱咤风云的气象隐然欲见。“势分三足鼎，业复五铢钱”，先主以“织席编屦”之徒，挺起蒿莱，几经危厄，最终立足西川，三分天下，英雄事业，自非易事。先主又以天潢贵胄，值汉室倾颓之时，振兴汉室，故其本心。诗人设事用典，巧思无敌，浑成自然。“得相能开国，生儿不像贤”，颈联紧承颔联，言先主三顾而得孔明，建立蜀国，而后主亲昵群小，灭国亡家，对比鲜明，而词意颉颃，声情顿挫。“凄凉蜀故妓，来舞魏宫前”，后主全无心肝，身为臣虏，实非偶然，此中借“蜀故妓”而说诗人无限伤悼嗟叹。

总之，此诗前两联写先主之雄风盛德，后两联以后主之全无心肝加以反衬，以盛衰之事而见兴亡之理。作为咏史诗，使事用典，刘禹锡把握得极为到位，从而达到了感人至深的效果。

且其用字精练，措辞遒劲，运笔雄健，沉着超迈，是以至今传诵不绝。

张籍

张籍（约766—约830），唐吴郡（今江苏苏州）人，字文昌。贞元十五年（799）进士，历任太常寺太祝、水部员外郎、国子司业等职。工诗，尤善乐府，与王建并称“张王乐府”。元和中张籍、孟郊、白居易所作歌词，为当时所推崇，称“元和体”。有《张司业集》行世。

没蕃故人[①]

张籍

前年戍月支[②]，城下没全师。蕃汉断消息，死生长别离。无人收废帐，归马识残旗。欲祭疑君在，天涯哭此时。

注释

①蕃（bō）：即吐蕃。中国古代藏族所建立的地方政权，在今西藏地。②月支：也作“月氏”，古西域国名，其族先居今甘肃敦煌市与青海祁连县之间，汉文帝时为匈奴所破，迁至新疆伊犁河上游，后分为两支，即“大月氏”“小月氏”。

赏析

唐贞元、元和年间，内乱未息，外患不断，尤其是吐蕃屡屡寇边，为患尤甚，河湟一带，兵不解甲，民不安居，而中原屡征兵以防吐蕃，诗人友人亦在被征之列，后来战殁于其中，而诗人尚不知其存亡，故作此诗以示怀念。

“前年戍月支，城下没全师”，诗在一开始就向人们展示了一场残酷的战斗。前年，诗人友人远戍河湟一带，借用“月支”一词指入侵的吐蕃，又指所戍之地。一场大战，全军覆没，从此友人便失去了消息。“蕃汉断消息，死生长别离”，由于战争的缘故，音信不通，友人是生是死，不得而知，诗人与友人的生离死别可以说已是事实。“无人收废帐，归马识残旗”，诗人笔锋一转，不去写友人而写战后的场景，废帐仍在荒野之中，无人收拾，而逃逸的战马留在故垒边上，好像认识残破的军旗，场景极其惨烈。同时也暗示了两种可能，一是友人已死，尸骨未收，一是友人尚存，归来有望。所以诗人最后说“欲祭疑君在，天涯哭此时”，想去祭奠友人，又怀疑他还活着，诗人在这种极其矛盾的心态下，难以控制怀感，潸然泪下，痛哭天涯。

全诗全用白描手法，掺入想象成分，入情入理，不杂艰涩，颔联似对非对，而抒怀则意真事苦，感人至深，其中又有一些乐府诗的成分，更加细腻充分地表达了诗人的感情。

赋得古原草送别

白居易

离离原上草[①]，一岁一枯荣[②]。野火烧不尽，春风吹又生。远芳侵古道，晴翠接荒城。又送王孙去，萋萋[③]满别情[④]。

注释

①离离：形容草繁茂的样子。②荣：茂盛。③萋萋：草木茂盛的样子。④这两句借用《楚辞·招隐士》“王孙游兮不归，春草生兮萋萋”的典故。

赏析

此诗作于贞元三年（787），作者时年16。诗是应考的习作。据载，作者这年始入京，谒名士顾况时投献的诗文中即有此作。起初，顾况看着这年轻士子说：“米价方贵，居亦弗易。”及读至“野火烧不尽”二句，不禁大为嗟赏，道：“道得个语，居亦易矣。”并广为延誉。（见唐张固《幽闲鼓吹》）可见此诗在当时就为人称道。

首句即破题面“古原草”三字。多么茂盛的原上草啊，这话看似平常，却抓住“春草”生命力旺盛的特征，可说是从“春草生兮萋萋”脱化而不着迹，为后文开出很好的思路。“野火烧不尽，春风吹又生”，这是“枯荣”二字的发展，由概念一变而为形象的画面。古原草的特性就是具有顽强的生命力，它是斩不尽锄不绝的，只要残存一点根须，来年会更青更长，很快就会蔓延原野。“春风吹又生”，语言朴实有力，“又生”二字下语三分而含意十分。宋吴曾《能改斋漫录》说此两句“不若刘长卿‘春入烧痕青’语简而意尽”，实未见得。

如果说这两句是承“古原草”而重在写“草”，那么五、六句则继续写“古原草”却将重点落到“古原”，以引出“送别”题意，故是一转。“远芳”“晴翠”都写草，而比“原上草”意象更具体、生动。芳曰“远”，古原上清香弥漫可嗅；翠曰“晴”，则绿草沐浴着阳光，秀色如见。作者并非为写“古原”而写古原，同时又安排一个送别的典型环境：大地春回，芳草芊芊的古原景象如此迷人，而送别在这样的背景上发生，该是多么令人惆怅，同时又是多么富于诗意啊！结尾点明“送别”，结清题意，关合全篇，“古原”“草”“送别”打成一片，意境浑然一体。全诗措辞自然流畅而又工整，虽是命题作诗，却能融入深切的生活感受，故字字含真情，语语有余味，不但得体，而且别具一格，故能在“赋得体”中被称为绝唱。

杜牧

杜牧（803—853），京兆万年（今陕西西安）人，字牧之，宰相杜佑之孙。太和二年（828）擢进士第，复举贤良方正。曾任监察御史，及黄、池、睦三州刺史，后官至中书舍人。诗长于近体，七绝清新俊迈，尤为后人所推崇。文章奇警纵横，皆有为而发。有《樊川文染》二十卷传世。

旅宿

杜牧

旅馆无良伴，凝情自悄然。寒灯思旧事，断雁警愁眠。远梦归侵晓，家书到隔年。沧江好烟月，门系钓鱼船。

赏析

杜牧虽以七言绝句见长，但其五律亦异常清绝，摹情状景，不在七绝之下。此诗写旅途宿况，幽怀愁抱，别具凄情。

“旅馆无良伴，凝情自悄然”，客途境况，本已伤于孤凄，何况宿无良伴，孤独更是难以忍受，凝情而思，悄然无声，感慨之余，更加冷落。“寒灯思旧事，断雁警愁眠”，“寒灯”“断雁”，家居已是不堪，何况在旅途之中，“旧事”因独而起，愁绪萦纡，欲眠不得，而断雁声凄，使人愁绝。一切景语真情语，颔联足以当之。“远梦归侵晓，家书到隔年”，前二联写旅况，此二联写忆家，远梦即思家之梦，欲在梦中归，不觉天已放晓，惆怅无限，尽在此中。“家书”未达，也是关山迢递的表现，以时间言空间，别具一格。“沧江好烟月，门系钓鱼船”，旅途思家，何如自驾扁舟，吟哦烟月，故乡佳事，舍此何为！

全诗上写旅况，下写忆家，上则凄绝婉转，下则悲切缠绵，而上下两段俱以一情系之，旅途之事之情到此都尽，语短意长，绵绵不绝。

许浑

许浑（生卒年不详），唐丹阳（今属江苏）人，字用晦，宰相许圉师之后。太和六年（832）进士，为太平县令。历任监察御史，睦州、郢州刺史等职。因病退居润州城南丁卯桥丁卯庄，故名其诗集为《丁卯集》。诗多登高怀古之作，以律诗最善名。

早秋

许浑

遥夜泛清瑟，西风生翠萝。残萤栖玉露，早雁拂金河[①]。高树晓还密，远山晴更多。淮南一叶下[②]，自觉洞庭波[③]。

注释

①**金河**：即银河。②**淮南一叶**：即《淮南子》：‘一叶落而天下知秋。”③**洞庭波**：屈原《九歌》云：“洞庭波兮木叶下。”

赏析

“早秋”一题，唐人集中早已熟烂，而欲在其中翻出新意者，非大手笔不能达此境界也。许浑此诗，紧切“早”字而写秋，气象殊绝，风神别出。“遥夜泛清瑟，西风生翠萝”，早秋的景色，诗人首先从声响写起，清瑟的商声恰好和“西风”发生联系，起句自然，不拘不泥。“残萤栖玉露，早雁拂金河”，夏日的流萤在早秋已失去往日的风采，“残”字和“玉露”点明节候；早归的大雁也开始划破星河而夜飞，一切不离“早秋”字影，而意境则已有些许悲凉。“高树晓还密，远山晴更多”，早秋晨雾迷蒙，高树也因之显得密集；而遇着天清气爽，晴日更照时，则这山一一可辨。诗人以敏锐的眼光抓住了早秋最有特色的景物，因此在结尾时轻轻一笔，以“淮南一叶下，自觉洞庭波”照应主题，用典切实，余味悠长。景语须具眼光，而不掺杂主观因素，措辞写景则须主观意境、情感一并融入，否则景死情涩，大失本色。许浑此诗一味写景，而其情微动，使人迷于景而忽于情，然其景真情密，自是一家风骨。

蝉

李商隐

本以高难饱，徒劳恨费声。五更疏欲断，一树碧无情。薄宦梗犹泛[①]，故园芜已平[②]。烦君最相警，我亦举家清。

注释

①**梗犹泛**：典出《战国策·齐策》："桃梗谓土偶人曰'子，西岸之土也，挺子以为人。至岁八月，降雨下，淄水至，则汝残矣'。土偶曰'不然，吾，西岸之土也；吾残，则复西岸耳。今子，东国之桃梗也，刻削子以为人。降雨下，淄水至，流子而去，则子漂漂者将何如耳'。"后以梗泛比喻漂泊无定所。②**故园句**：典出陶渊明《归去来辞》："归去来兮，田园将芜胡不归。"

赏析

唐人咏蝉诗，以虞世南、骆宾王、李商隐三人为擅长，所不同者，但视情之取舍而已。虞情高，骆情苦，李情悲而怨。古人云："昔诗人篇什，为情而造文。"李商隐诸人咏蝉，故未尝出此中而别生格调。

"本以高难饱，徒劳恨费声"，首联起兴，以蝉端居高树，饮啜风露，腹犹未饱，所以高声嘶唱，道其难饱之哀，而诗人以之为"徒劳"。"徒劳"二字揭示深意，风骨铮铮。诗人受人排挤，举步维艰，虽清高是其本色，而清贫又无可奈何，低眉向人，只是徒劳。以蝉喻己，兴法细腻，相间无痕。"五更疏欲断，一树碧无情"，长宵嘶鸣，至五更天晓，已是稀疏断绝之时。颔联首句犹是继"费声"而来，蝉声虽将竭，而绿树依然，不关蝉鸣，"无情"二字，摹尽诗人身世，依托于人，终被弃置，以"无情"而衬诗人之"有情"，最是缠绵。"薄宦梗犹泛，故园芜已平"，颈联不关蝉事，是诗人自诉，其在情感抒发上与上文一脉相承，小官薄宦，如桃梗一般漂无定所，在不安定中，思念故里田园，是情感的最后寄托。“烦君最相警，我亦举家清”，以蝉与“我”对举，则抒怀与咏物相合无间，而又照应首联，首尾圆融，情感充沛。

钱钟书先生曾评此诗道：“蝉饥而哀鸣，树则漠然无动，油然自绿也。树无情而人有情，遂起同感。蝉居树上，却恝置之；蝉鸣非谓‘我’发，‘我’却谓其‘相警’，是蝉于我亦‘无情’，而我与之为有情也。错综细腻。”清代词人朱彝尊认为这首诗是“咏物最上乘”之作。

凉思

李商隐

客去波平槛，蝉休露满枝。永怀当此节，倚立自移时。北斗兼春远，南陵寓使迟[①]。天涯占梦数，疑误有新知。

注释

①**南陵**：即今安徽省南陵县。

赏析

这是一首感秋怀人诗，词凄情怨。

“客去波平槛，蝉休露满枝”，客人已经离去，秋水新涨，已经与池槛持平，蝉嘶已歇，清露结满树枝。首联十字堪抵一幅秋夜清净图。景寂则情幽，诗人的情感在这略显冷涩的环境中出现了波动，一丝莫名的愁怨已经浮上心头。“永怀当此节，倚立自移时”，长时间地思念已经别他而去的人，在这样的时节中，诗人痴立水槛旁，不觉时光流逝，思绪绵绵之中那种悲凉的情绪进一步凝重起来。“北斗兼春远，南陵寓使迟”，诗人以“北斗”寓长安，两年之间，滞留未返，南陵信使，音信全无，进退失据，无怪乎诗人愁且怨了。“天涯占梦数，疑误有新知”，诗人在弃置与飘零中夜梦频频，占问吉凶，屡屡无果，疑有新知，在这样的情况下，无疑是哀且怨了。诗题《凉思》，即可以秋解凉，又可见诗人心中的悲凉，一个“思”字贯穿其间，气息极为流畅。

虽然这首诗写作年代不详，但以诗人身世观之，则其哀怨亦非偶然。此诗诗意清朗，是诗人直抒胸臆之作，不假雕饰，使人一览无余，而其怀抱中的凄冷萧瑟，又足以动人心魄。

风雨

李商隐

凄凉宝剑篇[①]，羁泊欲穷年。黄叶仍风雨，青楼自管弦[②]。新知遭薄俗，旧好隔良缘。心断新丰酒[③]，销愁斗几千？

注释

①**宝剑篇**：指唐代郭震的名作。据《唐书·郭震传》记载：“武后召与语，奇之，索所为文章，上《宝剑篇》，后览嘉叹。”②**青楼**：指妓院。南朝梁刘邈《万山见采桑人》：“倡妾不胜愁，结束下青楼。”③**新丰**：县名，故城在今陕西临潼区东北。汉高祖七年，因

太上皇思乡，遂就原秦骊邑按丰邑街里模式加以改造，并迁来丰民，故称新丰。后代遂成为歌楼酒肆云集之所。

马戴

马戴（生卒年不详），唐曲阳（今江苏东海）人，字虞臣。武宗会昌四年（844）擢进士第。大中年间为太原幕府掌书记，以直言获罪，贬龙阳尉。得赦回京，官终太学博士。与贾岛、姚合为诗友。有集行世。

楚江怀古

马戴

露气寒光集，微阳下楚丘①。猿啼洞庭树，人在木兰舟②。广泽生明月，苍山夹乱流。云中君不见③，竟夕自悲秋。

注释

①**楚丘**：指湖南、湖北一带的山岭。②**木兰舟**：用木兰树做成的舟。《述异记》云："木兰川在浔阳江中，多木兰树，鲁班刻为舟。"③**云中君**：即云神丰隆，一名屏翳。

赏析

马戴因直言获罪，被贬为龙阳（今湖南汉寿）尉，此诗是这时所作。诗人南来楚地，徘徊于洞庭湖畔与湘江之滨，触景生情，感慨万千，因作此诗以寄意。近人俞陛云说："唐人五律，多高华雄厚之作，此诗以清丽婉约出之，如仙人乘莲叶轻舟，凌波而下也。"

“露气寒光集，微阳下楚丘”，夕阳西下，楚山迷蒙，晚雾方生，寒露初凝，在这样一种萧瑟清冷的环境中，诗人怀古抒情，已是相当悲凉寂寞。“猿啼洞庭树，人在木兰舟”，猿在日暮啼叫，足以叫人柔肠九折，木兰舟上，岂能无愁。此句是晚唐佳句，一视一听，一物一我，动静相融，气象清邈而含情不露。“广泽生明月，苍山夹乱流”，气势豁然开朗，一扫前文低迷之气，既衬出诗人的孤独离索，又衬出诗人的寂寞彷徨。“云中君不见，竟夕自悲秋”，诗人感慨云神难遇，那么屈原也无从得睹，怀古之意，见于此处，而竟夕悲秋，更是无可奈何！

这首诗在风格上清丽委婉，在情调上细腻自然，在艺术上韵味浓郁，可谓晚唐五律中的一篇杰作。

温庭筠

温庭筠（约801—约870），唐太原祁（今山西祁县）人，字飞卿，温彦博裔孙。少敏悟，工诗词。数举进士不第。宣宗大中年间，以搅扰试场，被黜为隋县尉。襄阳节度使徐商署为巡官。后至长安，任国子助教。后又被贬方城尉，不久病卒。其诗词藻华丽，与李商隐齐名，世称“温李”。有《金荃集》及诗集等行世。

送人东游

温庭筠

荒戍落黄叶[①]，浩然离故关。高风汉阳渡，初日郢门山[②]。
江上几人在，天涯孤棹还。何当重相见，尊酒慰离颜。

注释

①**荒戍**：废弃的营垒。②**郢门山**：即荆门山，在今湖北宜都市北、长江南面。

赏析

温庭筠志高才傲，不为人所重，游宦异乡。此诗依内容看可知是温庭筠贬官随县尉以后，离江陵之前所作。

“荒戍落黄叶，浩然离故关”，荒凉的城堡间落满黄叶，寒秋的气象在送行时显得格外冷落，此刻的别怀离绪叫人很难掩抑情感，但友人浩然远行，其志可谓大矣，如此起调，高迈绝伦，自是不凡。“高风汉阳渡，初日郢门山”，诗人以互文见义之法概括友人的征程，同时楚山楚水，秋风初日，一览无余，境界雄浑开阔。“江上几人在，天涯孤棹还”，诗人目送归舟，望眼欲穿，谁人伴我，聊慰寂寥。“何当重相见，尊酒慰离颜”，此句才落在“送”字上，此际开怀畅饮，他日重逢，仍须把酒言欢，惜别之情，盎然纸上。

此诗不因逢秋而悲秋，不因送别而伤别，别出意境，独具怀抱，情深意切，收放自如，纵横开阖之际，足见温庭筠作诗精于建构，善于经营。

崔涂

崔涂（生卒年不详），唐睦州桐庐（属今浙江）人，字礼山。僖宗光启四年（888）登进士第。历官不详。以诗见名，尤工近体，多写羁旅离怨之情。

除夜有怀

崔涂

迢递三巴路，羁危万里身。乱山残雪夜，孤烛异乡人。渐与骨肉远，转于僮仆亲。那堪正飘泊，明日岁华新①。

注释

①岁华：即年华。

赏析

崔涂诗往往深造理窟，写景状物，常常宣陶肺腑。但是崔涂命途多舛，长期奔走于巴蜀、陇西、江南一带，在羁旅不定的过程中，他的诗作往往饱含离怨之情。这首诗就是诗人在羁旅巴蜀时除夜所作。

“迢递三巴路，羁危万里身”，诗人长年漂泊，在新春之夜，羁旅巴蜀，身离乡国，似飞蓬万里，乡思羁情，涌上心头。诗在首联即用对句，并且其中充满悲苦沧桑。“乱山残雪夜，孤烛异乡人”，巴蜀一带，山多峰险，用“残雪”二字既见除夜的凄寒，又表现出诗人夜中孤烛，羁客异乡，诗人的孤独寂寞可想而知，“乱”“残”“孤”“异”四字足以叫人伤心。“渐与骨肉远，转于僮仆亲”，此二句随情写实，极见身世之悲，羁旅之人远离骨肉亲人，只有僮仆相伴，聊以慰藉乡愁，况除夕团圆无望，更是伤心难耐，柔肠九折。“那堪正飘泊，明日岁华新”，尾联看似轻轻带出，实则其中充满无限深愁，自不待言，亦不能言，语尽意长，感人至深。

此类诗作，唯旅途中人深知此事，唯羁旅中人深感此情，何况飘蓬万里，功名未就，除夜孤灯，焉有不断人肠者乎！

孤雁

崔涂

几行归塞尽，念尔独何之。暮雨相呼失，寒塘欲下迟。渚云低暗度，关月冷相随。未必逢矰缴①，孤飞自可疑。

注释

①矰缴（zēng zhuó）：系有丝绳用以射鸟的短箭。

赏析

元代杨载尝云：“咏物之诗，要托物以伸意，咏状写生。第一联须合直说题目，明白物之出处方是，第二联合咏物之体；第三联合说物之用，或说意，或议论，或说人事，或用事，或将外物体证。第四联就题外生意，或就本意结之。”此论颇具见地，而以此诗观之，则其结构几出一辙，其用意之深，则非杨载的观点所能概括。

全诗赋孤雁，以一“孤”字做诗眼，将全诗神韵、意境凝聚在一起，浑然天成。“几行归塞尽，念尔独何之”，诗人常年游宦，萍踪不定，天涯羁思在所难免。此刻塞鸿北归，长天几行，而一“独”字则将孤雁括出，寄兴深微。“念尔”二字笔未尽而声已吞，离愁借孤雁而表出。“暮雨相呼失，寒塘欲下迟”，暮雨之中，呼朋唤侣，声何凄苦，寒塘黯黯，蒹葭凄凄，而其则欲下不下，体物入理，诗人将自己的情感融入孤雁身中。是以近人俞陛云说：“如庄周之以身化蝶，故入情入理，犹咏鸳鸯之‘暂分烟岛犹回首，只渡塞塘亦并飞’，替鸳鸯着想，皆妙入颠末也。”此联之所以为全诗警策，皆在为孤雁设身处地，入情入理。

“渚云低暗度，关月冷相随”，孤雁穿云傍月，只影无依，一片凄苦，云低则境隘，月冷则情寒，处处垫一“孤”字，处处着明身世，今日之孤雁与今日之诗人相映相照，互为宾主。“未必逢矰缴，孤飞自可疑”，前路茫茫，纵无矰缴相伤，独飞仍生疑虑，前文可见孤雁独行，惊魂有自，此时拈出“孤”字，可知心有余悸。世路人心，险过山川，孤雁之心悸魂惊，恰是诗人羁怀自写。

此诗字字珠玑，句句宫商，无一丝闲笔，无一处造作。袅袅余音，意外之味，故自悠然。

韦庄

韦庄（约836—910），唐京兆杜陵（今陕西西安）人，字端己。少孤，家贫力学，工诗，尤善长短句。少时曾著《秦妇吟》为人传诵，称《秦妇吟》秀才。乾宁元年（894）中进士，依王建于蜀，为掌书记。居蜀以终。其弟韦蔼编其诗歌为《浣花集》。

章台夜思[①]

韦庄

清瑟怨遥夜，绕弦风雨哀。孤灯闻楚角，残月下章台。芳草已云暮，故人殊未来。乡书不可寄，秋雁又南回。

注释

①章台：宫名，战国时建，以宫内有章台而名，在陕西省西安市长安区故城西南隅。

赏析

韦庄一生，文字风流，绮歌艳曲，名满天下。

“清瑟怨遥夜，绕弦风雨哀”，清瑟乍鼓，遥夜绵长，怨声不绝而风雨亦随之哀婉，情调高妙，纯以声响动人。“孤灯闻楚角，残月下章台”，“孤灯”中见诗人独处之寂寞，寂寞之中而闻楚角，也是怨绝。残月本无情，而处此有情之地，则月亦为有情之物。“芳草已云暮，故人殊未来”，芳草迟暮，则青春不在，故人不来，愈见其冷寂清苦。“芳草”与“故人”对举，说明友人未至，则伤己之感，孤寂之情油然而生。“乡书不可寄，秋雁又南回”，客既未至，乡思又起，欲借雁北方传书，哪知雁已南回，事与愿违，情不可耐，万言千声，难抵此十字深意。

韦庄此诗情出肺腑，语亦酸楚，文人漂泊，难免家国之思；志士无成，故生悲怨之意，千秋万代，同一感慨。

七言律诗

崔颢

崔颢（约704—754），唐汴州（今河南开封）人，开元十一年（723）进士，天宝年间任尚书司勋员外郎。以诗名。尝登黄鹤楼赋诗，为李白所推崇，有句云："眼前有景道不得，崔颢题诗在上头。"

黄鹤楼[①]

崔颢

昔人已乘黄鹤去，此地空余黄鹤楼。黄鹤一去不复返，白云千载空悠悠。晴川历历汉阳树[②]，芳草萋萋鹦鹉洲[③]。日暮乡关何处是？烟波江上使人愁。

注释

①**黄鹤楼**：故址在今湖北武汉市蛇山的黄鹤矶，临长江。据传说仙人王子安曾经乘黄鹤路过此地，故名。②**汉阳**：即湖北武汉汉阳。③**鹦鹉洲**：洲名，在湖北汉阳西南江中。东汉末，黄祖为江夏太守，设宴此地，大会宾客，有人献鹦鹉，祢衡作赋，洲因以得名。明季为江水冲没。

赏析

在唐代，黄鹤楼、岳阳楼和滕王阁号称长江南岸三大名胜，黄鹤楼始建于三国吴黄武二年（223）。据陆游《入蜀记》卷五：“黄鹤楼，旧传费文祎飞升于此，后忽乘黄鹤来归，故以名楼，号为天下绝景。”

题咏黄鹤楼的作品很多，但举世公认崔颢的《黄鹤楼》堪称绝唱，连大诗人李白也因“崔颢题诗在上头”而搁笔。崔颢《黄鹤楼》诗高明之处在于：它舍弃了黄鹤楼位置、形制等这些外在特征，而紧紧围绕它的得名这一根本要素大做文章。而就得名论，黄鹤楼与神奇传说相联系正是它魅力之所在。诗的前两联写诗人身在黄鹤楼下仰观寥廓天宇所见所感。当诗人第一眼看到黄鹤楼时，无穷的遐想中“昔人已乘黄鹤去，此地空余黄鹤楼”，“昔人”本来也是凡夫俗子，由于学仙得道，羽化登入仙境。后来他乘黄鹤重游旧地，黄鹤楼应当记得他的仙风道骨。那黄鹤自然也是得道的仙鹤了，自那次飞过眼前这一片天空后，即便是再往上飞还是属于人间。面对白云，诗人意识到宇宙中时间的永恒和人生的短促。虽然没有发生一连串《天问》式的感慨，但读者已感觉到诗人心潮的起伏，领悟到诗人借助“黄鹤”“白云”等意象所传达出的关于宇宙、人生真谛的思考。前四句诗好就好在它是因黄鹤楼而触发的，它是自然而成，如脱口而出一般，丝毫没有斧凿的痕迹。它是形象化的，并没有将思想和盘托出，却能让人低回思索于无穷。这样写，虽然没有具体描绘黄鹤楼的形态，却成功地展示了它的精神风貌。

诗的后四句转换角度，写登上黄鹤楼俯视江汉所见所感。诗人居高临下，如从天上观察人寰一般，油然而生超然物外之慨，这感慨也是从空间和时间两个角度展开。与寥廓的宇宙空间相比，人世间的距离感应该是微不足道的，晴日下，辽阔的江汉平原上景物历历在目；鹦鹉洲芳草萋萋更在眉睫之前，但“我”的乡关却很遥远，非目力可及。在人世这个空间和人生这段时间的坐标系上，此时此地的“我”处在什么位置？当此日将暮、江上烟波泛起之际，身在黄鹤楼上的“我”真说不清楚。可见诗人之“愁”有丰富的内涵，不是单单为了乡愁。后四句中，写景比较突出，但都是信手拈来的眼前景，作者并非着意刻画，特别是当这些景语融入诗人深沉的感慨后，它们作为景物的特征更趋淡化。推知李白“眼前有景道不得”之语，很大程度上为此而发。

前人推许此诗，有人说它“鹏飞象行，惊人以远大”（王夫之语），有人说它“意得象先，神行语外，纵笔写去，遂擅千古之奇”（沈德潜语），都是着眼于此诗意境的开阔和运笔的飘逸，这正是此诗艺术魅力之所在。

积雨辋川庄作

王维

积雨空林烟火迟，蒸藜炊黍饷东菑[①]。漠漠水田飞白鹭，阴阴夏木啭黄鹂。山中习静观朝槿[②]，松下清斋折露葵[③]。野老与人争席罢[④]，海鸥何事更相疑[⑤]？

注释

①藜（lí）：草名，又名莱，俗名红心灰藋。初生可食，古蒸以为茹。菑（zī）：已耕了一年的田，此处泛指田地。②槿（jǐn）：木槿，落叶灌木，夏秋开红白或紫色花，朝开暮敛。③露葵：绿葵，一种绿色蔬菜，可以煮来佐餐。④争席：典出《庄子》：“敬闻命矣！

其往也，舍者迎将，其家公执席，妻持巾栉，舍者避席，炀者避灶。其反也，舍都与之争席矣。”⑤**海鸥何事更相疑**：典出《列子·黄帝篇》：“海上之人每日从鸥鸟游，鸟之至者百，往而不止。其父欲其取之来，明日之海上，鸥鸟舞而不下。”

赏析

王摩诘晚岁长斋持佛，食不茹荤，衣不重彩，此诗是摩诘恬静优雅的禅寂生活与辋川田园美景结合起来的写照，创造了一个物我双泯、情景兼粹的意境。

“积雨空林烟火迟，蒸藜炊黍饷东菑”，摩诘山中静观，村庄田园，新奇静谧。首联即从村野入手，连日阴雨，天阴地湿，空林迷蒙之中，炊烟袅袅。“蒸藜炊黍”，简单和淳朴的农家饭菜，将被送往东边的田中，给正在耕作的人们。一切都显得那样恬淡自然，每一个细节之中，都有浓厚的村野生活气息。“漠漠水田飞白鹭，阴阴夏木啭黄鹂”，转过人的活动，诗人将眼界进一步放开，水田漠漠，白鹭自在地飞翔；夏木阴阴，黄鹂婉转地歌唱，这是夏日中最具有情趣的景物，既有色彩上的渲染，又有听觉与视觉上的映对。“漠漠”“阴阴”二重叠词，既表达了视野的苍茫，又表现了境界的幽深。此一联是摩诘此诗中的警句，历来备受推崇。

田园让人心旷，野景使人神怡，在这样的环境中，诗人相当愉悦，心灵也得到了净化。早已厌烦了尘嚣的诗人，开始了与世无争的禅隐生活。所以颈联说“山中习静观朝槿，松下清斋折露葵”，木槿花开，朝放夕敛，参朝槿则可悟人生之短暂，折露葵以供清斋，情调高古，出尘脱俗。“野老与人争席罢，海鸥何事更相疑”，尾联连用《庄子》《列子》二典，表达了诗人机心顿尽，俗念消绝，随遇而安，与世无争的精神状态。

摩诘此诗形象鲜明，兴味悠长，是其七律田园诗的代表作。有人以之为唐人七律的压卷之篇，其淡雅幽寂、深邃超迈则是此诗最突出的艺术特色，推之压卷，实非过誉。

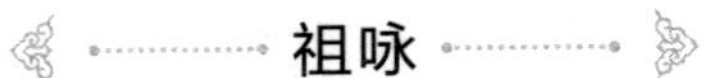

祖咏

祖咏，生卒年不详。唐洛阳（今河南洛阳）人。玄宗开元进士，后流落不偶，移家归汝坟间别业，以渔樵自终。少与王维友善。工诗，剪刻省净，用思尤深。《全唐诗》存诗一卷。

望蓟门[1]

祖咏

燕台一去客心惊[2]，笳鼓喧喧汉将营。万里寒光生积雪，三边曙色动危旌[3]。沙场烽火侵胡月，海畔云山拥蓟城。少小虽非投笔吏[4]，论功还欲请长缨[5]。

注释

①**蓟门**：即蓟丘，故地在今北京市德胜门外。即北京八景之一的蓟门烟树。②**燕台**：即黄金台。③**三边**：泛指东北、北方、西北边防重地。④**投笔吏**：典出《汉书·班超传》："尝为官佣书养母，久劳苦，投笔叹曰'大丈夫无他志略，尤当效傅介子、张骞立功异域，以取封侯，安能久事笔砚间乎'！"⑤**请长缨**：典出《汉书·终军传》："军自请愿受长缨，必羁南越王而致之阙下。"

赏析

祖咏此诗大致作于开元二十年（732）前后，为游宦范阳时所作。唐之范阳道，辖十六州，为唐时东北边防重镇。

“燕台一去客心惊，笳鼓喧喧汉将营”，首联第一句便显得气象开阔，风骨夺人。诗人来到边关重镇，纵目游观，山川之险要，宇宙之辽阔，尽收眼底，一个“惊”字将诗人特有的感受形容了出来。到底因何而“惊”呢？首联第二句对汉家大营的描写，应当是诗人的第一惊，汉家营中，吹笳击鼓，喧声雷动，可见军中号令之严。“万里寒光生积雪，三边曙色动危旌”，颔联仍是围绕“惊”字来写的，寒光万里、积雪千山，塞上风光的雄伟绮丽，足以令人神迷目眩。在曙色朦胧之中，军中旗帜高悬，迎风招展。汉家营中的肃穆严整，令人动心。“沙场烽火侵胡月，海畔云山拥蓟城”，“烽火”“胡月”连成一片，这种光应是很悲凉凄冷的，也是很壮观的；诗人纵目远望，燕地群山，连海接城，襟卫蓟城，雄关重镇，让人心灵为之震撼不已。

在一连三联的写“惊”之后，诗人也被深深地感染了，在结尾处连用班超、终军两个典故，表明自己意欲立功边疆，结句高妙，而又水到渠成。全诗意象雄阔，气脉空灵，有转折承接之妙，无堆砌造作之痕，真如“羚羊挂角，无迹可求”，此种笔法，真唐人绝技。

长沙过贾谊宅[①]

刘长卿

三年谪宦此栖迟，万古惟留楚客悲。秋草独寻人去后，寒林空见日斜时。汉文有道恩犹薄[②]，湘水无情吊岂知[③]。寂寂江山摇落处，怜君何事到天涯。

注释

①贾谊宅：故址在今湖南省长沙市太联街南段太傅里。**②汉文有道**：据《汉书·贾谊传》："召为博士，又超迁至大中大夫，后为朝中元老大臣所忌，始出为长沙王太傅。后岁余，贾生征，见文帝，数上疏言，文帝不听。"**③湘水无情吊岂知**：《史记·屈贾列传》："贾生以谪去，意不自得，乃渡湘水，为赋以吊屈原。"

赏析

刘长卿这首《长沙过贾谊宅》，堪称唐诗中的怀古上上之作，气象宏深，感慨凄长。

"三年谪宦此栖迟，万古惟留楚客悲"，刘长卿连遭贬谪，命途颠沛，在一个秋日里，走访贾谊故宅，伤今怀古，感触良深。"三年谪宦"一语，既伤屈原，亦是自白，"此"字点明贾谊故宅，贾谊之事，伤己之怀，万古留悲，与前文谪宦相呼应，极为紧凑。"楚客悲"实是诗人与贾谊同感，一个"悲"字，贯穿全诗。"秋草独寻人去后，寒林空见日斜时"，颔联以"秋草""寒林""人去""日斜"造境，极尽萧条冷落。在这样的环境中，诗人"独寻"贾谊故宅，一种寂寞、空旷之感油然而生，并在其中有了一种哲人其萎的哀叹，回天乏术的苦痛。诗人的心情也显得黯淡了许多。"汉文有道恩犹薄，湘水无情吊岂知"，颈联化用与贾谊相关的两个典故，宣泄吊古的感慨，号称有道明君的汉文帝，有一贾谊而不能用，恩薄可想而知。贾谊在湘水之畔，凭吊屈原，而湘水无情，其中悲苦哀怨故无以得知。诗人以古例今，大有呼天无路、怨悱满怀之痛，而其刻画细腻，尤能动人。“寂寂江山摇落处，怜君何事到天涯”，尾联尤能见诗人的孤寂，古人已矣，而今日谪居长沙，怜贾谊何啻怜己，只恐一腔怨悱已化为两行热泪了。

刘长卿这首诗看似句句写古，实则句句写今，看似怀人，实则伤己，而行文之中含情委婉，藏而不露，将自我置于字里行间，最能动人。

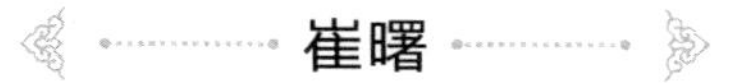

崔曙

崔曙，生卒年不详，唐宋州（今河南商丘）人。少孤贫，不应荐辟，苦读书，隐少室山中。玄宗开元二十六年（738）登进士第。与薛据友善，工诗，言辞款要，情致悲凉。

九日登望仙台呈刘明府①

崔曙

汉文皇帝有高台，此日登临曙色开。三晋云山皆北向②，二陵风雨自东来③。关门令尹谁能识④，河上仙翁云不回⑤。且欲近寻彭泽宰⑥，陶然共醉菊花杯⑦。

注释

①**望仙台**：故址在陕西户县西。**明府**：即县令。②**三晋**：春秋末，晋国为韩、赵、魏三家卿大夫所分，各立为国，史称“三晋”。其地大致在今山西、河南及河北西南部。③**二陵**：殽山中有两个丘陵，在今河南、陕西间，汉代前为交通要道。《左传·僖公三十二年》：“殽有二陵焉，其南陵，夏后皋之墓也；其北陵，文王之所辟风雨

也。”④**关门令尹**：即函谷关令尹喜，老子弟子。《列仙传》云：“关令尹喜者，周大夫也。善内学，隐德修行，时人莫知。老子西游，知其奇，为著书授之。后与老子俱游流沙，莫知所终。”⑤**河上仙翁**：即河上公。《神仙传》载：“河上公授文帝《老子》而去，失所在，帝于西山筑台望之。”这就是望仙台的由来。⑥**彭泽宰**：即陶渊明，彭泽即今江西省彭泽县。⑦**陶然**：喜悦的样子。

赏析

崔曙诗“言辞款要，情意悲凉，送别登楼，俱堪泪下”。此诗是诗人重阳佳节，登望仙台时所作，登高怀古，慷慨多姿，寄兴之余，韵味悠然。

“汉文皇帝有高台，此日登临曙色开”，首联以平实手法叙事，不作奇突语。首句指明望仙台之由来，“此日”系重九，秋日天气，清爽宜人，晨起登高，别有一番滋味。“三晋云山皆北向，二陵风雨自东来”，颔联写登台望中所见，手法中虚实相间。远望三晋，群山云绕，迤逦而北，此处即是虚写，实际上登台并不能见三晋，而诗人以想象而见之，气势不凡，关中一带，雨常随东风而起。“二陵风雨”一句恰是实写，而景象则雄沉开阔。“关门令尹谁能识，河上仙翁去不回”，此联仍是虚实并用，以“关门令尹”衬“河上仙翁”，饶有兴味，且以登临中而起怀古之念，承续自然，不假雕琢。“且欲近寻彭泽宰，陶然共醉菊花杯”，尾联用陶渊明典既切重九佳节，又切“呈刘明府”，诗人以陶渊明拟刘明府，气象清新，格致古雅，陶然一醉，令人向往。

这首诗以登临为契机，以呈寄心意，写景雄浑，抒情慷慨，由登临而怀古，由怀古而思人，落落大方，格致出尘。

登金陵凤凰台[①]

李白

凤凰台上凤凰游，凤去台空江自流。吴宫花草埋幽径[②]，晋代衣冠成古丘[③]。三山半落青天外[④]，二水中分白鹭洲[⑤]。总为浮云能蔽日[⑥]，长安不见使人愁。

注释

①**凤凰台**：在江苏南京。晋升平中，有鸟集此地，形态如孔雀，时人传谓凤凰，因起台于其地，名为凤凰台。②**吴宫花草**：吴大帝孙权迁都建业，后主孙皓营造新宫，大开园囿，广植奇花异草。③**晋代衣冠**：东晋时，此地为王、谢衣冠之旅群居之所。④**三山**：在今南京市西南，长江东岸，突出江中，为江防要地，又名护国山。⑤**白鹭洲**：在南京市西南长江中。⑥**浮云能蔽日**：陆贾《新语》云："邪臣之蔽贤，犹浮云之障日月也。"李白用此意。

赏析

李白此诗所写凤凰台，在今南京城内西南角。此台是刘宋元嘉十六年（439）所建。据说因有三鸟翔集山间，其形态如孔雀，羽毛五彩缤纷，鸣声和谐悦耳，众鸟群附，当时的人谓之凤凰，于是在山上筑台，起名凤凰台。诗人登台远望，感慨油然而生，于是作此诗寄景抒情。

诗的首句"凤凰台上凤凰游"，记述了自己登台游历之事以及此台的来历，然后用"凤去台空江自流"一句点明自己登台远望并产生怀古幽情。这是全诗的总起，它所形成的深沉低回的气氛统摄全篇。三四五六句是在前面所表达的思想感情的基础上，进一步借“吴宫花草”和“晋代衣冠”都已成为陈迹和古人的事实，来对“凤去台空”进行具体的叙写，更以登台极目所见和“江自流”照应起来，抒发深切的感慨。最后两句，作者倾泻了自己心中的忧愤，以“浮云能蔽日”“长安不见”暗喻奸佞当道、蔽君不明，诗人对国家命运的关注、担忧及对社会现实的失望跃然纸上。

这首诗所抒发的思想感情是诗人在具体的生活感受下产生的。诗中运用了借景抒情的手法，不但对“三山半落青天外，二水中分白鹭洲”这一远景做了真实动人的描绘，而且更紧扣“凤去台空江自流”和“总为浮云能蔽日，长安不见使人愁”抒发了诗人深切的感叹。因为它是在景物描写中自然地和上下诗句关联着，形成一个完整的形象，所以读来深切感人。另外，诗的感情抒写是按照登台及感受的顺序步步深入来表现的。而且把“前不见古人”的感慨和登台所见景物的描写与诗的开头结尾交互照应起来，所以给人的印象完整深刻。

寄李儋元锡[①]

韦应物

去年花里逢君别，今日花开又一年。世事茫茫难自料，春愁黯黯独成眠。身多疾病思田里[②]，邑有流亡愧俸钱。闻道欲来相问讯，西楼望月几回圆。

注释

①李儋：字元锡，诗人的好友。当时任殿中侍御史。②田里：故乡。

赏析

这首七律是韦应物晚年在滁州刺史任上的作品。诗中叙述了与友人别后的思念和对相逢的期望，抒发了国乱民穷造成的内心矛盾和苦闷。诗是寄赠好友的，所以诗以叙别开头。首联即谓去年春天在长安分别以来，已经一年。以花里分别起，即景勾起往事，有欣然回忆的意味；而以花开一年比衬，则不仅显出时光飞逝，更流露出别后境况萧索的感慨。颔联写自己的烦恼苦闷。显然，“世事茫茫”是指国家的前途，也包含个人的前途。在这种形势下，他只得感慨自己无法料想国家及个人的前途，觉得茫茫一片。他作为朝廷任命的一个地方行政官员，到任一年了，眼前又是美好的春天，但他只有忧愁苦闷，感到百无聊赖，一筹莫展，无所作为，黯然无光。颈联具体写自己的思想矛盾。正因为他有志而无奈，所以多病更促使他想辞官归隐。但因为他忠于职守，看到百姓贫穷逃亡，自己未尽职责，于国于民都有愧，所以他不能一走了事。这样进退两难的矛盾苦闷处境下，诗人十分需要友情的慰勉。尾联便以感激李儋的问候和期盼他来访作结。

显然，这首诗的艺术表现和语言技巧，并无突出的特点。有人说它前四句情景交融，颇为唯美。这种评论并不切实。因为首联即景生情，恰是一种相反相成的比衬，景美而情不欢；颔联以情叹景，也是伤心人看春色，茫然黯然，情伤而景无光，都可谓情景交融。其实这首诗之所以为人传诵，主要是因为诗人诚恳地披露了一个清廉正直的地方官员的思想矛盾和苦闷，真实地概括出这样的官员有志无处施展的典型心情。尤其是“身多疾病思田里，邑有流亡愧俸钱”两句，自宋代以来，甚受赞扬。范仲淹叹为“仁者之言”，朱熹盛称“贤矣”，黄彻更是激动地说：“余谓有官君子当切切作此语。彼有一意供租，专事土木，而视民如仇者，得无愧此诗乎！”

蜀相

杜甫

丞相祠堂何处寻，锦官城外柏森森。映阶碧草自春色，隔叶黄鹂空好音。三顾频烦天下计[①]，两朝开济老臣心[②]。出师未捷身先死[③]，长使英雄泪满襟。

注释

①三顾：语出诸葛亮《出师表》："三顾臣于草庐之中。"②开济：创业济时。③出师未捷：《三国志·蜀志·诸葛亮传》称："亮悉其众，由斜谷出据武功五丈原，与司马懿对于渭南，相持百余日，疾，卒于军。"

赏析

杜甫此诗作于上元元年（760）初到成都之时。这时持续了五年之久的安史之乱尚未平定，国家仍在风雨飘摇之中，在这样的大背景下杜甫到成都郊外的武侯祠去凭吊，写了此诗，自然不单是发思古之幽情，而是含有忧时忧国之心的。读着这首诗，读者脑际浮现的，绝不只往古英雄诸葛亮的形象，而是抒发诗人伤时感事、叹息哭泣的盈盈泪光。

这是一首感情极为浓烈的政治抒情诗，悼惜英雄、感伤时事的悲情渗透在字里行间，但表现手法却颇有奇特之处。它既不直言抒情，也不婉转托意，前半部分写景抒情，后半部分进行议论，以写景时的心理活动线索开启出对于凭吊对象的精当评论，从中自然透发出诗人满腔的激情。诗的前四句，描写祠堂之景，在描写中隐然流露出同样是忠君爱国者的杜甫对于诸葛亮的迫切仰慕之情。首联二句，自问自答，记祠堂之所在，但目的不是为了交代地理位置，而是为了寄寓感情，故用“何处寻”以显访庙吊古心思的急切。颔联二句，写祠庙荒凉之景。“自”“空”两个虚字是此联之眼，其作用有二：一是感叹碧草娇莺无人赏玩，显出英雄长逝，遗迹荒落；二是惋惜与英灵做伴的草木禽鸟不解人事代谢，不会凭吊那位伟大的古人。“自春色”“空好音”的叹息，流露出对诸葛亮的深沉悲痛。以此景中含情的描写，过渡到后半篇作者自己站出来对诸葛亮进行评论与哀悼，便显得前后紧密呼应，感情十分真挚强烈。

“三顾”句令人想起三顾茅庐和隆中决策，“两朝”句与“出师”句更令人怀念诸葛亮辅佐先主刘备、后主刘禅两朝，取两川、建蜀汉、白帝托孤、六出祁山和病死五丈原等感人事迹。这与一般抽象议论截然不同，是既能寄托作者感情，又能启发读者激情的诗化的议论。从全诗抒情层次来讲，“天下计”推崇其匡时雄略，“老臣心”赞扬其报国忠贞。诗人的忧国之心也隐隐然寄托其中。有这两句的深挚悲壮，末联再作痛心酸鼻的哀哭之语，才显得全篇精神振起，有震撼人心的巨大力量。末联二句，道出千古失意英雄的同感。

客至[①]

杜甫

舍南舍北皆春水，但见群鸥日日来。花径不曾缘客扫，蓬门今始为君开[②]。盘飧市远无兼味[③]，樽酒家贫只旧醅[④]。肯与邻翁相对饮，隔篱呼取尽余杯。

注释

①客至：诗题下原注：喜崔明府相过。②蓬门：柴门。③飧：食物。④醅：没过滤的酒，泛指酒。

赏析

这是一首洋溢着浓郁生活气息的叙事诗，表现诗人诚朴的性格和喜客的心情。

“舍南舍北皆春水”，把绿水缭绕、春意荡漾的环境表现得十分秀丽可爱。“但见”，含弦外之音：群鸥固然可爱，而不见其他的来访者，不是也过于单调吗！作者就这样寓情于景，表现了他在闲逸的江村中的寂寞心情。这就为贯穿全诗的喜客心情，巧妙地做了铺垫。颔联把笔触转向庭院，引出“客至”。作者采用与客谈话的口吻，增强了宾主交谈的生活实感。上句说，长满花草的庭院小路，还没有因为迎客打扫过。下句说，一向紧闭的家门，今天才第一次为你崔明府打开。寂寞之中，嘉客临门，一向闲适恬淡的主人不由得喜出望外。

以上虚写客至，下面转入实写待客。作者舍弃了其他情节，专挑选最能显示宾主情分的生活场景，重笔浓墨，着意描画。“盘飧市远无兼味，樽酒家贫只旧醅”，使我们仿佛看到作者延客就餐、频频劝饮的情景，可以体会到主客之间真诚相待的深厚情谊。字里行间充满了款曲相通的融洽气氛。“客至”之情到此似已写足，如果再从正面描写欢悦的场面，显然露而无味，然而诗人却巧妙地以“肯与邻翁相对饮，隔篱呼取尽余杯”作结，把席间的气氛推向更热烈的高潮。诗人高声呼喊着，请邻翁共饮作陪。这一细节描写，细腻逼真。可以想见，两位挚友真是越喝酒意越浓，越喝兴致越高，兴奋、欢快，气氛相当热烈。

《客至》中的待客描写，却不惜以半首诗的篇幅，具体展现了酒菜款待的场面，还出人料想地突出了邀邻助兴的细节，写得那样精彩细腻，语态传神，表现了诚挚、直率的友情。这首诗把门前景、家常话、身边情，编织成富有情趣的生活场景，充溢着浓郁的生活气息和人情味。

闻官军收河南河北

杜甫

剑外忽传收蓟北，初闻涕泪满衣裳。却看妻子愁何在，漫卷诗书喜欲狂。白日放歌须纵酒，青春作伴好还乡。即从巴峡穿巫峡，便下襄阳向洛阳。

注释

这首诗最大的特点是突出一个“喜”字，集中表现了官军收复河南、河北这一喜讯突至时，诗人的惊喜之情。“喜”是贯穿全诗的主线，无论是“初闻涕泪”“却看妻子”“漫卷诗书”，还是想象中的“放歌”“纵酒”“还乡”“从巴峡穿巫峡”“下襄阳向洛阳”，无不贯穿这种“欢喜”的感情。诗人一反往日作诗“沉郁顿挫”的风格，不以含蓄蕴藉见长，而以爽朗明快取胜。诗人的激情出自胸臆，发自肺腑，有如江堤决口汹涌澎湃，一泻千里。全诗从头至尾一气呵成，毫无斧凿痕迹，感情真切，笔势奔涌，旋律轻快，是杜甫诗中绝无仅有的生平第一快诗，具有强烈的艺术感染力。

“忽”写出“传”的突然，“初”写出“闻”的急促，由喜讯的“忽传”产生“初闻”的惊喜，有“却看”的情景，才有“漫”的动作。诗人欢乐狂喜的形态就在这一“看”、一“卷”之上。“即从”是从眼前说起，“便下”是对承接行程而言，一气直下。诗人之所以用“穿”是因由巴峡到巫峡，峡谷险而江面窄，舟行如梭。出巫峡到襄阳是顺流而驶，所以用“下”。从襄阳到洛阳，走陆路，所以用“向”。诗中简洁流畅、准确生动的用语，生动形象地写出了诗人的欢乐情绪。

该诗没有采用一般的比兴寄托的手法，其惊喜若狂的激情的抒发，主要是通过铺陈的手法来完成。火一样的感情，借助铺叙手法，因而痛快淋漓一泻千里。不仅真实地反映了当时诗人的狂喜神态，而且也感染了千百年来的无数读者。在穷形尽相的铺陈中诗人不排斥其他手法的运用，“满衣裳”“喜欲狂”是夸张，“却看妻子”是衬托，“青春作伴”是拟人，“白日”“青春”是双关，还乡的计划又是想象。多样的手法的运用，使该诗达到了内容与形式的完美统一，同时把眼前的惊喜之情、还乡的奇妙幻想融化在诗中，现实主义与浪漫主义手法浑然一体。

登楼

杜甫

花近高楼伤客心，万方多难此登临。锦江春色来天地，玉垒浮云变古今[①]。北极朝廷终不改[②]，西山盗寇莫相侵[③]。可怜后主还祠庙[④]，日暮聊为梁甫吟[⑤]。

◇注释◇

①**玉垒**：山名，在四川灌县西北。②**北极朝廷**：指唐王朝。广德元年吐蕃陷京师，立广武郡王承宏为帝，后郭子仪领兵收复京师。③**西山盗寇**：指吐蕃。④**后主还祠庙**：按吴曾《漫录》："先主庙东即后主祠，蒋堂帅蜀，以禅不能保有土宗始去之。"⑤**梁甫吟**：乐府楚调曲名。梁甫，山名，在泰山下。《梁甫吟》盖言人死葬此山，为挽歌，歌词悲凉慷慨。今所传古辞据说是诸葛亮作。《三国志·蜀志·诸葛亮传》云："亮躬耕陇亩，好为梁甫吟。"

◇赏析◇

此诗作于代宗广德二年，诗人年五十三岁，时入蜀已五载。广德元年，官兵破史朝义，相继收复河南河北，而十月就有吐蕃陷长安事，代宗出奔，郭子仪收京，乘舆反正；十二月，吐蕃复陷松、维、堡三州，复陷剑南、西川诸州。方多事之秋，公此诗，正为广德诸难所作。

"花近高楼伤客心，万方多难此登临"，身处多事之秋，生为漂泊之人，满腹愁思，登楼远望，虽有触目繁花，却叫人伤心难耐，情哀景哀，正是此意。伤心之故，无非多难，此际"登临"，更见公用心良苦，而笔法突兀，有提纲挈领之妙。"锦江春色来天地，玉垒浮云变古今"，锦江春水方生，春色亦如春水，澎湃而来，天地之间，生气蓬勃。"天地"一语，空间极其广阔。玉垒山间，云生云灭，古往今来，依然如斯。"古今"一语，时间极其深远。杜甫登楼，目送千里，心怀六合，抚今思昔，感慨横生。"北极朝廷终不改，西山盗寇莫相侵"，虽是多事之秋，而唐王朝如北极，受众星拱卫。"西山盗寇"，猖獗一时，杜甫义正词严，对吐蕃觊觎，正语相告，千古浩然之气，凛然可见。“可怜后主还祠庙，日暮聊为梁甫吟”，尾联以怀古结束全诗，伫立楼头，远望先主祠边后主祠，无限感慨涌上心头。诗人流离西南，报国无门，而值时危世艰之际，不能似诸葛亮匡扶天下。缀句成章，聊以自谴，其中婉转缠绵，自不待言。

此诗是杜甫诸七律中极工稳者，对仗之妙，让人读来有飞动流走之感。锤炼之中，将景物、情感、古史、今事、人生、自我铸于一体，语壮境雄，寄意深远，诗人沉郁顿挫风格一展无余。是以清人沈德潜云：“气象雄伟，涵盖宇宙，此杜诗之最上者。”

咏怀古迹五首其三

杜甫

群山万壑赴荆门，生长明妃尚有村①。一去紫台连朔漠②，独留青冢向黄昏。画图省识春风面③，环佩空归月夜魂。千载琵琶作胡语④，分明怨恨曲中论。

注释

①**明妃**：即王昭君，因避晋司马昭讳，改为明妃。②**紫台**：帝王所居之地。江淹《恨赋》云：“若夫明妃去时，仰天太息，紫台稍远，关山无极。”③**画图省识**：按《西京杂记》：“元帝后宫既多，使画工图形，按图召幸。宫人皆赂画工。昭君自恃其貌，独不与，乃恶图之，遂不得见，后匈奴来朝，求美人为阏氏，上以昭君行，及去，召见，貌为后宫第一。帝悔之，穷按其事，画工韩延寿等弃市。”④千

载琵琶：《琴操》云："昭君在外恨帝，始不见遇，乃作怨思之歌，名为《昭君怨》。"

赏析

杜甫五首《咏怀古迹》，借咏人以伤己，此首乃咏明妃之作。"群山万壑赴荆门，生长明妃尚有村"，明妃生长之地，在今湖北省秭归县香溪，杜甫作此诗时，身处白帝，东望三峡及荆门，从大处着笔，将三峡水势写得雄奇突兀，"赴"字所指，笔力千钧。在这奇丽的景色中，显出一明妃，出人意表。清人吴瞻泰评此联云："发端突兀，是七律中第一等起句，谓山水逶迤，钟灵毓秀，始产一明妃。说得窈窕红颜，惊天动地。""一去紫台连朔漠，独留青冢向黄昏"，颔联十四字可谓明妃一生写照，此中虽化用江淹《恨赋》成语，而杜甫自有点铁成金手段，立意远出江淹上。明妃远嫁异域，葬身他邦，朔漠黄昏，多少清绝。朱翰评云："'连'字写出塞之景，'向'字与思汉之心，笔下有神。"颔联所述，正为颈联发论做了一番铺垫。

"画图省识春风面，环佩空归月夜魂"，"画图"承"紫台"之语，明妃栖身异域，正是元帝识事不明，"省识"二字，玄机深邃。青冢虽远，魂魄犹归，月明之夜，环佩叮咚，一片向汉之心，亘古如一，行文之妙，自不待言。"千载琵琶作胡语，分明怨恨曲中论"，诗人借琵琶怨曲，将明妃怨恨点明，结语入情入理，自是杜甫家法。全诗之妙，只是叙事自如，是非公允，一无所涉，考陟咎由，任凭后人。是以清人李子德云："只叙明妃，始终无一语涉议论，而意无不包。"此诗风骨，如是而已。

咏怀古迹五首其五

杜甫

诸葛大名垂宇宙，宗臣遗像肃清高[1]。三分割据纡筹策[2]，万古云霄一羽毛。伯仲之间见伊吕[3]，指挥若定失萧曹[4]。运移汉祚终难复[5]，志决身歼军务劳。

注释

①宗臣：人所宗仰的大臣。《汉书·萧何曹参传赞》云："唯何、参擅功名，位冠群臣，声施后世，为一代之宗臣。"②纡（yū）：屈曲，回旋。③伊吕：伊尹和吕尚，分别为商和周的名臣。④萧曹：汉初名臣萧何和曹参。⑤祚（zuò）：皇位。

赏析

此诗是《咏怀古迹》第五首，以诸葛孔明为题。清人钱谦益注此诗时尝云："张辅《葛乐优劣论》，'孔明包文武之德，殆将与伊、吕争俦，岂徒乐毅为伍。'后崔浩著论，'亮不能为萧、曹亚匹，谓陈寿贬亮，非为失实。'公以伊、吕相提而论，乃伸张辅之说而抑崔浩之党陈寿也。"此说虽不尽确，亦可作此诗一背景资料看。

"诸葛大名垂宇宙，宗臣遗像肃清高"，首联壁立千仞，奇情雄放，"诸葛大名"，千秋不朽。老杜从遗像入手，追想一代宗臣平生事业，敬慕之情，崛起笔端。"三分割据纡筹策，万古云霄一羽毛"，颔联以孔明功业入笔，隆中一对，便定下天下三分，有孔明大志，乃在一统天下，屈于一隅，终非夙愿，"万古云霄"，仅雄凤一羽耳。议论入情入理，摄事不偏不颇，自是老杜过人处。"伯仲之间见伊吕，指挥若定失萧曹”，颈联从孔明才智写起，孔明才智人品在伊尹、吕尚之间，而其临事从容，指挥若定，可使萧何、曹参失色。杜甫推崇孔明，由此可略见一斑。宋人刘克庄云：“卧龙没已千载，而有志世道者，皆以三代之佐许之。此诗侪之伊、吕伯仲间，而以萧曹为不足道，此论皆自子美发之。”“运移汉祚终难复，志决身歼军务劳”，汉家气数已尽，孔明“鞠躬尽瘁，死而后已”，“志决身歼”一语含无穷感慨，英雄平生之志未遂，令人痛惜。

杜甫此诗，身心肝胆，俱入其中，故能回肠荡气，传诵千古。全诗以事实承议论，处处含情，有如大江怒潮，翻卷跌宕，激越千古。

登高

杜甫

风急天高猿啸哀，渚清沙白鸟飞回。无边落木萧萧下，不尽长江滚滚来。万里悲秋常作客，百年多病独登台。艰难苦恨繁霜鬓，潦倒新停浊酒杯。

赏析

此诗是杜甫大历二年（767）秋在夔州时所写。夔州在长江之滨。全诗通过登高所见秋江景色，倾诉了诗人长年漂泊、老病孤愁的复杂感情，慷慨激越，动人心弦。杨伦称赞此诗为“杜集七言律诗第一”，胡应麟《诗薮》更推重此诗精光万丈，是古今七言律诗之冠。

前四句写登高见闻。诗人围绕夔州的特定环境，用“风急”二字带动全联，一开头就写成了千古流传的佳句。夔州向以猿多著称，峡口更以风大闻名。秋日天高气爽，这里却猎猎多风。诗人登上高处，峡中不断传来“高猿长啸”之声，大有“空谷传响，哀转不绝”（《水经注·江水》）的意味。诗人移动视线，由高处转向江水洲渚，在水清沙白的背景上，点缀着迎风飞翔、不住回旋的鸟群，真是一幅精美的画图。

颔联集中表现了夔州秋天的典型特征。诗人仰望茫无边际、萧萧而下的落叶木，俯视奔流不息、滚滚而来的江水，在写景的同时，深沉地抒发了自己的情怀。“无边”“不尽”，使“萧萧”和“滚滚”更加形象化，不仅使人联想到落木窸窣之声，长江汹涌之状，也无形中传达出韶光易逝、壮志难酬的感伤。

前两联极力描写秋景，直到颈联，才点出一个“秋”字。“独登台”，则表明诗人是在高处远眺，这就把眼前景和心中情紧密地联系在一起了。“常作客”，指出了诗人漂泊无定的生涯。“百年”，本喻有限的人生，此处专指暮年。“悲秋”两字写得沉痛。秋天不一定可悲，只是诗人目睹苍凉恢廓的秋景，不由想到自己沦落他乡、年老多病的处境，故生出无限悲愁之绪。诗人把旅客最易悲秋，多病独爱登台的感情，概括进一联“雄阔高浑，实大声弘”的对句之中，使人深深地感到了他那沉重地跳动着的感情脉搏。

尾联对结，并分承五六两句。诗人备尝艰难潦倒之苦，国难家仇，使自己白发日多，再加上因病断酒，悲愁就更难排遣。本来兴味盎然地登高望远，现在却平白无故地惹恨添悲，诗人的矛盾心情是容易理解的。前六句“飞扬震动”，到此处“软冷收之，而无限悲凉之意，溢于言外”。

皇甫冉

皇甫冉（约717—约770），唐润州丹阳（今江苏镇江）人，字茂政。少即能文，张九龄呼为小友。天宝十五载（756）举进士第一，授无锡尉。大历初，累迁右补阙。与弟皇甫曾皆负诗名。有《皇甫冉集》。

春思

皇甫冉

莺啼燕语报新年，马邑龙堆路几千①。家住层城临汉苑，心随明月到胡天。机中锦字论长恨②，楼上花枝笑独眠。为问元戎窦车骑③，何时返旆勒燕然④。

注释

①**马邑**：县名，故地在今山西省朔县境内。据《搜神记》："秦筑长城于武川塞，有马驰走其地，依以筑城，因名马邑。"**龙堆**：沙漠名，即白龙堆。在新疆以东，天山南麓。《汉书·西域传》云："然楼兰国最在东垂近汉，当白龙堆，乏水草，尝主发导，负水儋粮，送迎汉使。"②**机中锦字**：据《侍儿小名录》载："前秦窦滔妻苏蕙，以滔别有宠姬，音闻隔绝，苏悔恨自伤，因织锦成回文，题诗二百余首，计八百余字，纵横反复，皆成文章，名《璇玑图》，使人送至襄阳。"滔览锦字，感其妙绝，因具车从，迎苏氏。③**元戎**：主帅。**窦车骑**：即东汉窦宪，因破匈奴勒铭燕然山而拜车骑大将军。④**返旆（pèi）**：即凯旋。旆：军中旗帜的统称。

赏析

皇甫冉此诗与李白《春思》、沈佺期《杂诗》有异曲同工之妙，皆写闺中春怨，而着笔处各显风流，太白以气胜，沈佺期以势胜，而皇甫冉此诗全以情韵胜，艳而不绮，柔而不弱，可谓别出心裁，独辟蹊径。

“莺啼燕语报新年，马邑龙堆路几千”，首联以“莺啼燕语”对“马邑龙堆”，极为工巧，新春之际，莺燕声中，愁人思妇，莫不伤情，而良人远征，千里迢迢，边关大漠，风劲沙狂，以此作对，那么恩怨已是十分不堪。首联气势，已动人心绪。“家住层城临汉苑，心随明月到胡天”，颔联以闺中少妇的口吻，自诉生平，良人一去，虽身在繁华之中，而欢乐无缘，一颗相思之心，跟随明月，已在胡地，常照良人。思怨之深，九折柔肠。“机中锦字论长恨，楼上花枝笑独眠”，诗人以苏蕙之典拟闺中思妇。苏蕙一段回文锦文，虽说长恨绵绵相思无限，尚且夫妇以此团圆，而今日楼上独眠、良人未返，花枝亦能笑人孤独。描摹怨思，此联最为精工，有一唱三叹之妙。而清人沈归愚云：“茂政《春思》一诗，卢家少妇之亚，唯笑独眠句，工而近纤，或难与沈诗争席矣。”余以为不然，此正皇甫冉之过人处，此句之纤，正是多情所积，若无此情积蓄，则全诗便索然寡味！“为问元戎窦车骑，何时返旆勒燕然”，尾联用典以表思妇盼良人团圆的心境，可与沈佺期“谁能将旗鼓，一为取龙城”争工，虽取舍不同，情意则一。

皇甫冉这首诗文笔清丽，对仗对稳，使事用典，不黏不腻。动人之处，情深意切。一颦一笑，多是情痴动人处。皇甫冉功力，故是不凡。

登柳州城楼寄漳汀封连四州刺史[①]

柳宗元

城上高楼接大荒，海天愁思正茫茫。惊风乱飐芙蓉水[②]，密雨斜侵薜荔墙[③]。岭树重遮千里目，江流曲似九回肠[④]。共来百越文身地[⑤]，犹自音书滞一乡。

注释

①**柳州**：治所在今广西柳州市，柳宗元因永贞革新失败，先贬为永州司马，后改柳州刺史。**漳**：指漳州，州治在今福建省漳州市，当时韩泰为漳州刺史。**汀**：指汀州，州治在今福建省长汀县，当时韩晔为汀州刺史。**封**：指封州，州治在今广东省封开县，当时陈谦为封州刺史。**连**：指连州，州治在今广东省连州市，当时刘禹锡任刺史。韩泰、韩晔、陈谦、刘禹锡皆因永贞革新被贬官。②**芙蓉**：荷花的别名。③**薜（bì）荔**：木本植物，又名木莲、木馒头。茎蔓生，花小，隐于花托中。实形似莲房，入药。④**九回肠**：司马迁《报任安书》："肠一日而九回。"⑤**百越**：江、浙、闽、粤之地，皆为越族所居，故称百越。

赏析

"永贞革新"失败后，柳宗元被贬为永州司马。元和十年后，柳宗元、韩泰、韩晔、陈谦、刘禹锡等人被调入京，复受排挤，又被贬往柳、漳、汀、封、连诸州任刺史。此诗为柳宗元至柳州后所写，情怀凄冷，正是再次被贬后心绪的表露。

"城上高楼接大荒，海天愁思正茫茫"，柳宗元被贬到柳州，千辛万险，九死一生，登上城楼，目中所见，大荒漫漫，此际愁思，其棼如丝。首联以感物起兴，气势磅礴，摄魂夺魄。“惊风乱飐芙蓉水，密雨斜侵薜荔墙”，首联以开阔的背景，映衬颔联的近景，尤为真切细密。古人以芙蓉比君子之高洁，以薜荔喻君子之芬芳，而诗人目中，芙蓉则“惊风乱飐”，薜荔则“密雨斜侵”，景中之情，境中之意，愈转愈深，城头愁思，愈转愈剧，而隐藏之妙，如羚羊挂角、香象过河，自然无迹可求。“岭树重遮千里目，江流曲似九回肠”，登高远望，友人不见，岭树重重，遮断望眼；而远处江流曲折，又似愁人柔肠九折。此联对仗极工，铢两相称，虚实变化，气息流畅。写景如此，足以让人气为之促，心为之惊，处地设身，茫然无措矣！“共来百越文身地，犹自音书滞一乡”，诸人同遭贬谪，共处瘴地，此际愁怀难解，即使音书可寄，而山纡水绕，不复能通。尾联文浅情深，气直意密，余韵袅袅，品之弥长。

读柳宗元柳州之文，可为其清丽一喜；读柳宗元柳州之诗，可为其悲切一痛。一喜一痛之间，人生遭际尽见，处身其间，不知悲喜为何物矣？

西塞山怀古①

刘禹锡

王濬楼船下益州②，金陵王气黯然收。千寻铁锁沉江底③，一片降幡出石头④。人世几回伤往事，山形依旧枕寒流。从今四海为家日⑤，故垒萧萧芦荻秋。

注释

①**西塞山**：在湖北大冶市东。《水经注》云："（黄石）山连延江侧，东山偏高，谓之西塞。"②**王濬**（jùn）：晋弘农湖（今河南灵宝西）人，字士治。博涉经典，参羊祜军事，祜荐为巴州刺史，迁益州刺史，晋武伐吴，王濬率兵先抵石头城，纳孙皓降。③**千寻铁锁**：吴人在长江设铁锁横截大江，以阻止晋军，王濬作火炬长十余丈，大数十围，灌以麻油，在船前遇锁，燃炬烧之，须臾融液断绝，船无所碍。④**石头**：即金陵。⑤**四海为家日**：《汉书·高帝纪》："天子以四海为家。"

赏析

长庆四年（824），刘禹锡由夔州刺史调任和州刺史，沿江东下，途经西塞山，即景抒怀，写下了这首诗。诗人开头写"王濬楼船下益州"，便以这件史事为题，太康元年（280）晋武帝命王濬率领以高大的战船组成的水军，顺江而下，讨伐东吴，"金陵王气"便黯然消失。益州金陵，相距遥遥，一"下"即"收"，何其速也！两字对举就渲染出一方是声势赫赫，一方是闻风丧胆。第二联便顺势而下，直写战事及其结果。东吴的亡国之君孙皓，凭借长江天险，并在江中暗置铁锥，再加以千寻铁链横锁江面，自以为是万全之计，谁知王濬用大筏数十，冲走铁锥，以火炬烧毁铁链，结果顺流鼓棹，径造三山，直取金陵。"皓乃备亡国之礼，……造于垒门"（《晋书·王濬传》），第二联就是形象地概括了这一段历史。

诗人在剪裁上颇具功力。他从众多的史事中单选西晋灭吴一事，这是耐人寻味的。因为东吴是六朝的头，它又有颇为"新颖"的防御工事，竟然覆灭了。照理后人应引以为鉴，其实不然。所以写吴的灭亡，不仅揭示了当时吴主的昏聩，更表现了那些后来者的愚蠢，也反映了国家的统一是历史的必然。其次，诗人写晋吴之战，重点是写吴，而写吴又着重点出那种虚妄的精神支柱“王气”、天然的地形、千寻的铁链，皆不足恃。这就从反面阐发了一个深刻的思想，那就是“兴废由人事，山川空地形”。

清代屈复评这首诗说：“前四句止就一事言，五以‘几回’二字括过六代，繁简得宜，此法甚妙。”（《唐诗成法》）不过应该指出，若是没有前四句丰富的内容和深刻的思想，第五句就难以收到如此言简意赅的效果。第六句“山形依旧枕寒流”，“寒”字和结句的“秋”字相照应。诗到这里才点到西塞山，那么前面所写，是不是离题了呢？没有。因为西塞山之所以成为有名的军事要塞，之所以在它的身边演出过那些有声有色载入史册的“话剧”，就是以南北分裂、南朝政权存在为条件的。诗人不去描绘眼前西塞山如何奇伟竦峭，而是突出“依旧”二字，亦是颇有讲究的。山川“依旧”，就更显得人事之变化，六朝之短促，所以纪晓岚说：“第六句一笔折到西塞山是为圆熟。”（见方回《瀛奎律髓》纪评）第七句宕开一笔，直写“今逢”之世，第八句说往日的军事堡垒，如今已荒废在一片秋风芦荻之中。这残破荒凉的遗迹，便是六朝覆灭的见证，便是分裂失败的象征，也是“今逢四海为家”、江山一统的结果。怀古慨今，收束了全诗。

望月有感

白居易

自河南经乱，关内阻饥，兄弟离散，各在一处，因望月有感，聊书所怀，寄上浮梁大兄、於潜七兄、乌江十五兄，兼示符离及下邽弟妹。①

时难年荒世业空，弟兄羁旅各西东。田园寥落干戈后，骨肉流离道路中。吊影分为千里雁②，辞根散作九秋蓬③。共看明月应垂泪，一夜乡心五处同。

注释

①**浮梁**：即今江西省景德镇市。**於潜**：故地在今浙江省临安市境。**乌江**：故地在今安徽和县。**符离**：故城在今安徽宿县符离集。**下邽（guī）**：故地在今陕西渭南市北。②**雁**：比喻兄弟姊妹，《礼记》云：“兄之齿雁行。”③**蓬**：草名，蓬蒿，秋枯根拔，风卷而飞，故又名飞蓬。

赏析

德宗贞元十五年（799）春，宣武军节度使董晋死，宣武军叛。继之彰义军节度使吴少诚亦叛，河南战乱复起。且是时淮西被阻，漕运不通，关内饥馑。贞元十六年（800）春，白居易举进士，东归省亲，这首诗乃此时所作。

“时难年荒世业空，弟兄羁旅各西东”，此时战伐重起，饥馑连年，在这样的环境中，祖业也荡然无存了。兄弟姊妹，各自东西，奔波于四方，不能团聚。首联以高超的写实手法，将战乱未息、兄弟离散的苦难表现了出来。“田园寥落干戈后，骨肉流离道路中”，故园荒败，已不忍睹，兄弟流离，更有谁怜，造句凄冷，抒事自然。“吊影分为千里雁，辞根散作九秋蓬”，颈联仍自散离上说，以“千里雁”“九秋蓬”比喻兄弟的离散，极为形象妥切。同时以“吊影”“辞根”来反映孤苦凄惶的情态，有力地表现了战乱给人们带来的痛苦。“共看明月应垂泪，一夜乡心五处同”，此际遥望明月，思念天各一方的兄妹，不能不让人潸然泪下，在这样的夜晚，分处五地而思念家乡的心，应当是相同的。乐天以这般真挚热烈的构思结束全诗，其境界浑然真淳，引人共鸣。

乐天诗最为平易，于平易中创造神奇，从而引发人们的思绪，语浅意深，故自不凡。刘熙载在《艺概》中说：“常语易，奇语难，此诗之初关也。奇语易，常语难，此诗之重关也。香山用常得奇，此境良非易到。”

无题

李商隐

昨夜星辰昨夜风，画楼西畔桂堂东。身无彩凤双飞翼，心有灵犀一点通①。隔座送钩春酒暖②，分曹射覆蜡灯红③。嗟余听鼓应官去④，走马兰台类转蓬⑤。

注释

①灵犀：传说以犀为神兽，犀角有白纹，感应灵敏，因以喻心意

相通。②**钩**：一种游戏用具。③**分曹**：即分对、分匹。周处《风士纪》云："腊日饮祭之后，叟妪儿童，为藏驱之戏。分为二曹，以较胜负。"**射覆**：酒令的一种。用相连字句隐物为谜而使人猜度。④**听鼓**：古时官府卯刻击鼓，召集僚属，午刻击鼓下班，因称官吏到衙门值班为听鼓。⑤**兰台**：本为汉代宫廷藏书处，设御史中丞掌管，后置兰台令史，掌书奏。唐人多以兰台指秘书省。

赏析

李商隐《无题》诸作，隐约已多，因而解者纷纭，莫衷一是。较之他诗，此篇颇为直白，亦是后人最为传咏者。原题有二首，另一为绝句，全诗云："闻道阊门萼绿华，昔年相望抵天涯。岂知一夜秦楼客，偷看吴王苑内花。"二诗对看，则此七律之意甚明。

"昨夜星辰昨夜风，画楼西畔桂堂东"，从"昨夜"二字看，可知李商隐此诗为追忆往事之作，在昨夜，群星灿烂，和风袭人，在这样一个温馨的环境中，在画楼西畔，桂堂之东，有两个相爱的人甜蜜地待在一起。诗人并没有将那旖旎的一幕加以刻画，而是通过特定的时间和地点加以渲染，格调优美，措辞流丽。"身无彩凤双飞翼，心有灵犀一点通"，首联以昨夜衬今夕，心情的微妙变化便深入到了颔、颈二联的字里行间。自己并没有彩凤那样的双翅，飞到所爱之人的身边，但是二人之心如灵犀一样，一点即通。爱而不能待在一起，那种痛苦是可以想象的，但是二人之心，却是息息相通。一抑一扬，玄妙无穷。李商隐之妙，善以其笔摹心，不漏一丝。"隔座送钩春酒暖，分曹射覆蜡灯红"，在喧闹的宴会场中，灯红酒碧，送钩射覆，宾客的喧哗，侍女的来往，所有的一切都显得很繁华，而李商隐以"分曹""隔座"四字，将两个知心人的处境刻画了出来，隔绝只会让两人亲近的想法更炽烈，而隔绝同样会很明显，可望而不可即，只是一种孤独，可以说，李商隐此种笔法，正将其凄冷孤独置于言外了。“嗟余听鼓应官去，走马兰台类转蓬”，卯刻的鼓声已经响起，到兰台当差的时间也到了。如此结尾，恰是爱情的怅然与身世转蓬的无奈的结合，伤心与失落的感觉已经充满了心中。

此诗写人物情感变化极富逻辑性，一切都是那么天真纯洁，其中实则虚之，虚则实之，只是让人在那连续无端和变化离迷中去琢磨，不同心理状态的人，在不同的时刻都会有不同的感受。

无题

李商隐

相见时难别亦难，东风无力百花残。春蚕到死丝方尽，蜡炬成灰泪始干。晓镜但愁云鬓改，夜吟应觉月光寒。蓬山此去无多路，青鸟殷勤为探看。

赏析

李商隐的这首《无题》，全诗以首句“别”字为诗眼。江淹《别赋》说：“黯然销魂者，唯别而已矣！”他以此统领起一篇惊心动魄而又美丽的赋；而“黯然”二字，也正是李商隐此诗所表达的整个情怀与气氛。

离别之怀，诚难尽叙，但如相逢未远，重会不难，那么分别自然也就无所用其魂销凄黯了。李商隐一句点破说：唯其相见之不易，故而离别之尤难——唯其暂会之已是罕逢，更觉长别之实难分舍。古有成语，“别易会难”，意即会少离多。细解起来，人生聚会一下，常要费很大的经营安排，周章曲折，故为甚难。李商隐此句，实将古语加以变化运用，在含意上翻进了一层，感情绵邈深沉，语言巧妙多姿。下接一句“东风无力百花残”，好一个“东风无力”，只此一句，已令人置身于“闲愁万种”“如花美眷，似水流年”的痛苦而又美丽的境界中了。百花如何才得盛开的？东风之有力也。及至东风力尽，则百卉群芳，韶华同逝。花固如是，人又何尝不然。此句所咏者，固非伤别适逢春晚的这一层浅意，而实为身世遭逢、人生命运的深深叹惋。得此一句，乃见笔调风流，神情燕婉，令诵者不禁为之击节嗟赏。

一到颔联，笔力所聚，精彩愈显。春蚕自缚，满腹情丝，生为尽吐；吐之既尽，命亦随亡。绛蜡自煎，一腔热泪，泪而长流；流之既干，身亦成烬。有此痴情苦意，几于九死未悔，方能出此惊人奇语，否则岂能道得只字？这一联两句，看似重叠，实则各有侧重之点：上句情在缠绵，下句生死以之。杜甫尝说：“笔落惊风雨，诗成泣鬼神。”惊风雨的境界，不在玉溪；至于泣鬼神的力量，本篇此联亦可以当之无愧了。

晓妆对镜，抚鬓自伤，女为谁容，膏沐不废——所望于一见也。一个“改”字，从诗的工巧而言是千锤百炼而后成，从情的深挚而看是千回百转而后得。青春不再，逝水长东，怎能不悄然心惊，而唯恐容华有丝毫之退减？留命以待沧桑，保容以俟悦己，其苦情密意，全从一个“改”字传出。此一字，千金不易。

本篇的结联，意致婉曲。蓬山，海上三神山也，自来以为可望而不可即之地，从无异词，即李商隐自己亦言“刘郎已恨蓬山远”矣。

而此处偏偏却说：蓬山此去无多路程。真耶？假耶？其答案在下一句已然分明：试遣青鸟，前往一探如何？若果真是“无多路”，又何用劳烦青鸟之仙翼神翔乎？李商隐之笔，正是反面落墨，蓬山去此不远乎？曰：不远。——而此不远者实远甚矣！

这首诗，从头至尾都熔铸着痛苦、失望而又缠绵、执着的感情，诗中每一联都是这种感情状态的反映，但是各联的具体意境又彼此有别。它们从不同的方面反复表现着融贯全诗的复杂感情，同时又以彼此之间的密切衔接而纵向地反映以这种复杂感情为内容的心理过程。这样的抒情，缠绵往复，细致精深，成功地再现了心底的绵邈深情。

锦瑟①

李商隐

锦瑟无端五十弦②，一弦一柱思华年③。庄生晓梦迷蝴蝶④，望帝春心托杜鹃⑤。沧海月明珠有泪⑥，蓝田日暖玉生烟⑦。此情可待成追忆，只是当时已惘然⑧。

注释

①**锦瑟**：绘纹如锦的瑟。按《周礼乐器图》载：“雅瑟二十三弦，颂瑟二十五弦，饰以宝玉，绘文如锦，曰锦瑟。”②**五十弦**：按《汉书·郊祀志》：“秦帝使秦女鼓五十弦瑟，悲，帝禁不止，故破其瑟为二十五弦。”③**柱**：瑟上的弦枕木，称为柱。④**庄生晓梦**：典出《庄子·齐物论》：“昔者庄周梦为蝴蝶，栩栩然蝴蝶也，自喻适

志与！不知周也。俄然觉，则蘧蘧然周也。不知周之梦为蝴蝶与，蝴蝶之梦为周与？”⑤**望帝**：相传战国时蜀王杜宇称帝，号望帝，为蜀除水患有功。不久禅位，退隐西山，化为杜鹃鸟。后常以望帝指代杜鹃。⑥**沧海月明珠有泪**：《博物志》载：“南海外有鲛人，水居如鱼，不废绩织，其眼泣则能出珠。”⑦**蓝田**：山名，在陕西蓝田县东，骊山之南阜。山出美玉，故又名玉山。以山形如覆车，又名覆车山。⑧**惘然**：失望的样子。

赏析

李商隐《锦瑟》一篇，当为集中第一。而自宋元迄今，争论纷纭，了无定案，或凭空而捏实，或强文而度意，故不足论其虚妄。今人周汝昌先生以之为咏锦瑟为实，寄意于悼亡。反复吟咏，以为其中虽句句以锦瑟为指归，而悼亡之意仍落实处，咏物之情，借用而已。

“锦瑟无端五十弦，一弦一柱思华年”，首联紧扣题目，这是借物咏怀的基本手法，古瑟五十弦，秦帝因为它的声音太过悲伤而破为二十五弦瑟，“无端”二字，正是诗人痴语，平白无故地有五十弦瑟，正是悲伤平白无故地向人袭来。因此首联首句正是诗眼所在，既写锦瑟，又写一个“悲”字。人在悲中，而一弦一柱，一音一节，其中的悲更为剧烈了，二句写瑟无非是渲染悲的气氛，而“思华年”三字正是对往昔的回忆，悲中忆旧，加之繁弦嘈杂，诗人的心情是可想而知的。“庄生晓梦迷蝴蝶，望帝春心托杜鹃”，颔联诗人连用“庄生梦蝶”“望帝啼春”二典，实则承“思华年”而取意。“庄生梦蝶”典出《庄子·齐物论》，庄子由梦蝶一事，而阐明“物化”，庄生与蝶必有分，看似迷茫难解，实则喻悲其中，爱人已物化，而今日更有梦蝶之慨，一曲锦瑟，难禁其悲，由锦瑟而起梦蝶之思，由梦蝶之思而兴物化之慨，层层推进，绵密不绝。次句以望帝之典，说明爱人物化之后，诗人悲痛欲绝，杜鹃之声已经是哀怨凄悲、动人心腑了，而今日锦瑟兴悲，爱人物化，其胸中无限凄凉，无尽怨愤更是喷薄而出，玉溪妙笔寄情，令人叹绝。

“沧海月明珠有泪，蓝田日暖玉生烟”，以此诗为悼亡，最难解者正是颈联，此处解者纷纭，莫衷一是，而细味其情，此中别有一番意韵。颈联奇峰陡起，而神理脉络，丝毫不乱，转折之际，愈见情深。沧海明月，鲛人泣泪，月化海中明珠，泪作眼中明珠，一辉一映，不知月者、泪者、珠者，究竟何分何别，何况鲛人之泣，悲情之所凝结也，而诗人如此造境，其孤怀冷寂，惆怅哀怨，溢于言表矣！韫美玉于蓝田山中，何啻掩佳人于黄泉之下，玉在山而精气蒸腾，日照生烟，故是玉的辉光炯然。佳人掩于黄壤，其质虽朽，而其精魄长存，如玉一般增辉山水。寄情如此，非诗人难臻此境界。此联之中，对仗之妙，辞藻之丽，更可见玉溪才华功力。“此情可待成追忆，只是当时已惘然”，“追忆”二字照应首联“思”字，“此情”正是“华年”写照，爱人一别，惆怅难挨，当时之痛，今日之悲，更复何言。

李商隐一生，虽连蹇不得志，而夫妇之深情，未尝因境况窘迫家贫而改易。妻子丧后，他将难言之苦，至悲之痛，郁结中怀，因而发为诗句，故其忧伤杳渺，往复徘徊，感人至深，是以其中生离死别之痛，故是此诗本色。

隋宫[1]

李商隐

紫泉宫殿锁烟霞[2]，欲取芜城作帝家[3]。玉玺不缘归日角[4]，锦帆应是到天涯[5]。于今腐草无萤火[6]，终古垂杨有暮鸦[7]。地下若逢陈后主[8]，岂宜重问后庭花[9]。

注释

①**隋宫**：即隋炀帝在扬州所建的江都宫、显福宫和临江宫。②**紫泉**：即紫渊，水名，司马相如《上林赋》云："丹水更其南，紫渊径其北。"因避唐高祖李渊讳，改渊为泉。③**芜城**：古城名，即广陵城，故城在今江苏江都市境内，南朝鲍照《芜城赋》即此地。④**玉玺**：皇帝的玉印，后代指皇位。**日角**：额骨中央隆起，形状如日，旧时认为是大贵之相，此处指唐高祖李渊。⑤**锦帆**：锦制的船帆。《开河记》载："炀帝御龙舟，幸江都，舳舻相接，锦帆过处，香闻十里。"⑥**腐草无萤火**：《礼记·月令》："腐草为萤。"《隋书·炀帝纪》载："大业末年，帝于景华宫征求萤火得数斛，夜出游山，放之，光照岩谷。"⑦**垂杨**：《隋书·炀帝纪》："炀帝自板渚引池作街道，植以杨柳，名曰隋堤。"⑧**陈后主**：即陈叔宝，字元秀，小字黄奴，以荒淫失国，在位共计八年。⑨**后庭花**：即玉树后庭花，陈后主与宠臣按曲造词，夸称宫人美色，男女唱和，轻荡而其音甚哀。据《隋遗录》载："炀帝在江都，昏湎滋深，尝游吴公宅鸡台，恍惚与陈后主遇。后主舞女数十，中一人迥美，帝屡目之，后主曰'即丽华也'。因请舞玉树后庭先曲。后主问曰'龙舟之游乐乎？始谓陛下能致治，在尧舜之上，今日复此逸游，曩时何见罪之深耶'？帝忽寤。"

赏析

这首诗是怀古感事之作，运事使典，俱臻妙境。

“紫泉宫殿锁烟霞，欲取芜城作帝家”，首联即点明“隋宫”二字，诗人以烟霞围绕的长安宫殿做比衬，以其雄伟壮丽来反映隋炀帝的贪图享乐，但是长安并不能满足炀帝的好奇心，因而又在宿有“芜城”之名的扬州建行宫。“玉玺不缘归日角，锦帆应是到天涯”，颔联承首联之意，进一步拓展开来。如果不是传国玉玺落在唐高祖李渊手中，恐怕隋炀帝南游的锦帆已经到了天尽头。隋炀帝的任性好游，至于亡国灭身而不悟。诗人以史笔作诗笔，命意深婉，出人意料。“于今腐草无萤火，终古垂杨有暮鸦”，此二句以隋炀帝放萤游玩和种柳隋堤的史实作对，将隋炀帝亡国的感慨寄托其中。当年搜捉萤火虫，以致今日萤火绝种，而一旦国灭身亡，隋堤垂杨，只有暮鸦栖噪，极尽苍凉之感。此联痛快淋漓，又有蕴藉之处，是以清人方东树以为“兴在象外，话极妙极，可谓绝作”。“地下若逢陈后主，岂宜重问后庭花”，尾联巧妙地概括了《隋遗录》中炀帝与陈后主梦中相会的故事。其中问而不答，余味无穷。

李商隐此诗可谓咏史绝唱，真有一唱三叹之妙，曲折婉转之中，寓意无穷。

利州南渡[①]

温庭筠

澹然空水带斜晖，曲岛苍茫接翠微[②]。波上马嘶看棹去，柳边人歇待船归。数丛沙草群鸥散，万顷江田一鹭飞。谁解乘舟寻范蠡[3]，五湖烟水独忘机。

注释

①利州：故地在今四川省广元市。②翠微：轻淡青葱的山色。③范蠡：春秋时楚国人。仕越为大夫，辅佐越王勾践灭吴，知勾践可共患难，不可共安乐，遂乘舟以浮于五湖，后莫知所终。

赏析

温庭筠此诗纯以写景胜，其中情趣自然清丽，饶有余味，而归景于情，更见其才力之雄，使人读之，亦飘飘然有尘外之思。

“澹然空水带斜晖，曲岛苍茫接翠微”，在夕阳西下之时，诗人在渡口眺望，空水澹然，斜阳掩映，而水中岛屿，落日苍茫之中，与远处青山相接。首联写景，极尽清淡幽寂之态。“波上马嘶看棹去，柳边人歇待船归”，颔联所写，是岸上之景，马上船中，嘶鸣萧萧，一只船桨，分波破浪，在岸边柳树之下，有等待着回来之人，一切都是那么恬然。一联之中有动有静，使得整个场景极具生活趣味。“数丛沙草群鸥散，万顷江田一鹭飞”，上船以后，举目四望，水中沙草数丛，群鸥乱飞，茫茫江田万顷，一鹭掠水，看着这鸥散鹭飞，一派自由自在的景象，诗人心中多少烦恼，一时荡尽。“谁解乘舟寻范蠡，五湖烟水独忘机”，在这烟水苍茫，一派寂静之中，诗人的心中也到了一个极其娴雅的境界：谁能像范蠡一样乘舟而去，在鸥散鹭飞中而忘掉一切机巧之心呢？景至其极，而情愈自然，无丝毫雕饰，可谓巧矣精矣！

苏武庙[①]

温庭筠

苏武魂销汉使前，古祠高树两茫然。云边雁断胡天月[②]，陇上羊归塞草烟[③]。回日楼台非甲帐[④]，去时冠剑是丁年[⑤]。茂陵不见封侯印[⑥]，空向秋波哭逝川。

注释

①**苏武**：字子卿。西汉杜陵（今陕西西安西南）人。武帝天汉元年出使匈奴，被留，单于劝降，苏武不屈，被徙至北海，使牧公羊，俟公羊产子乃释放，苏武牧羊十九年，节旄脱尽，照帝即位，武始归，拜为典属国，宣帝时赐爵关内侯，图形麒麟阁。②**雁断**：《汉书·苏武传》："匈奴与汉和亲，汉求武等，匈奴诡言武死。常惠教汉使谓单于，言天子射上林中，得雁，足有系帛书，言武等在某泽中。"③**陇上**：即丘陇之上。④**甲帐**：帐以甲乙编次，故有甲帐乙帐之称。⑤**丁年**：成丁的年龄。李陵《答苏武书》："丁年奉使，皓首而归。"⑥**茂陵**：汉武帝陵墓，在陕西兴平市西北。

赏析

苏武十九载牧羊北海，节旄落尽，餐毡饮雪，历尽艰辛，忠节未改，千载而下，浩气凛然。温庭筠此诗，正是凭吊苏武庙时所作。"苏武魂销汉使前，古祠高树两茫然"，首联既点名苏武，又点明庙宇。诗人在点明苏武时，选取了一个特定的场景，想象了苏武见到汉使的时刻，异域十九载，备尝辛苦，"魂销"二字，将苏武心中的喜怒哀乐全都概括了出来，想那劫后重逢汉使，自是悲欣交集，感慨万千，种种心绪，其中难言难尽，全归于“销魂”二字。由人及庙，自然得体，古祠高树，千载苍茫。“云边雁断胡天月，陇上羊归塞草烟”，颔联明是追缅苏武当年，在北海之滨，胡天冷月，孤雁南飞，消失在南天云影之中，塞草萋萋，荒烟迷漫，丘陇之上，牛羊归来。塞外荒凉，更见苏武牧羊时的凄凉，冷落的生活，情景互现，浑然一体。“回日楼台非甲帐，去时冠剑是丁年”，持节绝域十九载，归来之时，武帝已殁，虽然楼台依旧，但已不是当年风光，此中大有物是人非，恍如隔世，而苏武白发苍苍，全非十九年前出使时的壮年气象。此联中“甲帐”“丁年”之对，可谓妙绝，同时以“逆挽法”体现了苏武归来的万千感慨，对仗虽工，而不流于板滞。“茂陵不见封侯印，空向秋波哭逝川”，尾联以苏武归来时对武帝的追悼，茂陵草长，已不复见完节归来的苏武，园庙一拜，痛哭亦是难免。结尾归于故君之思，将苏武的形象完整地展现出来。温庭筠此诗在晚唐颓败的环境中，更显得挺拔有力，而行文之中，寓意深刻，最能感人。

秦韬玉

秦韬玉，生卒年不详，唐京兆（今陕西西安）人，字仲明。出身寒门，累举不第。因其父为左神策军将，遂出入宦官田令孜之门，交游中贵。又曾为神策军判官，为芳林十哲之一。广明中，随僖宗入蜀。中和二年（882），特赐进士及第，编入春榜，四年（884），官至工部侍郎，判度至，为田令孜神策判官。工诗。有《投知小录》，已佚。

贫女

秦韬玉

蓬门未识绮罗香[1]，拟托良媒益自伤[2]。谁爱风流高格调，共怜时世俭梳妆[3]。敢将十指夸针巧，不把双眉斗画长。苦恨年年压金线[4]，为他人作嫁衣裳。

注释

①绮罗：丝织品。②益：更加。③时世：当代。④压：刺绣的一种手法，这里做动词用。

赏析

这首诗，以语意双关、含蕴丰富而为人传诵。全篇都是一个未嫁贫女的独白，倾诉她抑郁惆怅的心情，而字里行间却流露出诗人怀才不遇、寄人篱下的痛楚。

“蓬门未识绮罗香，拟托良媒益自伤”，主人公的独白从姑娘们的家常——衣着谈起，说自己生在蓬门陋户，自幼粗衣布裳，从未有绫罗绸缎沾身。开口第一句，便令人感到这是一位纯洁朴实的女子。因为贫穷，虽然早已是待嫁之年，却总不见媒人前来问津。抛开女儿家的羞怯矜持请人去做媒吧，可是每生此念头，便不由加倍地伤感。这又是为什么呢？从客观上看：“谁爱风流高格调，共怜时世俭梳妆。”如今，人们竞相追求时髦的奇装异服，有谁来欣赏我不同流俗的高尚情操？就主观而论：“敢将十指夸针巧，不把双眉斗画长。”女主人公所自恃的是，凭一双巧手针黹出众，敢在人前夸口，决不迎合流俗，把两条眉毛画得长长的去同别人争妍斗丽。这样的世态人情，这样的操守格调，调愈高，和愈寡。纵使良媒能托，亦知佳偶难觅啊。

“苦恨年年压金线，为他人作嫁衣裳”，个人的亲事茫然无望，却要每天压线刺绣，不停息地为别人做出嫁的衣裳！月复一月，年复一年，一针针刺痛着自己伤痕累累的心灵。独白到此戛然而止，女主人公忧郁神伤的形象默然呈现在读者的面前。

沈德潜说这首诗“语语为贫士写照”（《唐诗别裁集》卷十六），近人俞陛云指出“此篇语语皆贫女自伤，而实为贫士不遇者写牢愁抑塞之怀”（《诗境浅说》）。沈、俞二氏都很重视本诗的比兴意义，并且说出了诗的真谛。

五言绝句

山中送别

王维

山中相送罢，日暮掩柴扉。春草明年绿，王孙归不归[1]？

注释

①王孙：语出《楚辞》："王孙游兮不归，春草生兮萋萋。"

赏析

此诗题一作《山中送别》，王维选取一个很特殊的情景来着笔，饶有趣味。

"山中相送罢"，诗的一开始，并没有去写送时的场景，别时的凄悲，一个"罢"字将送别时的所有情景都遮掩过去，时间的跳跃性极强。"日暮掩柴扉"，送别本来是一件令人感伤的事情，而诗人选择"日暮"，更能让人感受到别后的寂寞、惆怅，况且此时也是愁绪最难排遣的时候。掩门独处，寂寥可知！诗人虽不直写送别，但通过这两句将送别的种种感受都渗入了字里行间，更能让人感受到低回无穷的想象。"春草明年绿，王孙归不归"，诗人巧化《楚辞》成语，唯恐友人一去不回，这种想法正是在友人已去之后的真情实感，看似毫无着落，横空而来，实际上是诗人心理活动的反映，并与前二句一息贯彻，使得送别时的情感进一步升华。唐汝询在《唐诗解》中说："扉掩于暮，居人之离思方深；草绿有时，行人之归期难必。"这个观点对于理解全诗来说是相当正确的。

王维五绝之妙，在于他善于捕捉生活中的细节，并以朴实自然的语言加以概括，从而使得情感的表达极具艺术性，亦极能感人，这首《送别》就很好地体现了这一点。

杂诗

王维

君自故乡来，应知故乡事。来日绮窗前①，寒梅著花未②？

注释

①绮（qǐ）窗：雕画美观的窗户。②著花：开花。

赏析

对于一个作客他乡、羁旅异地的人来说，忽然遇上了故乡之人，那是多么令人兴奋的事，一切乡思乡愁都涌上心头。在面对故人的时候，作客之人是很想了解家乡的情况的，物事、人事都是作客他乡之人关切的内容。王维这首诗所选的场景就是如此。

"君自故乡来，应知故乡事"，诗在一开始，就以一种不加雕琢、自然平白的话语，将作客之人关注家乡的急切心情表达了出来。王维纯用白描手法，将作客之人的情感、心理、神情、口吻表现得栩栩如生。而关于故乡的事太多了，太复杂了，从哪儿问起呢？王维所选择的，乃是“来日绮窗前，寒梅著花未”，你来的时候，窗前的寒梅开花了吗？这样的询问对于一般人来说，觉得太突兀了，但这又是在常理之中的。询问故乡，值得怀念的东西太多了，而诗人却选取了一件极为普通的小事，因为别的题很难理出头绪，而问讯寒梅，则更有生活情趣，并且寒梅也被典型化了，成了作客之人思乡之情的特殊载体。

王维五绝往往能以平淡质朴的语言，创造出感情浓郁的作品，这首诗就很能体现王维这一特点，或许这正是所谓的寓巧于拙吧！

鹿柴①

王维

空山不见人，但闻人语响。返景入深林，复照青苔上。

注释

①鹿柴（zhài）：辋川别业一景。柴，栅栏、篱笆。

赏析

这首《鹿柴》是晚岁王维山水诗的代表作，收入《辋川集》中。

“空山不见人”，诗的内容主要是关于鹿柴附近空山深林傍晚时分景色的。首句便点明空山，“不见人”三字说明了山的空阔静谧，几近太古之境。“但闻人语响”，这句和前面的“不见人”似乎是矛盾的，上文说“不见人”，而下文接着说“人语响”，这不是矛盾是什么呢？实际上，这两句诗的转折就在“但闻”上，上文的“不见人”并不是说山中一片死寂，风鸣鸟语，泉声虫响，所有的一切都是大自然的声音。诗人写“不见人”自然是要概括出一种静寂来，而“但闻”一转，恰是为了破前文所立之寂，在这一立一破之中，山的静才显得极为真实，可以说，这一破一立，使得这首诗境界全出。

“返景入深林，复照青苔上”，前二句写空谷之声，后二句写空谷之色，这样一来，整个景物便显得有声有色了。在人们的观念中，静与幽是分不开的，而诗人所观察到的，却是一缕斜阳，既使空谷明丽起来，又使静中生出了一丝暖意。实际上，这种明丽是稍纵即逝的，诗人这样来写，恰是以这一缕光明来反衬空山空谷之中的幽暗的，仍是破立相间的手法，使得景物异常奇瑰。

作为诗人、画家和音乐家的王维，对于情趣、色彩和声音有着超乎常人的感觉。并且，他很善于观察和发现景物。尤其是在这首诗中，那一破一立的手法，将空山中特有的幽静境界表现得极其到位，且富有禅意，这无非是诗人细心观察和内心平和作用的双重结果。

相思

王维

红豆生南国①，春来发几枝。愿君多采撷②，此物最相思。

注释

①红豆：相思木所结籽。实成荚，籽大如豌豆，微扁，鲜红或半红半黑，常用于喻爱情或相思。②撷（xié）：摘取。

赏析

红豆产于南方，结实鲜红浑圆，晶莹如珊瑚，南方人常用以镶嵌饰物。传说古代有一位女子，因丈夫死在边地，哭于树下而死，化为红豆，于是人们又称呼它为“相思子”。

首句以“红豆生南国”起兴，暗示后文的相思之情。语极单纯，而又富于形象。次句“春来发几枝”轻声一问，承得自然，寄语设问的口吻显得分外亲切。而且单问红豆春来发几枝，是意味深长的，这是选择富于情味的事物来寄托情思。第三句紧接着寄意对方“多采撷”红豆，仍是言在此而意在彼。末句“此物最相思”点题，“相思”与首句“红豆”呼应，既是切“相思子”之名，又关合相思之情，有双关的妙用。全诗洋溢着少年的热情，青春的气息，满腹情思始终未曾直接表白，句句不离红豆，而又“超以象外，得其圜中”，把相思之情表达得入木三分。它“一气呵成，亦须一气读下”，极为明快，却又委婉含蓄。

终南望余雪

祖咏

终南阴岭秀①，积雪浮云端。林表明霁色②，城中增暮寒。

注释

①阴岭：山北的岭。②霁（jì）：雨雪晴，云雾散，称为霁。

赏析

据《唐诗纪事》载，祖咏赴长安应试，当作六韵十二句五言排律，祖咏写了这四句即交卷，试官问其故，咏曰：“意尽。”可见这首诗在唐人心目中还是有一定地位的。

诗题为“终南望余雪”，那么，首先在诗的内容上就应切一“望”字。“终南阴岭秀，积雪浮云端”，终南山位于长安城以南，那么“望”只能从城里望云，见到的只是“阴岭”了。“秀”字是诗人对望终南山景色的概括，山景是怎样的“秀”呢，下句正是承“秀”字而讲的，终南阴岭突兀云端，那么山上的积雪未化，亦在云层之上了，一个“浮”字，极具特色，诗人将流动的云和雪联系在一起，用“浮”字来表现二者之间的关系，就更加生动了。“林表明霁色，城中增暮寒”，从长安遥望终南，只能是雪停云散之时，否则只能看到朦胧一片，所以“明霁色”三字正好使上文二句有了着落，否则便成了想象之词了。而且，一个“霁”字也隐含地说明了这是夕阳西下的情景，为什么呢，因为只有这个时候，才能使得霁色在林梢显现，同时山上的积雪也一目了然了。最后一句则是诗人望中所感，终南雪色，寒光闪烁，已经令人感到寒冷，那么，城中暮寒也是情理之中的事了。

祖咏所说的“意尽”，我们无论从哪个角度去欣赏，这首诗的意思都是丰满的，因而也用不着画蛇添足了。清代王士祯《渔洋诗话》将陶渊明“倾耳无希声，在目皓已洁”和王维“洒空深巷静，积素广庭闲”与此诗并列为咏雪佳作，诚非过誉。

听弹琴

刘长卿

泠泠七弦上[①]，静听松风寒[②]。古调虽自爱，今人多不弹。

注释

①泠泠（líng）：形容声音清脆。七弦：即琴，原本琴只有五弦，象征五行，配五音，后来周文王加一弦，周武王加一弦，遂成七弦。②松风：即琴曲《风入松》。

赏析

诗题一作“弹琴”，《刘随州集》为“听弹琴”。从诗中“静听”二字细味，题目以有“听”字为妥。

琴是我国古代传统民族乐器，由七条弦组成，所以首句以“七弦”作琴的代称，意象也更具体。“泠泠”形容琴声的清越，逗起“松风寒”三字。“松风寒”以风入松林暗示琴声的凄清，极为形象，引导读者进入音乐的境界。“静听”二字描摹出听琴者入神的情态，可见琴声的超妙。高雅平和的琴声，常能唤起听者水流石上、风来松下的幽清肃穆之感。而琴曲中又有《风入松》的调名，一语双关，用意甚妙。

如果说前两句是描写音乐的境界，后两句则是议论性抒情，牵涉到当时音乐变革的背景。汉魏六朝南方清乐尚用琴瑟。而到唐代，音乐发生变革，“燕乐”成为一代新声，乐器则以西域传入的琵琶为主。“琵琶起舞换新声”的同时，公众的欣赏趣味也变了。受人欢迎的是能表达世俗欢快心声的新乐。穆如松风的琴声虽美，如今毕竟成了“古调”，又有几人能怀着高雅情致来欣赏呢？言下便流露出曲高和寡的孤独感。“虽”字转折，从对琴声的赞美进入对时尚的感慨。“今人多不弹”的“多”字，更反衬出琴客知音者的稀少。有人以此二句谓今人好趋时尚不弹古调，意在表现作者的不合时宜，是很对的。刘长卿清才冠世，一生两遭迁斥，有一肚皮不合时宜和一种与流俗落落寡合的情调。他的集中有《幽琴》（《杂咏八首上礼部李侍郎》之一）诗曰：“月色满轩白，琴声宜夜阑。飗飗青丝上，静听松风寒。古调虽自爱，今人多不弹。向君投此曲，所贵知音难。”其中四句就是这首听琴绝句。“所贵知音难”也正是诗的题旨之所在。“作诗必此诗，定知非诗人”，诗咏听琴，只不过借此寄托一种孤芳自赏的情操罢了。

春晓

孟浩然

春眠不觉晓，处处闻啼鸟。夜来风雨声，花落知多少？

赏析

《春晓》这首小诗，初读似觉平淡无奇，反复读之，便觉诗中别有天地。它的艺术魅力不在于华丽的辞藻，不在于奇绝的艺术手法，而在于它的韵味。自然而无韵致，则流于浅薄；若无起伏，便失之平直。《春晓》既有优美的韵致，行文又起伏跌宕，所以诗味醇美。诗人要表现他喜爱春天的感情，却又不说尽，不说透，“迎风户半开”，让读者去琢磨、去猜想，处处表现得隐秀曲折。

诗人选取了清晨睡起时刹那间的感情片段进行描写。这片段，正是诗人思想活动的起始阶段、萌芽阶段，是能够让人想象他感情发展的最富于生发性的顷刻。诗人抓住了这一刹那，却又并不铺展开去，他只是向读者透露出他的心迹，把读者引向他感情的轨道，就撒手不管了，剩下的，该由读者沿着诗人思维的方向去丰富和补充了。

写景，他又只选取了春天的一个侧面。诗人从听觉角度着笔，写春之声：那处处啼鸟，那潇潇风雨。鸟声婉转，悦耳动听，是美的。加上“处处”二字，啁啾起落，远近应和，就更使人有置身山阴道上，应接不暇之感。春风春雨，纷纷洒洒，但在静谧的春夜，这沙沙声响却也让人想见那如烟似梦般的凄迷意境，和微雨后的众卉新姿。这些都只是诗人在室内的耳闻，然而这阵阵春声却透露了无边春色，把读者引向了广阔的大自然，使读者自己去想象、去体味那莺啭花香的烂漫春光，这是用春声来渲染户外春意闹的美好景象。

宿建德江①

孟浩然

移舟泊烟渚，日暮客愁新。野旷天低树，江清月近人。

注释

①建德江：即今钱塘江在浙江衢江区至建德市境内一段，称建德江，又称新安江。

赏析

这是一首抒写羁旅之思的诗。诗不以行人出发为背景，也不以船行途中为背景，而是以舟泊暮宿为背景。它虽然露出一个“愁”字，但立即又将笔触转到景物描写上去了。可见它在选材和表现上都是颇有特色的。

诗的起句“移舟泊烟渚”，行船停靠在江中的一个烟雾朦胧的小洲边，这一面是点题，另一面也就为下文的写景抒情做了准备。第二句“日暮客愁新”，“日暮”显然和上句的“泊”“烟”有联系，因为日暮，船需要停宿；也因为日落黄昏，江面上才起水烟。同时“日暮”又是“客愁新”的原因。“客”是诗人自指。本来行船停下来，应该静静地休息一夜，消除旅途的疲劳，谁知在这众鸟归林、牛羊下山的黄昏时刻，那羁旅之愁又蓦然而生。接下去诗人以一个对句铺写景物，似乎要将一颗愁心化入那空旷寂寥的天地之中。所以沈德潜说：“下半写景，而客愁自见。”第三句写日暮时刻，苍苍茫茫，旷野无垠，放眼望去，远处的天空显得比近处的树木还要低，“低”和“旷”是相互依存、相互映衬的。第四句写夜已降临，高挂在天上的明月，映在澄清的江水中，和舟中的人是那么近，“近”和“清”也是相互依存、相互映衬的。“野旷天低树，江清月近人”，这种极富特色的景物，只有人在舟中才能领略得到。诗的第二句就点出“客愁新”，这三四句好似诗人怀着愁心，在这广袤而宁静的宇宙之中，经过一番上下求索，终于发现了还有一轮孤月此刻和他是那么亲近！寂寞的愁心似乎寻得了慰藉，诗也就戛然而止了。

独坐敬亭山①

李白

众鸟高飞尽，孤云独去闲。相看两不厌，只有敬亭山。

注释

①敬亭山：山名，在安徽宣城市北，一名昭亭山，又名查山。山

上有敬亭，相传为南朝齐谢朓赋诗之所，山以此名。

赏析

李白一生凡七游宣城，长期漂泊，使李白饱尝了人间辛酸滋味，看透了世态炎凉，加深了对现实的不满，增添了孤寂之感。此诗写独坐敬亭山时的情趣，正是诗人带着怀才不遇而产生的孤独与寂寞的感情，到大自然怀抱中寻求心灵安慰的生活写照。

前二句“众鸟高飞尽，孤云独去闲”，看似写眼前之景，其实，把孤独之感写尽了：天上鸟儿高飞远去，直至无影无踪；长空还有一片白云，却也不愿停留，慢慢地越飘越远，似乎世间万物都在厌弃诗人。“尽”“闲”两个字，把读者引入一个“静”的境界，烘托出诗人心灵的孤独和寂寞。诗的下半部分运用拟人手法写诗人对敬亭山的喜爱。诗人凝视着秀丽的敬亭山，而敬亭山似乎也在一动不动地看着诗人。这使诗人很动情——世界上大概只有它还愿和我做伴吧？“相看两不厌”表达了诗人与敬亭山之间的深厚感情。“相”“两”二字同义重复，把诗人与敬亭山紧紧地联在一起，表现出强烈的感情。结句中“只有”两字也是经过锤炼的，更突出了诗人对敬亭山的喜爱。实际上，诗人愈是写山的“有情”，愈是表现出人的“无情”；而他那横遭冷遇、寂寞凄凉的处境，也就在这静谧的场面中透露出来了。

“静”是全诗的血脉。这首平淡恬静的诗之所以如此动人，就在于诗人的思想感情与自然景物的高度融合而创造出来的“寂静”的境界，无怪乎沈德潜在《唐诗别裁》中要夸这首诗是“传‘独坐’之神”了。

八阵图[①]

杜甫

功盖三分国，名成八阵图。江流石不转，遗恨失吞吴。

◇注释◇

①**八阵图**：在四川省奉节县，为三国诸葛亮推演兵法时所构。按《东坡志林》："诸葛造八阵图于鱼腹（县名）平沙之上，垒石为八行，相去二丈，自山上俯视，凡八行，为六十四蕝，蕝正圆，不见凹凸处，如日中盖影，及就视，皆卵石，漫漫不可辨，甚可怪也。"

◇赏析◇

仇兆鳌在《集注》中说："江流石不转，此阵图之垂名千载。所恨者，吞吴失计，以致三分功业，中遭挫跌耳。"可以说仇兆鳌很细致地捉住了这首诗的核心。

"功盖三分国，名成八阵图"，老杜以此十字，赞颂了诸葛的丰功伟绩。隆中一对，诸葛出山，三分天下之势指挥即定，诸葛功业，卓然千载。老杜以此概括，纯然活用史实，不黏不腻。下句以八阵图陈说诸葛用兵之妙，有提纲挈领之意。且首二句对仗工稳，自然妥巧，为下文怀古抒情确立了基础。"江流石不转，遗恨失吞吴"，首句形容了八阵图数百年间岿然矗立，似乎有神物佑护。据刘禹锡《嘉话录》载："八阵图聚石分布，宛然犹存。峡水大时，三蜀雪消之际，水落平川，万物皆失故态，诸葛小石，行列依然，如是者近六百年，迄今不动。"可以说，八阵图多少有了些神秘色彩。而"石不转"三字，又委婉地将诸葛忠贞不贰与八阵图联系在一起，立意高伟。关于最末一句，注家争讼颇多，有的认为是说“孔明不能制主上东行而自恨”，有的认为是“先生不能用其阵法，而致吞吴失师”，但大家最认可的还是苏轼《东坡志林》中的观点：“尝梦子美谓仆‘世人多误会吾《八阵图》诗，以为先生武侯欲与关公报仇，故恨不能灭吴，非也。吾意本谓吴蜀唇齿之国，不当相图。晋之能取蜀者，以蜀有吞吴之意，以此为恨耳’。”可以说苏轼的观点是最符合老杜本意的，仇兆鳌正用东坡之意。

这首诗在怀古的同时，也有老杜迟暮无成之感，语言生动，抒情激烈，二者浑然一体，有一种此恨绵渺、悠然不觉之感，老杜手法，令人叹为观止。

王之涣

王之涣（688—742），唐晋阳（今山西太原）人，字季凌。初仕冀州衡水主簿，以被诬构，愤而辞官。优游黄河南北，历十五年，补文安县尉。豪放不羁，常击剑悲歌。好游历，与名士多有交结。工诗，其诗多为乐工制曲歌响。《全唐诗》存其诗六首。

登鹳雀楼[①]

王之涣

白日依山尽，黄河入海流。欲穷千里目，更上一层楼。

注释

①鹳（guàn）雀楼：原在山西蒲州府西南，前瞻中条，下瞰大河，后为河流冲没。

赏析

诗的前两句“白日依山尽，黄河入海流”，写的是登楼望见的景色，写得景象壮阔，气势雄浑。这里，诗人运用极其朴素、极其浅显的语言，既高度形象又高度概括地把进入广大视野的万里河山，收入短短十个字中。首句写遥望一轮落日向着楼前一望无际、连绵起伏的群山西沉，在视野的尽头冉冉而没。这是天空景、远方景、西望景。次句写目送流经楼前下方的黄河奔腾咆哮、滚滚南来，又在远处折而东向，流归大海。这是由地面望到天边，由近望到远，由西望到东。这两句诗合起来，就把上下、远近、东西的景物，全都容纳进诗笔之下，使画面显得特别宽广，特别辽远。

诗笔到此，看似已经写尽了望中的景色，但不料诗人在后半首里，以“欲穷千里目，更上一层楼”这样两句即景生意的诗，把诗篇推引入更高的境界，向读者展示了更大的视野。这两句诗，既别出新意，出人意表，又与前两句诗承接得十分自然、十分紧密；同时，在收尾处用一“楼”字，也起了点题作用，说明这是一首登楼诗。从后半首诗，可推知前半首写的可能是在第二层楼所见，而诗人还想进一步穷目力所及看尽远方景物，更登上了楼的顶层。诗句看来只是平铺直叙地写出了这一登楼的过程，而含意深远，耐人探索。这里有诗人的向上进取的精神、高瞻远瞩的胸襟，也道出了要站得高才看得远的哲理。

王建

王建（约766—831），唐颍川（今河南许昌）人，字仲初。门第衰微，早岁寓居魏州。宪宗元和中，初仕为昭应县丞。历太府寺丞、太常寺丞、秘书丞。文宗太和中，出为陕州司马，故世称王司马。工乐府，与张籍齐名，世称“张王乐府”，王建又有宫词百首，甚为世人传诵。

新嫁娘词

王建

三日入厨下，洗手作羹汤。未谙姑食性[①]，先遣小姑尝。

注释

①谙：熟悉。

赏析

在唐代诗人中，王建是最擅长素描速写的，在他的作品中，有许多关于生活情景的小诗，其中洋溢着浓郁的生活气息。这首新嫁娘就是关于刚结婚三天的新媳妇的。

“三日入厨下，洗手作羹汤”，古时女子嫁后三天，俗称“过三朝”，依例要下厨做饭，“三日”二字，正切新嫁娘的身份，“洗手”则表明新嫁娘对第一次入厨的郑重其事。这样的细节，如果没有对生活的细致观察，是不可能捕捉到的。“未谙姑食性，先遣小姑尝”，新媳妇刚到婆家，还不知道婆婆的口味脾性，那么该怎么办呢？因此，新媳妇先把小姑叫来，尝尝自己做的羹汤，这样一来，就可以通过小姑的口味得知婆婆的口味如何。心灵智巧，可见一斑。所以清人沈德潜说：“诗到真处，一字不可易。”王建此诗，可以说的确把握住了生活的真谛。

江雪

柳宗元

千山鸟飞绝，万径人踪灭。孤舟蓑笠翁，独钓寒江雪。

赏析

这是一首押仄韵的五言绝句，是柳宗元的代表作之一。大约作于他谪居永州（今湖南零陵）期间。

这首《江雪》，诗人只用了二十个字，就把我们带到一个幽静寒冷的境地。呈现在读者眼前的，是这样一幅图画：在下着大雪的江面上，一叶小舟，一个老渔翁，独自在寒冷的江心垂钓。诗人向读者展示的，是这样一些内容：天地之间是如此纯洁而寂静，一尘不染，万籁无声；渔翁的生活是如此清高，渔翁的性格是如此孤傲。其实，这正是柳宗元由于憎恨当时那个一天天在走下坡路的唐代社会而创造出来的一个幻想境界，比起陶渊明《桃花源记》里的人物，恐怕还要显得虚无缥缈，远离尘世。诗人所要具体描写的本极简单，不过是一条小船，一个穿蓑衣戴笠帽的老渔翁，在大雪的江面上钓鱼，如此而已。可是，为了突出主要的描写对象，诗人不惜用一半篇幅去描写它的背景，而且使这个背景尽量广大寥廓，几乎到了浩瀚无边的程度。背景越广大，主要的描写对象就越显得突出。

在这首诗里，这个被幻化了的、美化了的渔翁形象，实际正是柳宗元本人的思想感情的寄托和写照。“寒江雪”三字正是“画龙点睛”之笔，它把全诗前后两部分有机地联系起来，不但形成了一幅凝练概括的图景，也塑造了渔翁完整突出的形象。

问刘十九

白居易

绿蚁新醅酒[1]，红泥小火炉。晚来天欲雪，能饮一杯无。

注释

①绿蚁：酒上浮起的绿色泡沫。

赏析

这首诗可以说是邀请朋友前来小饮的劝酒词。给友人备下的酒，当然是可以使对方致醉的，但这首诗本身却是比酒还要醇浓。

“绿蚁新醅酒，红泥小火炉。”酒是新酿的酒，炉火又正烧得通红。这新酒红火，大约已经摆在席上了，泥炉既小巧又朴素，嫣红的火，映着浮动泡沫的绿酒，是那样地诱人，那样地叫人口馋，正宜于跟一二挚友小饮一场。酒，是如此吸引人。但备下这酒与炉火，却又与天气有关。“晚来天欲雪”——一场暮雪眼看就要飘洒下来，可以想见，彼时森森的寒意阵阵向人袭来，自然免不了引起人们对酒的渴望。而且天色已晚，有闲可乘，除了围炉对酒，还有什么更适合于消度这欲雪的黄昏呢？酒和朋友在生活中似乎是结了缘的。所谓“酒逢知己千杯少”，所谓“独酌无相亲”，说明喝酒还要邀上知己，才能使生活更富有情味。他向刘十九发问：“能饮一杯无？”这是生活中那惬心的一幕经过充分酝酿，已准备就绪，只待给它拉开帷布了。诗写得很有诱惑力。对于刘十九来说，除了那泥炉、新酒和天气之外，白居易的那种深情，那种渴望把酒共饮所表现出的友谊，当是更令人神往和心醉的。生活在这里显示了除物质的因素外，还包含着动人的精神因素。

诗从开门见山地点出酒的同时，就一层层地进行渲染，但并不因为渲染，不再留有余味，相反仍然极富有包蕴。读了末句“能饮一杯无”，可以想象，刘十九在接到白居易的诗之后，一定会立刻命驾前往。于是，两位朋友围着火炉，“忘形到尔汝”地斟起新酿的酒来。由于既有所渲染，又简练含蓄，所以不仅富有诱惑力，而且耐人寻味。它不是使人微醺的薄酒，而是醇醪，可以使人真正身心俱醉的。

张祜

张祜，生卒年不详，唐清河（今山东武城）人，字承吉。初依李光颜，后寓居姑苏，曾谒白居易。长庆中令狐楚表荐之，为内臣所抑。遂至淮南。会昌中与杜牧游。性耿介容物，数受召幕府，辄自劾去。爱丹阳曲阿地。筑室隐居以终。卒于宣宗大中年间，年约六十。以宫词著名，有集。

宫词

张祜

故国三千里，深宫二十年。一声何满子[①]，双泪落君前。

注释

①**何满子**：舞曲名，相传以乐人何满而得名。白居易曰：“何满子，开元中沧州歌者，临刑进此句以赎死，竟不得免。”白居易《何满子》诗云：“世传满子是人名，临就刑时曲始成。一曲四词歌八

叠，从头便是断肠声。”唐苏鄂《杜阳杂编》云：“时有宫人沈阿翘，为上舞《何满子》，调声风态，率皆宛畅。”

赏析

宫词之作，大抵不外乎两类，一则宫中之宴乐靡丽，艳绮风流；一则宫女之怨抑哀愁，悲切孤独。前者以不失于淫佚为正调，后者以委婉含蓄为正调。张祜此诗，正以委婉含蓄的手法，抒写宫人生活之悲惨，场面宏阔，叙事精练。

“故国三千里，深宫二十年”，“三千里”从空间入手，写宫人离家乡的遥远，“二十年”从时间入手，写宫人入宫的长久。此二句将宫人离家与入宫之事高度概括，感染力特别强。试想当年窈窕少女，被选入宫，家国三千里外，自然是有家难归了；进入宫中，如娇鸟入笼，虽有双翅彩羽，亦无奋飞之望，二十年出于深宫，红颜尽衰，霜发催逼，其惨可想而知了。诗人此种笔法，既可见宫人命运之凄惨，又可使读者怜其身世之悲，可谓一石二鸟之法。“一声何满子，双泪落君前”，前二句写宫人之悲况，后二句则写宫人之悲情。悲歌一曲，双泪潸人，直是闻者惊心，见者下泪了，这两句将宫人埋在胸中，积蓄已久的怨情表现得淋漓尽致，情至此际，如洪水溃堤，无物可阻，如此之势，正是前二句含蕴未发的结果，而其一发则不可收拾了。古人论诗，往往讥诗中数目过多为算博士之诗，此论施之此诗则大谬，张祜此诗气势，皆从“三千里”“二十年”“一声”“双泪”这些数目中出来，且使得全诗更为凝练紧促，腾挪变化之际，间不容发。此诗后为宫人广泛传唱，可见其摹写宫怨之切实妥帖，非徒夸词句之妙耳！

登乐游原[①]

李商隐

向晚意不适[②]，驱车登古原。夕阳无限好，只是近黄昏。

注释

①乐游原：即乐游苑，汉宣帝建，故址在陕西西安市郊。原为秦宜春花，宣帝神爵三年修乐游庙，因以为名。②意不适：心情不舒畅。

赏析

李商隐另有一首七言绝句，写道："万树鸣蝉隔断虹，乐游原上有西风，羲和自趁虞泉（渊）宿，不放斜阳更向东！"那也是登上古原，触景萦怀，抒写情志之作。看来，乐游原是他素所深喜、不时来赏之地。这一天的傍晚，不知由于何故，玉溪意绪不佳，难以排遣，他就又决意游观消遣，命驾驱车，前往乐游原而去。

玉溪这次驱车登古原，却不是为了去寻求感慨，而是为了排遣他此际的"向晚意不适"的情怀。知此前提，则可知"夕阳"两句乃是他出游而得到的满足，至少是一种慰藉——这就和历来的纵目感怀之作是有所不同的了。所以他接着说的是：你看，这无边无际、灿烂辉煌、把大地照耀得如同黄金世界的斜阳，才是真的伟大的美，而这种美，是以将近黄昏这一时刻尤为令人惊叹和陶醉！玉溪固曾有言曰："天意怜幽草，人间重晚晴。"大约此二语乃玉溪一生心境之写照，故屡于登高怀远之际，情见乎词。那另一次在乐游原上感而赋诗，指羲和日御而表达了感逝波，惜景光，绿鬓不居，朱颜难再之情——这正是诗人的一腔热爱生活、执着人间、坚持理想而心光不灭的一种深情苦志。

贾岛

贾岛（779—843），唐范阳（今北京附近）人，字阆仙，一作浪仙。初为僧，法名无本。曾于京师骑驴为诗，得“鸟宿地边树，僧敲月下门”之句，初欲作“推”字来决，引手做推敲势，不觉冲京兆尹韩愈导从，愈因教其为文。因还俗，举进士，久不第。文宗时坐诽谤谪长江主簿，会昌初终普州司户参军。有《长江集》行世。

寻隐者不遇

贾岛

松下问童子，言师采药去。只在此山中，云深不知处。

赏析

贾岛是以“推敲”两字出名的苦吟诗人。一般认为他只是在用字方面下功夫，其实他的“推敲”不仅着眼于锤字炼句，在谋篇构思方面也是同样煞费苦心的。此诗就是一个例证。

此诗的特点是寓问于答。“松下问童子”，必有所问，而这里把问话省略了，只从童子所答“师采药去”这四个字而可想见当时松下所问是“师往何处去”。接着又把“采药在何处”这一问句省掉，而以“只在此山中”的童子答词，把问句隐括在内。最后一句“云深不知处”，又是童子答复对方采药究竟在山前、山后、山顶、山脚的问题。明明三番问答，至少须六句方能表达的，贾岛采用了以答句包含问句的手法，精简为二十字。这种“推敲”就不在一字一句间了。

这首诗中，一问之后并不罢休，又继之以二问三问，其言甚繁，而其笔则简，以简笔写繁情，益见其情深与情切。而且这三番答问，逐层深入，表达感情有起有伏。“松下问童子”时，心情轻快，满怀希望；“言师采药去”，答非所想，一坠而为失望；“只在此山中”，在失望中又萌生了一线希望；及至最后一答“云深不知处”，就惘然若失，无可奈何了。

诗中隐者采药为生，济世活人，是一个真隐士。所以贾岛对他有高山仰止的钦慕之情。诗中白云显其高洁，苍松赞其风骨，写景中也含有比兴之义。唯其如此，钦慕而不遇，就更突出其怅惘之情了。

金昌绪

金昌绪，生卒年不详，杭州余杭（今浙江杭州）人。所作《春怨》诗，历代称赏，颇著名。

春怨

金昌绪

打起黄莺儿，莫教枝上啼。啼时惊妾梦，不得到辽西。

赏析

金昌绪这首《春怨》，极具民歌色彩，语言明快，通篇词意环环相扣，甚是严谨，意义浑然，拆卸不得。此诗后来评家相当推重。王世贞在《艺苑卮言》中说：“篇法圆紧，中间增一字不得，著一意不得。”沈德潜评价：“一气蝉联而下者，以此为法。”

“打起黄莺儿，莫教枝上啼”，诗题《春怨》，却未从此上入手，而单写黄莺儿，奇峰突起，令人称绝。黄莺鸣声娇娆，得人欢欣，此处女主人公为何偏要“打起”呢，之所以要打起，不过是不想让它在枝上啼叫罢了。而清脆悦耳的黄莺啼声为何会引起主人公的烦恼，原来是它“啼时惊妾梦”，黄莺的啼叫把主人公的好梦给惊醒了，而主人公做了什么样的梦呢？她说“不得到辽西”，原来她是在梦中去会那远戍辽西的丈夫的，这样一来，全诗的意思都出来了，而“春怨”二字也有了着落。

此诗纯用倒叙手法，层层剥解，而真意自见，其内曲折婉转，其外深厚含蓄，虽写儿女之情，却见思妇之情，妙意无穷，堪称佳作。

西鄙人

西鄙人，西北边境之人，生卒姓名不详，因其所作《哥舒歌》而留名于世。

哥舒歌①

西鄙人

北斗七星高②，哥舒夜带刀③。至今窥牧马，不敢过临洮④。

注释

①**哥舒歌**：《全唐诗》注：“天宝中，歌舒翰为安西节度使，控地数千里，甚著威令。故西鄙人歌此。”②**北斗**：此处以北斗喻歌舒

翰的威望。③**歌舒**：即哥舒翰，世居安西，为哥舒部后裔，入唐曾为河西、陇右等节度使。后以破吐蕃功，封西平郡王。安禄山反，哥舒翰兵败潼关，被俘囚洛阳，后为安庆绪所杀。④**临洮**：故址在今甘肃岷县境内。

赏析

这首诗的作者题为西鄙人，或者是唐时安西、陇古等地边界上的居民，因目睹了哥舒翰领兵破吐蕃，威镇边廷，因此有了这首诗，以之来歌颂哥舒翰的功绩。

“北斗七星高，哥舒夜带刀”，此诗首句以“北斗七星”起兴，以显示哥舒翰威势之重，同时，“北斗七星”只有夜间才能出现，天上星斗阑干，哥舒翰此时举刀出征，在西北空寂的夜间，犹见杀气腾腾。诗人虽然生平不可考，但是在选择场景上，已可看出其笔力不凡，他没有正面去写战争的场面，只从哥舒翰夜间出征一事着笔，便显哥舒翰的智力和胆力，也为下文做了铺垫。“至今窥牧马，不敢过临洮”，后两句写吐蕃的动静，吐蕃胆寒心颤，不敢向唐朝边界进犯。诗中没有写战斗的场面，只是将战斗的意义从一个细小的方面概括出来，从而显示了哥舒翰的丰功伟绩，其雄镇边关，亦是可想而知的。

此诗极具跳跃性，上下两层看似不粘，实际上，其内容一脉相承，紧促有力，从而更好地深化了主题。同时，这首诗所反映的事实，在史书上也可以得到印证，据《唐书·哥舒翰传》载：“吐蕃盗边，翰持半段枪迎击，所向披靡，虏骇走，只马无还者。天宝七载，筑神威军青海上，遣罪人两千戍之，由是吐蕃不敢近青海。”

乐府

长干曲[1]四首选二

崔颢

其一

君家何处住？妾住在横塘[2]。停船暂借问，或恐是同乡。

其二

家临九江水，来去九江侧。同是长干人，自小不相识。

注释

①长干曲：乐府杂曲歌辞，一作江南曲，与《长干行》者不同。②横塘：地名，在今江苏南京市西南。宋张敦颐《六朝事迹》中载："吴大帝时，自江口沿淮筑堤，谓之横塘。"

赏析

唐人诗作，或以气胜，或以韵胜，或以情胜，或以格胜。崔颢此诗，纯以格胜，而其气、韵、情则随之跌宕变化，跃然纸上。若论其事，则为男女之情，而诗人所截取之处，极为巧妙，诗之格调流丽轻快。

第一首诗以一个家住横塘的少女作为主人公，偶尔听到邻船一男子的口音，便有了天真的询问，或许此人是她的同乡。"君家何处住，妾住在横塘”，首句一开始便用开门见山之手法，看似突兀，却能引人。以少女的口吻来叙事，天真活泼，虽未见其人，而其人随其声而显现，声情并茂，绝无唐突之感。“停船暂借问，或恐是同乡”，为什么会有上面的询问呢？在舟中偶然听到，少女便有了“或恐是同乡”的想法，言语之中，可见她离乡情切，背井孤独，偶闻声音仿佛乡语，不由喜出望外，所想所问，自是心情急切的表现，由字里行间，可见她天真烂漫。而诗人刻画人物，音容笑貌，自是栩栩如生了。

第二首是紧承第一首的问讯而写的，与第一首相映相和。第一首以“君家何处住”发问，第二首则以“家临九江水”来应答，可谓一问一答，严丝合缝。“来去九江侧”也是和“妾住在横塘”对应的，这次之所以能偶遇，正是因为男主人公也是过着萍飘水上的生活，二人是有共同点的。“同是长干人”恰是对“或恐是同乡”的照应，并且将二人所有的共同点进一步深化。最后结以“自小不相识”，引出无穷惋惜，此际偶逢的欣喜表现得极为生动，变化之中，魅力四射。

崔颢这两首诗广泛吸收了民歌的特色，既非绮艳，又无浪漫，直以平白朴实取胜，而其中所蕴含着无穷无尽的情感，故是抒情诗上乘之作。

静夜思①

李白

床前明月光②，疑是地上霜。举头望明月，低头思故乡。

注释

①静夜思：乐府中新乐府辞。②床：坐卧工具，或谓井边围栏，于意亦通。

赏析

这首小诗，既没有奇特新颖的想象，更没有精工华美的辞藻。它只是用叙述的语气，写远客思乡之情，然而它却意味深长，耐人寻味，千百年来，如此广泛地吸引着读者。

“床前明月光”，床前皎洁的月光，是诗人所见。月白霜清，是清秋夜景。以霜色形容月光，也是古典诗歌中所经常看到的。“疑是地上霜”是叙述，而非摹形拟象的状物之词，是诗人在特定环境中刹那间所产生的错觉。诗人朦胧地乍一望去，在迷离恍惚的心情中，真好像是地上铺了一层白皑皑的浓霜，可是再定神一看，四周的环境告诉他，这不是霜痕而是月色。月色不免吸引着他抬头一看，一轮娟娟素魄正挂在窗前，秋夜的太空是如此明净！秋月是分外光明的，然而它又是清冷的。对孤身远客来说，其最容易触动旅思秋怀，使人感到客况萧条，年华易逝。凝望着月亮，也最容易使人产生遐想，想到故乡的一切，想到家里的亲人。想着，想着，头渐渐地低了下去，完全浸入于沉思之中。

江南曲[①]

李益

嫁得瞿塘贾[②]，朝朝误妾期。早知潮有信，嫁与弄潮儿。

◇注释◇

①**江南曲**：属乐府相和歌辞之相和曲。②**瞿塘**：即长江三峡的瞿塘峡。

◇赏析◇

这首《江南曲》是李益很著名的一首闺怨诗，诗的主人公是一位商人的妻子，商人在外长年经商，妻子独守空房，因而幽怨积聚，情怀怅怅。

“嫁得瞿塘贾，朝朝误妾期”，诗人运用白描手法，将商人妇的口吻和心声刻画得惟妙惟肖，平实、淡雅的语言有力地烘托了主题，由于商人长年在外，所以与妻子的相处极少，这种对事物本身的叙述，很能让读者清楚地看到事物的真相和本质，同时也增强了事物的感染力。“早知潮有信，嫁与弄潮儿”，前两句平铺直叙，后两句则奇峰突起，曲折地表达了商妇的怨情，“早知”二字正是商妇的无奈与孤独的体现，潮水尚且有定期的涨落，而商人恁是无情无信，在这种情况下，说出“嫁与弄潮儿”的话来，无疑是怨中天真语，情中痴语，身世之感，不言而见于纸上了。在全诗一平一奇之中，将人物的情感变化推到了极致。这首诗的特色就在于用很荒唐的想法将怨情表达得极为真切，黄叔灿的《唐诗笺注》中说：“不知如何落想，得此极切情致语。乃知《郑风》‘子不我思，岂无他人’，是怨怅之极词也。”

七言绝句

张旭

张旭，生卒年不详，唐吴郡（今江苏苏州）人，字伯高。曾任左率府长史，故又称张长史。精楷法，尤善草书。嗜酒，每大醉，呼叫狂走，或以头濡墨而书，时称张颠，又称草圣。工诗，与贺知章、张若虚、包融号称“吴中四士”。

桃花溪[①]

张旭

隐隐飞桥隔野烟[②]，石矶西畔问渔船[③]。桃花尽日随流水，洞在清溪何处边。

注释

①**桃花溪**：在今湖南省桃源县西南。②**飞桥**：高桥。③**石矶**：河流中露出的石堆。

赏析

张旭此诗构思新颖，情趣深远，画意浓郁。“隐隐飞桥隔野烟”，深山野谷，云烟缭绕；透过云烟望去，那跨溪长桥，忽隐忽现，似有似无。境界幽深神秘，令人如入仙境。桥和野烟相映成趣：野烟使桥化静为动，虚无缥缈，临空而飞；桥使野烟化动为静，使人格外感到一种朦胧美。“石矶西畔问渔船”，一个“问”字，诗人也自入画图之中了，使我们从这幅山水画中，既见山水之容光，又见人物之情态。“桃花尽日随流水，洞在清溪何处边。”诗人认为这“随流水”的桃花瓣是由桃花源流出来的，因而由桃花而联想起进入桃源之洞。这洞究竟在桃花溪的什么地方呢？这句表达出诗人向往世外桃源的急切心情。诗到此戛然止笔，而末句提出的问题却引起人们种种美妙的遐想。

贺知章

贺知章（659—744），唐越州永兴（今浙江萧山）人，字季真。少以文辞知名，证圣初，举进士，官正银青光禄大夫兼正授秘书监。性放旷，善谈笑，醉后挥毫，动成卷轴。又善草隶书，晚年自号四明狂客。天宝初为道士，敕赐镜湖，后终于其地。因曾官秘书監，世称贺监。

回乡偶书二首选一

贺知章

少小离家老大回，乡音无改鬓毛衰。儿童相见不相识，笑问客从何处来。

赏析

天宝三载（744），贺知章辞去朝廷官职，告老返回故乡越州永兴（今浙江萧山），时已86岁。《回乡偶书》的“偶”字，不只是说诗作之偶然，还泄露了诗情来自生活、发于心底的这一层意思。此诗写初来乍到之时，抒写久客伤老之情。在第一二句中，诗人置身于故乡熟悉而又陌生的环境之中，一路迤逦行来，心情颇不平静：当年离家，风华正茂；今日返归，鬓毛疏落，不禁感慨系之。三四句从充满感慨的一幅自画像，转而为富于戏剧性的儿童笑问的场面。“笑问客从何处来”，在儿童，这只是淡淡的一问，言尽而意止；在诗人，却成了重重的一击，引出了他的无穷感慨。

九月九日忆山东兄弟

王维

独在异乡为异客，每逢佳节倍思亲。遥知兄弟登高处，遍插茱萸少一人。

赏析

王维这首诗因重阳节思念家乡的亲人而作。王维家居蒲州（今山西永济），在华山之东，所以题称“忆山东兄弟”。写这首诗时他大概正在长安谋取功名。长安虽为帝都，但对诗人来说毕竟是举目无亲的“异乡”。第一句用了一个“独”字，两个“异”字，分量下得很足。“异乡”“异客”，正是朴质而真切地道出了作客他乡者的思乡怀亲之情，到“佳节”就很容易爆发出来，甚至一发而不可抑制。三四两句，“遥知兄弟登高处，遍插茱萸少一人”意思是说，远在故乡的兄弟们今天登高时身上都佩上了茱萸，却发现少了一位兄弟——自己不在内。好像遗憾的不是自己未能和故乡的兄弟共度佳节，反倒是兄弟们佳节未能完全团聚；似乎自己独在异乡为异客的处境并不值得诉说，反倒是兄弟们的缺憾更须体贴。这就曲折有致，出乎常情。而这种出乎常情之处，正是它的深厚处、新警处。

闺怨

王昌龄

闺中少妇不曾愁，春日凝妆上翠楼。忽见陌头杨柳色，悔教夫婿觅封侯。

赏析

题称“闺怨”，一开头却说“闺中少妇不曾愁”，作者如此写，正是为了表现这位闺中少妇从“不曾愁”到“悔”的心理变化过程。春天的早晨，她经过一番精心妆饰，登上了自家的高楼，春日而凝妆登楼，当然不是为了排遣愁闷，而是为了观赏春色以自娱。第三句是全诗转折点。“忽见”二字乍读有些突兀。但“忽见”，是不经意地流目瞩望而有所遇，而所遇者——陌头杨柳——可以使人联想起蒲柳先衰，青春易逝；联想起千里悬隔的夫婿和当年折柳赠别，这一切，都促使她从内心深处冒出以前从未明确地意识到此刻非常强烈的念头——悔教夫婿觅封侯。这也就是题目所说的“闺怨”。

芙蓉楼送辛渐①

王昌龄

寒雨连江夜入吴，平明送客楚山孤。洛阳亲友如相问，一片冰心在玉壶。

注释

①芙蓉楼：原名西北楼，遗址在润州（今江苏镇江）西北。

赏析

“寒雨连江夜入吴”，烟雨迷蒙，笼罩着吴地江天，织成了无边愁网。夜雨增萧瑟，渲染出离别的气氛。那寒意来自满江烟雨之中，更沁透在两个离人的心头。“平明送客楚山孤”，天色已明，友人将登舟北归。诗人遥望江北，想到行人不久便将隐没在楚山之外，孤寂之感油然而生。一个“孤”字如同感情的引线，自然而然牵出了后两句临别叮咛之词：“洛阳亲友如相问，一片冰心在玉壶。”诗人在这里以晶莹透明的冰心玉壶自喻。本诗那苍茫的江雨和孤峙的楚山，不仅烘托出诗人送别时的凄寒孤寂之情，更展现了诗人开朗的胸怀和坚强的性格。

王翰

王翰，生卒年不详，唐并州晋阳（今山西太原）人，字子羽。少豪健恃才，睿宗景云初擢进士第，张说引为秘书正字，迁通事舍人，驾部员外部。玄宗开元十四年（726），出为汝州长史，改仙州别驾，卒于道州司马任上。工诗，有集已佚。

凉州词

王翰

葡萄美酒夜光杯，欲饮琵琶马上催。醉卧沙场君莫笑，古来征战几人回。

◇赏析◇

边地荒寒艰苦的环境，紧张动荡的征戍生活，使得边塞将士很难得到一次欢聚的酒宴。有幸遇到那么一次，那激昂兴奋的情绪，那开怀痛饮、一醉方休的场面，是不难想象的。这首诗正是这种生活和感情的写照。诗人以饱蘸激情的笔触，用铿锵激越的音调和奇丽耀眼的词语，着墨于“醉卧沙场”这一典型事件，表现出来的不仅是豪放、开朗、兴奋的感情，而且还有着视死如归的勇气，这和豪华的筵席所显示的热烈气氛是一致的。

黄鹤楼送孟浩然之广陵

李白

故人西辞黄鹤楼，烟花三月下扬州。孤帆远影碧空尽，唯见长江天际流。

◇赏析◇

“故人西辞黄鹤楼，烟花三月下扬州”，在“三月”上加“烟花”二字，把送别环境中那种诗的气氛涂抹得尤为浓郁。烟花者，烟雾迷蒙，繁花似锦也，给人的感觉绝不是一片地、一朵花，而是看不尽、看不透的大片阳春烟景。“孤帆远影碧空尽，唯见长江天际流”，诗的后两句看起来似乎是写景，李白对朋友的一片深情，李白的向往，不正体现在这富有诗意的神驰目注之中吗？诗人的心潮起伏，不正像浩浩东去的一江春水吗？

早发白帝城

李白

朝辞白帝彩云间，千里江陵一日还。两岸猿声啼不住，轻舟已过万重山。

赏析

唐肃宗乾元二年（759）春天，李白因永王李璘案，流放夜郎，取道四川赴贬地。行至白帝城，李白接到赦罪诏书，惊喜交加，旋即放舟东下江陵，故诗题一作《下江陵》。此诗抒写了当时喜悦畅快的心情。首句“彩云间”三字，描写白帝城地势之高，为全篇写下水船走得快这一动态蓄势。第二句的“千里”和“一日”，以空间之远与时间之暂作悬殊对比，自是一望而知；其妙处却在那个“还”字上。第三句的境界更为神妙。身在这如脱弦之箭、顺流直下的船上，诗人是何等畅快而又兴奋啊！瞬息之间，轻舟已过“万重山”。为了形容船快，诗人除了用猿声山影来烘托，还给船的本身添上了一个“轻”字，却别有一番意蕴。三峡水急滩险，如今顺流而下，行船轻如无物，其快速可想而知。全诗洋溢的是诗人经过艰难岁月之后突然迸发的一种激情，故雄峻迅疾中，又有豪情欢悦。快船快意，诗人神思飞扬。

滁州西涧[①]

韦应物

独怜幽草涧边生，上有黄鹂深树鸣。春潮带雨晚来急，野渡无人舟自横。

注释

①滁州：即今安徽滁州市，西涧俗名上马河。

赏析

这是一首山水诗的名篇，也是韦应物的代表作之一。诗人以情写景，借景述意，写自己喜爱与不喜爱的景物，说自己合意与不合意的情事，而其胸襟恬淡，情怀忧伤，便自然流露出来。诗的前两句，在春天繁荣景物中，诗人独爱自甘寂寞的涧边幽草，而对深树上鸣声诱人的黄莺儿却表示无意，置之陪衬，以相比照。幽草安贫守节，黄鹂居高媚时，其喻仕宦世态，寓意显然，清楚表露出诗人恬淡的胸襟。后两句，晚潮加上春雨，水势更急，而郊野渡口，本来行人无多，此刻更其无人。因此，连船夫也不在了，只见空空的渡船自在浮泊，悠然漠然。水急舟横，由于渡口在郊野，无人问津。倘使在要津，则傍晚雨中潮涨，正是渡船大用之时，不能悠然空泊了。因此，在这水急舟横的悠闲景象里，蕴含着一种不在其位、不得其用的无奈而忧伤的情怀。

逢入京使

岑参

故园东望路漫漫，双袖龙钟泪不干。马上相逢无纸笔，凭君传语报平安。

赏析

天宝八载（749），岑参首赴安西，别妻离子，一路西行，此诗当是途中所作。清人刘熙载云："诗能于易处见工，便觉亲切有味。"岑参这首诗在很大程度上可以说是从平易中见深味，是以千古传唱，至今不绝。"故园东望路漫漫，双袖龙钟泪不干"，诗人在西去的路上，回望长安，不觉长路漫漫，乡园渺渺。在望不见家乡，别离亲人的时候，思念家乡与亲人，不觉潸然泪下。"泪不干"三字虽有些夸张，但是激情所致，犹在情理之中，并且为下文捎去平安信息打下伏笔。"马上相逢无纸笔，凭君传语报平安"，"马上相逢"说明这是一次偶遇，自己西行赴任，故人东返述职，因为没有纸笔，那只能是凭他捎个口信来报平安了。诗中一方面表达了对故园、亲友的眷顾，一方面又表现了诗人的豪迈气概。语浅情深，不假雕琢，正是岑参这首诗的特色。

江南逢李龟年

杜甫

岐王宅里寻常见，崔九堂前几度闻。正是江南好风景，落花时节又逢君。

赏析

《江南逢李龟年》一诗，是老杜最为蕴藉、最富情韵的诗作。老杜以江南与李龟年邂逅一事，将兴亡之感、流落之思尽融入其中。"岐王宅里寻常见，崔九堂前几度闻"，作为闻名开元、天宝之际的著名乐师，李龟年是宫里、宫外红极一时的人物。可以说，老杜眼中的李龟年曾是一个时代繁荣昌盛的象征。连年战乱，唐王朝由盛转衰，而李龟年落魄江南，无复昔日荣耀气象了。老杜漂泊西南，转徙江湖，这两句诗是二人落魄相逢之后，对昔日的感怀，“寻常”“几度”，今日看来，无非繁华梦散。“正是江南好风景，落花时节又逢君”，往昔永远代替不了现实，今日老杜行至江南，应是江南风景全盛之时，无奈落花飘舞，只增了许多暮春悲凉，诗人白头，歌者亦白头，同为漂泊流落之人，又在暮年相逢，此日落花，与二人何别。而老杜以“正是”“又”进行转折跌宕，将时代的更替、人生的辛酸尽纳入其中，不露丝毫痕迹。收尾之中，欲言又止，给人留下了无限遐想。是以沈德潜说：“含意未申，有案未断。”

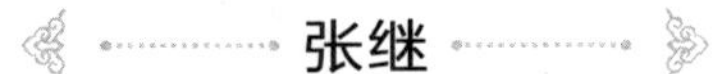

张继

张继（？—779），唐襄州（今湖北襄阳）人，字懿孙，天宝十二载（753）登进士第。安史之乱后，避乱吴越，大历初入京官侍御。后以检校祠部员外郎充转运判官，分掌财赋于洪州。诗多登临记行之作，清远自然，不事雕琢。

枫桥夜泊

张继

月落乌啼霜满天，江枫渔火对愁眠。姑苏城外寒山寺，夜半钟声到客船。

赏析

一个秋天的夜晚，诗人泊舟苏州城外的枫桥。江南水乡秋夜幽美的景色，吸引着这位怀着旅愁的客子，使他领略到一种情味隽永的诗意美，写下了这首意境清远的小诗。诗的首句，写了午夜时分三种有密切相关的景象：月落、乌啼、霜满天。上弦月升起得早，半夜时便已沉落下去，整个天宇只剩下一片灰蒙蒙的光影。诗的第二句接着描绘“枫桥夜泊”的特征景象和旅人的感受。诗的前幅布景密度很大，十四个字写了六种景象，后幅却特别疏朗，两句诗只写了一件事：卧闻山寺夜钟。这是因为，诗人在枫桥夜泊中所得到的最鲜明深刻、最具诗意美的感觉印象，就是这寒山寺的夜半钟声。月落乌啼、霜天寒夜、江枫渔火、孤舟客子等景象，固然已从各方面显示出枫桥夜泊的特征，但还不足以尽传它的神韵。在暗夜中，人的听觉升级为对外界事物景象感受的首位。而静夜钟声，给予人的印象又特别强烈。

寒食

韩翃

春城无处不飞花，寒食东风御柳斜。日暮汉宫传蜡烛，轻烟散入五侯家。

赏析

此诗注重寒食景象的描绘，并无一字涉及评议。第一句就展示出寒食节长安的迷人风光。把春日的长安称为“春城”，不但用词新颖，而且富于美感。第二句未直接写游春盛况，而剪取无限风光中风拂“御柳”一个镜头。当时的风俗，寒食日折柳插门，所以特别写到柳。同时也关照下文“以榆柳之火赐近臣”的意思。三四句是一般景象中的特殊情景了。两联情景有一个时间推移，一二写白昼，三四写夜晚，“日暮”则是转折。寒食节普天之下一律禁火，唯有得到皇帝许可，“特敕街中许燃烛”，才是例外。“日暮”两句正是写这种情事，仍然是形象的画面。写赐火用一“传”字，不但状出动态，而且意味着挨个赐予，可见封建等级次第之森严。“轻烟散入”四字，生动描绘出一幅官中走马传烛图，虽然既未写马也未写人，但那袅袅飘散的轻烟，告诉着这一切消息，使人嗅到了那烛烟的气味，听到了那嘚嘚的马蹄，恍如身临其境。同时，自然而然会绘人产生一种联想，体会到更多的言外之意。

乌衣巷

刘禹锡

朱雀桥边野草花，乌衣巷口夕阳斜。旧时王谢堂前燕，飞入寻常百姓家。

赏析

《乌衣巷》曾博得白居易的“掉头苦吟，叹赏良久”，是刘禹锡最得意的怀古名篇之一。首句“朱雀桥边野草花，乌衣巷口夕阳斜”，朱雀桥同乌衣巷偶对天成。用朱雀桥来勾画乌衣巷的环境，既符合地理的真实，又能造成对仗的美感，还可以唤起有关的历史联想。继借助对景物的描绘，诗人写出了脍炙人口的名句：“旧时王谢堂前燕，飞入寻常百姓家。”他出人意料地忽然把笔触转向了乌衣巷上空正在就巢的飞燕，让人们沿着燕子飞行的去向去辨认，如今的乌衣巷里已经居住着普通的百姓人家了。飞燕形象的设计，好像信手拈来，实际上凝聚着作者的艺术匠心和丰富的想象力。

题金陵渡

张祜

金陵津渡小山楼，一宿行人自可愁。潮落夜江斜月里，两三星火是瓜州。

赏析

这首清新流丽的小诗，是张祜漫游江南时写的。选取的是夜晚渡江的景色，极富艺术性。“金陵津渡小山楼，一宿行人自可愁”，首句点明诗人寄宿之所，不加修饰，转笔空远。在这小山楼中，诗人羁愁耿耿，“可愁”二字，风味独特。这种轻松平淡的笔调，极易将读者引入其中。“潮落夜江斜月里，两三星火是瓜州”，诗人站在小山楼上，远眺大江，在那一钩西流的斜月中，大江开始退潮了。“斜月”二字将黑暗撕裂，同时也说明诗人一宿未眠。这句诗是经过细心提炼的，而又无迹可求，浑然天成。隔江望去，镇江对岸的瓜洲，在楼上远眺，两三点星火闪耀，在夜中，这两三点星火是格外醒目的，诗人在这一刻透露出了他的惊喜和赞叹，是很自然地从胸臆中流出的。

赤壁

杜牧

折戟沉沙铁未销，自将磨洗认前朝。东风不与周郎便，铜雀春深锁二乔。

◇赏析◇

诗篇开头借一件古物来兴起对前朝人物和事迹的慨叹。在那一次大战中遗留下来的一支折断了的铁戟，沉没在水底沙中，经过了六百多年，还没有被时光销蚀掉，现在被人发现了。经过自己一番磨洗，鉴定了它的确是赤壁战役的遗物，不禁引起了“怀古之幽情”。由这件小小的东西，诗人想到了汉末那个分裂动乱的时代，想到那次重大意义的战役，想到那一次生死搏斗中的主要人物。这前两句是写其兴感之由，后两句是议论。在赤壁战役中，周瑜主要是用火攻战胜了数量上远远超过己方的敌人，作者只选择当时的胜利者——周郎和他倚以致胜的因素——东风来写，而且因为这次胜利的关键，最后不能不归到东风，所以又将东风放在更主要的地位上。但他并不从正面来描摹东风如何帮助周郎取得了胜利，却从反面落笔。诗人用“铜雀春深锁二乔”这样一句诗来描写在“东风不与周郎便”的情况之下，曹操胜利后的骄恣和东吴失败后的屈辱，正是极其有力的反衬，不独以美人衬托英雄，与上句周郎相互辉映，显得更有情致而已。

泊秦淮

杜牧

烟笼寒水月笼沙，夜泊秦淮近酒家。商女不知亡国恨，隔江犹唱后庭花。

◇赏析◇

“烟笼寒水月笼沙”，这首诗中的第一句就不同凡响，那两个“笼”字就很引人注目。烟、水、月、沙四者，被两个“笼”字和谐地融合在一起，绘成一幅极其淡雅的水边夜色。“夜泊秦淮近酒家”，就显得很自然。但如果就诗人的活动来讲，该是先有“夜泊秦淮”，方能见到“烟笼寒水月笼沙”的景色，不过要真的调过来一读，反而会觉得平板无味了。由于“近酒家”，才引出“商女”“亡国恨”“后庭花”，也由此才触动了诗人的情怀。因此，从诗的发展和情感的抒发来看，这“近酒家”三个字，就像启动了闸门，那江河之水便汩汩而出，滔滔不绝。诗说“商女不知亡国恨”，乃是一种曲笔，真正“不知亡国恨”的是那座中的欣赏者——封建贵族、官僚、豪绅。末句“犹唱”二字，微妙而自然地把历史、现实和想象中的未来串成一线，意味深长。于婉曲轻利的风调之中，表现出辛辣的讽刺、深沉的悲痛、无限的感慨，堪称“绝唱”。

寄扬州韩绰判官

杜牧

青山隐隐水迢迢，秋尽江南草木凋。二十四桥明月夜，玉人何处教吹箫。

赏析

扬州之盛，唐世艳称，历代诗人为它留下了多少脍炙人口的诗篇。这首诗风调悠扬，意境优美，千百年来为人们传诵不衰。首句从大处落墨，化出远景：青山逶迤，隐于天际，绿水如带，迢递不断。“隐隐”和“迢迢”这一对叠字，不但画出了山清水秀、绰约多姿的江南风貌，而且隐约暗示着诗人与友人之间山遥水长的空间距离。此时虽然时令已过了深秋，江南的草木却还未凋落，风光依旧旖旎秀媚。江南佳景无数，诗人记忆中最美的印象则是在扬州“月明桥上看神仙”，更何况当地名胜二十四桥上还有神仙般的美人可看呢？“玉人”，既可借以形容美丽洁白的女子，又可比喻风流俊美的才郎。从寄赠诗的作法及末句中的“教”字看来，此处玉人当指韩绰。诗人本是问候友人近况，却故意用玩笑的口吻与韩绰调侃，问他当此秋尽之时，每夜在何处教伎女歌吹取乐。杜牧长于将这类调笑寄寓在风调悠扬、清丽俊爽的画面之中，所以虽写艳情却并不流于轻薄。

秋夕

杜牧

银烛秋光冷画屏，轻罗小扇扑流萤。天阶夜色凉如水，坐看牵牛织女星。

赏析

“银烛秋光冷画屏，轻罗小扇扑流萤”，在一个秋夜，银色的蜡烛微光跳跃，照射在画屏之上，以致画屏上显示出了几分暗淡和凄冷来。在灯光的吸引下，不知从哪儿飞来几只萤火虫围绕着蜡烛飞舞，寂寞无聊的宫女在用轻罗小扇扑打它们。在这样的环境中，有这样的举动，是蕴含了深意的：首先是环境的凄冷；其次是宫中之人的寂寞孤独，“扑流萤”这一举动便是明证；其三就是“轻罗小扇”的寓意。按常理，到了秋季，罗扇早应置入箱箧，而此时仍在手中，以此将持扇宫女被抛弃的命运揭示了出来。“天阶夜色凉如水，卧看牵牛织女星”，夜已经很深了，寒气袭人，寂寞的宫女久久地在那里仰视银河两岸的牵牛与织女，这一举动便将她那满怀的心事都带出来了。

夜雨寄北

李商隐

君问归期未有期，巴山夜雨涨秋池。何当共剪西窗烛，却话巴山夜雨时。

赏析

“君问归期未有期，巴山夜雨涨秋池”，一问一答，先停顿，后转折，跌宕有致，极富表现力。其羁旅之愁与不得归之苦，已跃然纸上。接下去，写了此时的眼前景“巴山夜雨涨秋池”，那已经跃然纸上的羁旅之愁与不得归之苦，便与夜雨交织，绵绵密密，淅淅沥沥，涨满秋池，弥漫于巴山的夜空。然而此愁此苦，只是借眼前景而自然显现；作者并没有说什么愁，诉什么苦，却从这眼前景生发开去，驰骋想象，另辟新境，表达了“何当共剪西窗烛，却话巴山夜雨时”的愿望。其构思之奇，真有点出人意料。然而设身处地，又觉得情真意切，字字如从肺腑中自然流出。独剪残烛，夜深不寐，在淅淅沥沥的巴山秋雨声中阅读妻子询问归期的信，而归期无准，其心境之郁闷、孤寂，是不难想见的。

嫦娥

李商隐

云母屏风烛影深，长河渐落晓星沉。嫦娥应悔偷灵药，碧海青天夜夜心。

◇赏析◇

这首诗题为“嫦娥”，实际上抒写的是处境孤寂的主人公对于环境的感受和心灵独白。前两句描绘主人公的环境和永夜不寐的情景。在寂寥的长夜，天空中最引人注目、引人遐想的自然是一轮明月。看到明月，也自然会联想起神话传说中的月宫仙子——嫦娥。在孤寂的主人公眼里，这孤居广寒宫殿、寂寞无伴的嫦娥，其处境和心情不正和自己相似吗？于是，不禁从心底涌出这样的意念：嫦娥想必也懊悔当初偷吃了不死药，以致年年夜夜，幽居月宫，面对碧海青天，寂寥清冷之情难以排遣吧。“应悔”是揣度之词，这揣度正表现出一种同病相怜、同心相应的感情。由于有前两句的描绘渲染，这“应”字就显得水到渠成，自然合理。因此，后两句与其说是对嫦娥处境心情的深情体贴，不如说是主人公寂寞的心灵独白。

乐府

送元二使安西

王维

渭城朝雨浥轻尘，客舍青青柳色新。劝君更尽一杯酒，西出阳关无故人。

赏析

这首诗是王维七绝中的名篇，渭城一曲，千古动人。前两句写送别的时间、地点、环境气氛。清晨，渭城客舍，自东向西一直延伸、不见尽头的驿道，客舍周围、驿道两旁的柳树，这一切，都仿佛是极平常的眼前景，读来却风光如画，抒情气氛浓郁。“朝雨”在这里扮演了一个重要的角色。朝雨乍停，天气清爽，道路显得洁净、清爽。“浥轻尘”的“浥”字是湿润的意思，在这里用得很有分寸，显出这雨澄尘而不湿路，恰到好处，仿佛天从人愿，特意为远行的人安排一条轻尘不扬的道路。客舍，本是羁旅者的伴侣；杨柳，更是离别的象征。选取这两件事物，自然有意关合送别。它们通常总是和羁愁别恨联结在一起而呈现出黯然销魂的情调。“劝君更尽一杯酒，西出阳关无故人”，在轻快而深沉的写景渲染下，诗人对游人发出了离别前的劝勉，语言看似平平，却有着无以比拟的一唱三叹之妙，整首诗浑然天成，令人观止。

出塞

王昌龄

秦时明月汉时关，万里长征人未还。但使龙城飞将在，不教胡马度阴山。

赏析

这是一首著名的边塞诗，表现了诗人希望起任良将，早日平息边塞战事，使人民过上安定的生活。这首诗着重表现的是对敌人的蔑视，是对国家的忠诚，是一种勇往超前、无所畏惧的气概。前两句写皎洁的明月和雄伟的城关，既引起了人们对历史上无数次侵略战争的回忆，又是今天将士们驰骋万里、浴血奋战的历史见证。后两句用汉代的名将李广比喻唐代出征守边的英勇将士，歌颂他们决心奋勇杀敌、不惜为国捐躯的战斗精神。这首诗由古到今，有深沉的历史感，场面辽阔，有宏大的空间感。字里行间，充满了强烈的爱国精神和豪迈的英雄气概。

清平调三首

李白

其一

云想衣裳花想容，春风拂槛露华浓。若非群玉山头见，会向瑶台月下逢。

其二

一枝红艳露凝香，云雨巫山枉断肠。借问汉宫谁得似，可怜飞燕倚新妆。

其三

名花倾国两相欢，常得君王带笑看。解释春风无限恨，沉香亭北倚阑干。

赏析

这三首诗是李白在长安供奉翰林时所作。在三首诗中，把木芍药（牡丹）和杨贵妃交互在一起写，花即是人，人即是花，把人面花容浑融一片，同蒙唐玄宗的恩泽。从篇章结构上说，第一首从空间来写，把读者引入蟾宫阆苑；第二首从时间来写，把读者引入楚襄王的阳台，汉成帝的宫廷；第三首归到目前的现实，点明唐宫中的沉香亭北。诗笔不仅挥洒自如，而且相互勾带。“其一”中的春风和“其三”中的春风，前后遥相呼应。这三首诗，语语浓艳，字字流葩，而最突出的是将花与人融在一起写，如“云想衣裳花想容”，又似在写花光，又似在写人面。“一枝红艳露凝香”，也都是人物交融，言在此而意在彼。读这三首诗，如觉春风满纸，花光满眼，人面迷离，不待什么刻画，而自然使人觉得这是牡丹，这是美人玉色。

凉州词

王之涣

黄河远上白云间，一片孤城万仞山。羌笛何须怨杨柳，春风不度玉门关。

赏析

据唐人薛用弱《集异记》记载：开元间，王之涣与高适、王昌龄到酒店饮酒，遇梨园伶人唱曲宴乐，三人便私下约定以伶人演唱各人所作诗篇的情形定诗名高下。结果三人的诗都被唱到了，而诸伶中最美的一位女子所唱则为“黄河远上白云间”。王之涣甚为得意，这就是著名的“旗亭画壁”的故事。此事未必实有。但表明王之涣这首《凉州词》在当时已成为广为传唱的名篇。

诗的首句抓住自下（游）向上（游）、由近及远眺望黄河的特殊感受，描绘出“黄河远上白云间”的动人画面：汹涌澎湃波浪滔滔的黄河竟像一条丝带迤逦飞上云端。写得真是神思飞跃，气象开阔。诗人的另一名句“黄河入海流”，其观察角度与此正好相反，是自上而下的目送；而李白的“黄河之水天上来”，虽也写观望上游，但视线运动却又由远及近，与此句不同。“黄河入海流”和“黄河之水天上来”，同是着意渲染黄河一泻千里的气派，表现的是动态美。而“黄河远上白云间”，方向与河的流向相反，意在突出其源远流长的闲远仪态，表现的是一种静态美。同时展示了边地广漠壮阔的风光，不愧为千古奇句。

次句“一片孤城万仞山”出现了塞上孤城，这是此诗主要意象之一，属于“画卷”的主体部分。“黄河远上白云间”是它远大的背景，“万仞山”是它靠近的背景。在远川高山的反衬下，益见此城地势险要、处境孤危。“一片”是唐诗习用语词，往往与“孤”连文（如“孤帆一片”“一片孤云”等），这里相当于“一座”，而在词采上多一层“单薄”的意思。这样一座漠北孤城，当然不是居民点，而是戍边的堡垒，同时暗示读者诗中有征夫在。“孤城”作为古典诗歌语汇，具有特定含义。它往往与离人愁绪联结在一起，如“夔府孤城落日斜，每依北斗望京华”（杜甫《秋兴》）“遥知汉使萧关外，愁见孤城落日边”（王维《送韦评事》）等。第二句“孤城”意象先行引入，为下两句进一步刻画征夫的心理做好了准备。

诗起于写山川的雄阔苍凉，承以戍守者处境的孤危。第三句忽而一转，引入羌笛之声。羌笛所奏乃《折杨柳》曲调，这就不能不勾起征夫的离愁了。此句系化用乐府《横吹曲辞·折杨柳歌辞》“上马不捉鞭，反折杨柳枝。蹀座吹长笛，愁杀行客儿”的诗意。折柳赠别的风习在唐时最盛。“杨柳”与离别有更直接的关系。所以，人们不但见了杨柳会引起别愁，连听到《折杨柳》的笛曲也会触动离恨。而“羌笛”句不说“闻折柳”却说“怨杨柳”，炼字尤妙。这就避免直接用曲调名，化板为活，且能引发更多的联想，深化诗意。玉门关外，春风不度，杨柳不青，离人想要折一枝杨柳寄情也不能，这就比折柳送别更为难堪。征人怀着这种心情听曲，似乎笛声也在“怨杨柳”，流露的怨情是强烈的，而以“何须怨”的宽解语委婉出之，深沉含蓄，耐人寻味。这第三句以问语转出了如此浓郁的诗意，末句“春风不度玉门关”也就水到渠成。用“玉门关”一语入诗也与征人离思有关。《后汉书·班超传》云：“不敢望到酒泉郡，但愿生入玉门关。”所以末句正写边地苦寒，含蓄着无限的乡思离情。

如果把这首《凉州词》与中唐以后的某些边塞诗加以比较，就会发现，此诗虽极写戍边者不得还乡的怨情，但写得悲壮苍凉，没有衰飒颓唐的情调，表现出盛唐诗人广阔的心胸。即使写悲切的怨情，也是悲中有壮，悲凉而慷慨。“何须怨”三字不仅见其艺术手法的委婉蕴藉，也可看到当时边防将士在乡愁难禁时，也意识到卫国戍边责任的重大，方能如此自我宽解。也许正因为《凉州词》情调悲而不失其壮，所以能成为“唐音”的典型代表。

杜秋娘

杜秋娘，生卒年不详，唐金陵女子，即杜秋，善歌《金缕衣》曲，初为镇海节度使李锜妾。李锜叛唐被杀，杜秋没籍入宫，为宪宗所宠。穆宗立，为皇子漳王保姆。皇子卒，归金陵，穷老以终。

金缕衣

杜秋娘

劝君莫惜金缕衣，劝君惜取少年时。花开堪折直须折，莫待无花空折枝。

赏析

此诗原是中唐一首流行歌词，杜秋娘善唱此歌，后便题为杜秋娘所作，《全唐诗》题为无名氏之作，是很有见地的。“劝君莫惜金缕衣，劝君惜取少年时”，这两句的句工是十分相近的，但是意思却不同。“劝君”二字，意味缠绵。“莫惜”“惜取”，意思相对，不要去珍爱那金缕衣，而要惜取少年时光，这里的两句诗一肯定，一否定，用对白语气，意致恳切殷勤，很有歌味。“花开堪折直须折，莫待无花空折枝”，三四句仍用反复和咏叹句式，意思与一二句无大差别，与一二句联系起来，更为回旋反复，铢两相称。但在表达上，上两句直白，此二句含蓄，无论是格律上，还是情绪上，都能产生出咏唱时回肠荡气的感觉。

唐诗三百首

版式设计：周　正
文字编辑：樊文龙
美术编辑：刘晓东